LE STUDIO DE L'INUTILITÉ

Du même auteur

Le Bonheur des petits poissons : lettres des Antipodes, JC Lattès, 2008

Les Idées des autres, idiosyncratiquement compilées pour l'amusement des lecteurs oisifs, Plon, 2005

La Mer dans la littérature française (vol. 2) : de Victor Hugo à Pierre Loti, Plon, 2003

La Mer dans la littérature française (vol. 1) : de François Rabelais à Alexandre Dumas, Plon, 2003

Les Naufragés du « Batavia », suivi de *Prosper*, Arléa, 2003 (prix Guizot-Calvados 2004)

Protée et autres essais, Gallimard, 2001(prix Renaudot essai 2001)

L'Ange et le cachalot, Seuil, 1998

L'Humeur, l'honneur, l'horreur : essais sur la culture et la politique chinoises, Robert Laffont, 1991

La Mort de Napoléon, Hermann, 1986

Orwell ou l'horreur de la politique, Hermann, 1984 (disponible en coll. « Champs »)

La Forêt en feu : essais sur la culture et la politique chinoises, Hermann, 1983

Images brisées, Robert Laffont, 1976

Ombres chinoises, UGE 10-18, 1974 (prix quinquennal de la Communauté française de Belgique)

Les Habits neufs du président Mao : chronique de la Révolution culturelle, Champ libre, 1971

La Vie et l'œuvre de Su Renshan, rebelle, peintre et fou *, UER Asie orientale Paris-VII, 1970

* Ouvrages publiés sous le nom de Pierre Ryckmans

(suite de la page du même auteur en fin d'ouvrage)

Simon Leys

LE STUDIO DE L'INUTILITÉ

essais

Champs essais

Ouvrage publié sous la direction de Minh Tran Huy

ISBN : 978-2-0813-0328-7

En guise de liminaire

Le Studio de l'inutilité

> Les gens comprennent tous l'utilité de ce qui est utile, mais ils ignorent l'utilité de l'inutile.
>
> Zhuang Zi

Dans la Chine traditionnelle, les lettrés, les poètes et les artistes avaient l'habitude de donner des noms évocateurs ou inspirés à leurs résidences, ermitages, studios ou ateliers. En fait, quelquefois ils ne possédaient pas de résidence, ni d'ermitage, studio ou atelier – et parfois, pas même un toit au-dessus de leur tête – mais l'existence ou la non-existence d'un support matériel pour un Nom est une question dont nul d'entre eux ne se serait jamais fort préoccupé. Et on peut d'ailleurs se demander si l'une des plus profondes séductions de la culture chinoise ne réside pas précisément dans cette puissante vertu dont elle investit l'Écrit. Ce n'est pas une idée abstraite que j'avance ici mais une réalité vivante. Laissez-moi vous en donner juste une modeste illustration, qui me frappa jadis, quand j'étais encore un jeune étudiant ignorant.

À Singapour, je fréquentais assez régulièrement un petit cinéma où l'on montrait des films d'opéra de Pékin. Le cinéma en question était une installation rustique, plantée à ciel ouvert dans un pré, en bordure de la grand-route (à cette époque, Singapour possédait encore un espace campagnard) : une palissade entourait deux douzaines de rangées de sièges, faites de longues planches reposant sur des tréteaux. Durant la saison des pluies, il y avait toujours une grosse averse en fin d'après-midi ; à la nuit tombée, quand la séance commençait, bien souvent les planches n'avaient pas eu le temps de sécher ; et aussi, au guichet, en achetant votre ticket, vous receviez une petite liasse de vieux journaux pour protéger votre postérieur de l'humidité. Tout dans ce cinéma respirait le bricolage et l'improvisation – tout, sauf l'enseigne qui, surmontant le porche, proclamait le nom de l'établissement : une splendide calligraphie – deux grands caractères tracés d'un pinceau large et généreux, *Wen Guang*, que l'on pourrait traduire « Lumière de la Civilisation », ou « Lumière de l'Écrit » (c'est la même chose). Mais un peu plus tard, durant la séance, assis sous les étoiles, et contemplant sur l'écran la sublime interprétation de Ma Lianliang dans le rôle d'un sagace ministre des Trois Royaumes (IIIe siècle), vous deviez bien convenir que cette « Lumière de la Civilisation » n'était pas une hâblerie creuse.

Mais revenons au Studio de l'inutilité : c'était une cahute située au cœur d'un bidonville de réfugiés à Hong Kong (côté Kowloon). Pour s'y rendre de nuit, il fallait se munir d'une torche électrique, car il n'y avait là ni routes ni réverbères – seulement un dédale de sentes obscures qui louvoyaient dans un chaos de baraques boiteuses. Un égout à ciel ouvert longeait le sentier, et de gros rats déboulaient sous les pieds des passants.

Pendant deux ans, je bénéficiai là de la fraternelle hospitalité d'un ancien condisciple que j'avais connu à Taiwan ; c'était un artiste – calligraphe et graveur de sceaux – et il partageait son logement avec deux autres étudiants – un philologue et un historien. Nous ne disposions que d'une salle commune où nous dormions sur des couchettes superposées. Cette pièce était encombrée d'un fatras de bouquins et d'effets divers ; c'eût été un véritable taudis, n'était-ce que sa crasse et son désordre se trouvaient spectaculairement rachetés par une œuvre de mon ami : une grande calligraphie (en style sigillaire archaïque) était accrochée au mur, *Wu Yong Tang*, « le Studio de l'inutilité ». Interprétée de façon littérale, cette inscription aurait pu présenter une touche d'humour et d'autodérision ; en fait, elle comportait un double sens qui ne manquait pas d'un fier toupet : ces mots avaient été choisis par notre camarade philologue qui était un garçon fort érudit, et ils faisaient allusion à un passage du *Classique des Mutations* (Yi Jing), le plus ancien, le plus sacré (et le plus obscur) de tous les classiques chinois, passage dans lequel il est écrit que « le dragon du printemps est inutile » – ce qui signifie (selon un commentaire traditionnel) que, dans leur jeunesse et durant leur période de formation, les talents des hommes vraiment supérieurs (et promis à un brillant avenir) doivent rester cachés.

Je passai donc deux ans dans le Studio de l'inutilité ; ce furent des années intenses et joyeuses ; pour moi, l'étude et la vie ne formaient plus qu'une seule et même entreprise, d'un intérêt inépuisable ; mes amis devenaient mes maîtres, et mes maîtres, des amis. On trouve la meilleure description de ce genre d'expérience dans le grand classique de John Henry Newman, *The Idea of a University* ; Newman y fait une affirmation extraordinairement audacieuse – il dit que, s'il avait à choisir entre deux types d'université, l'un où d'éminents professeurs dispensent leur enseignement à des étudiants qui ne viennent là que pour assister aux cours et pour présenter des examens, et l'autre, où il n'y aurait ni professeurs, ni cours, ni examens, ni diplômes, mais où les étudiants vivraient simplement ensemble pendant quelque deux ou trois ans –, il opterait pour ce second type, et il conclut : « Comment expliquer ceci ? Quand une foule de jeunes gens, enthousiastes, ouverts, capables de sympathie et d'observation comme le sont tous les jeunes, se trouvent rassemblés et se fréquentent librement les uns les autres, ils vont nécessairement apprendre quantité de choses du seul fait de ces échanges, même sans personne pour leur donner cours ; la conversation de tous est une série de leçons pour chacun, et ils acquièrent ainsi de nouvelles idées et des vues inédites, une nourriture originale pour la pensée, de clairs principes pour le jugement et l'action quotidienne. »

J'espère être resté fidèle à l'enseignement du Studio de l'inutilité – pas nécessairement dans le sens où l'entendaient mes camarades (car je crains bien de n'être pas précisément de la race des dragons !) mais au moins dans le sens plus évident que lui a donné Zhuang Zi (cité en commençant). Cette aspiration-là est-elle plus modeste – ou plus ambitieuse ? Après tout, cette sorte d'inutilité-là est le fondement même de toutes les valeurs essentielles de notre commune humanité.

S.L.
Canberra, juin 2011.

Littérature

BELGITUDE DE MICHAUX

> Georges Perros qui était un lecteur merveilleusement sensible [...] m'avait dit : « Même si on ne sait rien de sa biographie, en lisant bien Henri Michaux, on est forcé de voir qu'il est belge. »
>
> Michel Butor

> Ce besoin d'approfondir, cette insistance [de Michaux] n'est pas française. L'avantage et l'inconvénient d'être né à Bruxelles [1].
>
> Cioran

En Belgique

Je plie
Je coule
Je m'appuie sur les coups qu'on me porte
[...]
Et toi, qui en misère as abondance

1. Notez qu'en fait Michaux n'est pas né à Bruxelles, mais à Namur. (C'est encore plus fort !)

Et toi,
Par ta soif, du moins tu es soleil
Épervier de ta faiblesse, domine !

Henri Michaux, *Épreuves, exorcismes*

Les artistes qui se contentent de développer leurs dons n'arrivent finalement pas à grand-chose. Ceux qui laissent vraiment une trace sont ceux qui ont la force et le courage d'explorer et d'exploiter leurs carences. Dès le début, Michaux en eut l'intuition : « Je suis né troué », et il sut en tirer parti avec génie. « J'ai sept ou huit sens. Un d'eux : celui du manque [...] Il y a de ces maladies, si on les guérit, à l'homme, il ne reste rien. » Aussi faut-il bien prendre ses précautions : « Toujours garder en réserve de l'inadaptation. » Mais sur ce chapitre, de naissance, il était bien équipé.

Car, pour commencer, Michaux était belge. Non seulement il était belge, mais par-dessus le marché (comme on vient de le remarquer) il était de Namur – la province d'une province. (Les Français racontent des histoires belges ; les Belges, eux, racontent des histoires namuroises.) Jorge Luis Borges, qui était lui-même assez bien placé pour apprécier la chose (car Buenos Aires n'est pas exactement le nombril de notre planète), a souligné (à propos de Michaux, précisément) tout l'avantage qu'on peut retirer d'une origine culturellement marginale : « Un écrivain né dans un grand pays court le risque de présupposer que la culture de sa patrie lui suffit. Paradoxalement, c'est lui qui tend ainsi à être provincial [1]. »

---

1. Cioran, qui avait sympathisé en profondeur et avec Michaux, et avec Borges, écrivait à propos de ce dernier, à la

Au fond, la belgitude c'est cette conscience diffuse d'un manque. Tout d'abord, il y a ce manque d'une langue. Dans leur usage du français, les Belges sont taraudés d'incertitudes. Les uns trébuchent dans des ornières wallonnes, les autres pataugent dans un marécage de tournures flamandes. Troublés, inquiets, ils boitent tantôt d'un pied, tantôt de l'autre. Mais pour Michaux, l'infirmité fut encore plus corsée : né au fond de la Wallonie, puis claquemuré tout gosse dans un pensionnat entièrement flamand, il réussit cette singulière prouesse de commencer son existence en souffrant des DEUX handicaps à la fois [1].

---

lumière de sa propre expérience : « À 20 ans, le Balkan ne pouvait plus rien m'offrir. C'est le drame, et l'avantage aussi, d'être né dans un espace culturel mineur, quelconque. L'étranger était devenu mon dieu. D'où cette soif de pérégriner à travers les littératures et les philosophies, de les dévorer avec une ardeur maladive. Ce qui se passe à l'est de l'Europe doit nécessairement se passer dans les pays d'Amérique latine, et j'ai remarqué que ses représentants sont infiniment plus informés, plus cultivés que ne le sont les Occidentaux, incurablement provinciaux. Ni en France, ni en Angleterre, je ne vois quelqu'un qui ait une curiosité comparable à celle de Borges, une curiosité poussée jusqu'à la manie, jusqu'au vice, je dis bien vice, car en matière d'art et de réflexion, tout ce qui ne tourne pas en ferveur quelque peu perverse est superficiel, donc irréel… Borges, destiné, acculé à l'universalité, contraint d'exercer son esprit dans toutes les directions, ne serait-ce que pour échapper à l'asphyxie argentine. C'est le néant sud-américain qui rend les écrivains de tout un continent plus ouverts, plus vivants et plus divers que ne le sont les Européens de l'Ouest paralysés par leurs traditions et incapables de sortir de leur prestigieuse sclérose. »

1. À Jacques Brosse qui lui disait avoir rédigé sans effort le compte-rendu d'une expérience psychologique, Michaux rétorque avec envie : « Ah ! vous évidemment, ce n'est pas la

Bien sûr, il s'est tôt débarrassé du wallon, et il a complètement oublié le flamand de son enfance, mais il lui en est quand même resté ceci, qui est essentiel et qui imprime une saveur distincte à sa diction : « Je ne pense pas toujours directement en français. » Cette situation l'a du reste rendu particulièrement sensible à la relation méfiante, maladroite et hésitante que ses compatriotes entretiennent avec le langage. Dans un de ses tout premiers textes, il observait déjà qu'en Belgique « l'injure la plus courante est *stoeffer* qui se traduit de la sorte : homme prétentieux, poseur. Le Belge a peur de la prétention [...], surtout de la prétention des mots dits ou écrits. De là son accent, cette fameuse façon de parler le français. Le secret est tel : le Belge croit que les mots sont prétentieux. Il les empâte et les étouffe tant qu'il peut, tant qu'ils soient devenus inoffensifs, bon

---

même chose ; vous écrivez dans votre langue maternelle ! – Vous n'allez tout de même pas me dire qu'on ne parle pas le français à Namur ? – Ce n'est pas le français qu'on y parle, mais le wallon ! » Puis dans ce pensionnat de Campine où on l'avait enfermé à l'âge de 7 ans, « entouré de petits paysans puants » et brutaux qui ne parlaient que leur dialecte, « le flamand devint ma deuxième langue, que je parlais comme le français, sinon mieux ». Et il confia au cours d'un entretien : « Savez-vous que, pendant mon adolescence, j'ai un moment pensé écrire en flamand ? » C'est en lisant Guido Gezelle qu'il eut la toute première révélation de la poésie : « Gezelle était le grand bonhomme. Mais j'ai tout de suite senti que je ne pourrai jamais l'égaler. » Il faut dire en effet que le prêtre poète ouest-flandrien avait réussi à créer dans son obscur patois une sublime musique verbale – pour quiconque en a fait l'expérience sur les bancs de l'école, ces vers restent à jamais gravés dans la mémoire.

enfant. Parler se doit faire, pense-t-il, comme ouvrir son portefeuille, en cachant les billets de mille, ou comme signal d'alarme en cas d'accident – encore parle-t-il avec force gestes, ceux-ci faisant passer le mot. »

Puis il y a le manque d'espace. « Ce pays triste et surpeuplé… une campagne argileuse qui clapote sous le pied, terre à grenouille… pas vide. Qu'est-ce qui est vide dans ce pays ? N'importe où l'on plonge la main, on tire des betteraves ou des pommes de terre, ou un navet, ou un rutabaga ; de la bourre d'estomac ; pour le bétail et pour toute cette race mangeuse de farineux autant qu'il se peut, et de lourdeurs. Quelques rivières sales, lentes, défaites et qui ne savent où aller. Cheminez, cercueils ! […] Une campagne de petites montagnes d'excursionnistes ; des files interminables montent, descendent, en lacet, en colimaçon ; fourmis, fourmis de ce pays laborieux, laborieux entre tous… »

L'Europe compte bon nombre de petits pays : mais celui-ci est bien le seul, semble-t-il, à s'enorgueillir de son exiguïté. Il proclame sa petitesse, il la revendique avec satisfaction, il s'y complaît, il s'en drape comme d'un étendard. Avez-vous jamais entendu des Hollandais, des Danois, des Portugais ou des Suisses, qui se qualifiaient de « petits Hollandais », « petits Danois », etc. ? Et d'ailleurs, telle qu'elle est pour l'instant, la Belgique se sent inconfortable, elle est mal à l'aise – elle se trouve encore *trop grande* ! Elle voudrait se faire toujours plus petite, et elle y arrivera. De nouveaux plans sont à l'étude, qui lui permettront de se fragmenter davantage ; de se scinder en multiples tronçons, découpés de plus en plus menus, et qui pourront frétiller en toute autonomie comme un lombric tranché par la bêche du jardinier.

Mais, depuis sa naissance, le plus accablant pour Michaux, ce sont les gens : « Les Belges furent les premiers humains dont j'ai eu l'occasion d'être honteux. »

« Race au nez luisant ! race infecte qui pend, qui traîne, qui coule, voilà la race au milieu de laquelle il est né. Pauvres nombreux, ou plutôt tout petits riches. Riches […] Peuple bouffi, mais avec des tas de forces en dedans, pas nobles, mais qui poussent. » Ce mal originel est très intime : « Me suis toujours senti étranger à ma famille… Plus loin je retourne en mon enfance, plus forte je trouve l'impression d'être étranger chez mes parents. »

Coupable d'être étranger chez soi, il faut absolument se découvrir un ailleurs pour légitimer cette alarmante condition. Mais où fuir ? « Cette campagne flamande ! On ne peut pas la regarder sans douter de tout. Ces maisons basses qui n'ont pas osé un étage vers le ciel, puis tout à coup file en l'air un haut clocher d'église, comme s'il n'y avait que ça en l'homme qui pût monter, qui ait sa chance en hauteur. » Lui aussi il avait cherché « sa chance en hauteur » : son premier désir fut d'être un saint. De ce désir-là, hélas ! on revient après un temps, mais jamais on ne s'en guérit, ni ne s'en console : « Mon père refuse de me laisser entrer chez les Bénédictins… Le rêve de mon adolescence eût été d'être un saint. Je tombai de haut – très désemparé

– quand je perdis la foi vers l'âge de 20 ans… Je suis dans la littérature faute de mieux… Trop impressionné par les saints pour prendre les autres hommes et leurs écrits au sérieux… Ce que je suis, ce que je fais, m'apparaît et continue à m'apparaître, par une très juste vue et nullement par modestie, comme misérable. Les réalisations de presque tous les autres également misérables, sinon pires. Le saint, même si son point de départ est, comme il me semble, une erreur […] achève magnifiquement l'homme. » (Bien plus tard, d'ailleurs, durant son voyage en Inde, cette aspiration de son adolescence, jamais oubliée, lui donnera une perception critique particulièrement pénétrante d'une certaine forme de sainteté professionnelle : « Rien n'est triste comme les choses manquées. L'attitude des religieux hindous porte infiniment rarement la marque divine. Ils l'ont comme le critique du *Temps* et les professeurs de littérature dans les lycées ont l'empreinte du génie littéraire. »)

Ailleurs

> L'auteur a vécu très souvent ailleurs […] Il s'y est trouvé plus à l'aise qu'en Europe. C'est déjà quelque chose. Parfois, il a failli s'y apprivoiser. Pas vraiment. Les pays, on ne saurait assez s'en méfier.
>
> Henri Michaux, *Ailleurs* (Préface)

D'entrée de jeu, le voyage apparaît comme l'activité essentielle de Michaux. On a pu dire que les maladies sont les voyages des pauvres ; combien plus vrai encore serait-il de dire que les maladies sont les premiers et les plus prodigieux voyages des enfants. Très tôt, Michaux en eut sa part, et toute sa vie durant, il continua d'ailleurs à en tirer de l'inspiration. À côté de l'expérience de la maladie, il commence aussi l'exploration botanique et entomologique du jardin familial – prélude aux grandes expéditions de sa jeunesse et de sa maturité. Il observe les batailles de fourmis, il fréquente les plantes (« à 8 ans, je rêvais encore d'être agréé comme plante »). Insectes, mollusques et invertébrés divers ne cesseront du reste jamais de le fasciner : « À 34 ans, à 34 ans seulement, je découvre la seiche. Je l'adopte, et j'ai cru comprendre après des heures et des heures de station qu'elles aussi m'adoptaient ».

La forme la plus élémentaire du respect pour autrui, c'est l'attention qu'on lui porte. Michaux ne voit pas pourquoi cette attention devrait être limitée aux seuls humains : « Sur les animaux nous nous livrons à une psychologie de foule. Les moineaux, les souris. Mais ce moineau-ci, cette souris-là, quel est son nom ? » Il apporte dans ses rapports avec les arbres toute la pénétration psychologique et la courtoisie qu'il manifeste à ses semblables (mais qui donc sont vraiment ses semblables ?) – relisez le récit de ses rencontres avec les bambous, les banians, les baobabs… Avec naturel, sans effort ni affectation, il peut adopter le point de vue d'un mouton ou d'un tigre – voire même se mettre dans la peau d'une puce : « Il n'y a pas de preuve que la puce qui vit sur la souris craigne le chat. » Le bestiaire de Michaux n'est pas anthropomorphe – ce sont plutôt ses insectes qui nous proposent une entomologie de l'homme : « Les insectes civilisés ne comprennent pas que l'homme ne sécrète pas son pantalon. Les autres insectes ne trouvent là rien d'extraordinaire. » *Ecuador* (ouvrage encore expérimental à certains égards, mais déjà magistral) a fourni une première démonstration de la méthode du poète – méthode bien résumée par deux phrases de l'insolite prière d'insérer : « L'Auteur ne dit pas un mot du canal de Panama, et il lui arrive de parler d'une mouche. »

On trouve dans *Plume* un reflet révélateur de son expérience du voyage. Plume voyage sans arrêt, mais il n'est pas doué pour cette activité : il ne connaît que des déboires, il rencontre constamment des rebuffades, des accidents, il est victime de malentendus, de mésaventures, il souffre des humiliations et des épreuves tantôt ridicules, tantôt sinistres. « Plume ne peut pas dire qu'on ait excessivement d'égards pour lui en voyage. Les uns lui passent dessus sans crier gare, les autres s'essuient tranquillement les mains à son veston. Il a fini par s'habituer. Il aime mieux voyager avec modestie [...] Il ne dit rien, il ne se plaint pas. Il songe aux malheureux qui ne peuvent pas voyager du tout, tandis que lui, il voyage, il voyage continuellement. »

Pourquoi Michaux voyage-t-il ? Il s'agit d'une expérience essentiellement pénible, comme le suggère l'inquiétante métaphore de son expédition au cœur de « la vie opaque et lente » d'une pomme : « Je mets une pomme sur ma table. Puis je me mets dans cette pomme […] Il y eut des tâtonnements, des expériences. C'est toute une histoire […] Partir est peu commode, et de même l'expliquer. Mais en un mot, je puis vous le dire, *souffrir* est le mot. Quand j'arrivai dans la pomme, j'étais glacé. » Quant à ses expéditions en Amérique du Sud, en Asie, elles l'éprouvaient de façon nullement métaphorique ; il confesse à un confident : « Je me brutalisais, je me faisais marcher, mais mon corps répondait mal aux aventures. » Et dans un autre entretien encore : « Je ne suis pas fait physiquement pour l'aventure ; mes plaies ne cicatrisent pas ; on a failli huit fois me couper la jambe et j'ai des crises cardiaques. »

Dans la laconique – mais très significative – esquisse d'autobiographie qu'il rédigea pour un de ses commentateurs, il a expliqué (en parlant de lui à la troisième personne) ce qu'il attendait des voyages : « Il voyage *contre*. Pour expulser de lui sa patrie, ses attaches de toutes sortes et ce qui s'est en lui et malgré lui, attaché de culture grecque ou romaine ou germanique, ou d'habitudes belges. Voyages d'expatriation. » Il voyage comme on se purge : « Non pas acquérir. Voyager pour t'appauvrir. Voilà ce dont tu as besoin. »

Michaux n'est pas à l'aise en voyage, mais le voyage lui apporte un soulagement – car il est encore plus mal à l'aise chez lui. Le mal-être, anormal pour le sédentaire, est au moins naturel pour le voyageur : à l'étranger, le malaise existentiel trouve une rassurante excuse. Cette situation me rappelle un poème de Philip Larkin, « Importance de l'ailleurs » (Larkin, pour le reste, n'a absolument rien de commun avec

Michaux – mis à part le génie poétique et la difficulté d'être) : « Esseulé en Irlande, comme je n'y étais pas chez moi / Mon sentiment d'étrangeté acquérait un sens […] / Mais je suis privé d'excuse quand je vis en Angleterre / Où ce sont mes usages et mes institutions / Qu'il serait beaucoup plus grave de refuser. / Ici, je ne dispose pas d'un Ailleurs pour assurer mon existence [1]. »

Le lecteur qui voudrait en savoir plus long sur les voyages de Michaux consultera avec profit l'étude biographique que lui a consacrée Jean-Pierre Martin (*Henri Michaux*, Gallimard, 2003). Malheureusement, sur une question qui m'intéressait plus particulièrement – l'intermède marin du poète – ce remarquable travail m'a laissé sur ma faim. Certes, l'information fait défaut – mais toutes les pistes ont-elles été suivies par le biographe ? Et les conclusions logiques ont-elles été tirées ?

Après avoir terminé ses études moyennes dans un collège des Jésuites, à Bruxelles, Michaux n'ayant pu se faire moine (son père s'opposait à son entrée chez les Bénédictins) finit par s'inscrire à l'Université libre de Bruxelles, en première année de sciences, préparatoire à la médecine. Mais il abandonne après quelques mois, et décide de devenir marin. Coupant les ponts avec ses parents, il part pour la France et pendant trois mois, erre d'un port à l'autre

1. « The Importance of Elsewhere » : *Lonely in Ireland since it was not home / Strangeness made sense […] / Living in England has no such excuse : / These are my customs and establishments / It would be much more serious to refuse. / Here no elsewhere underwrites my existence.*

– Dunkerque, Malo-les-Bains, Boulogne-sur-Mer – cherchant désespérément une occasion de s'embarquer. Son humeur passe sans arrêt d'une exaltation extrême à la plus noire dépression. De mirifiques perspectives d'embarquement se dessinent, puis chaque fois s'évanouissent. Vers la fin de juillet 1920, il annonce à Herman Closson, l'ami intime et ancien camarade de collège avec qui il avait maintenu une correspondance suivie depuis son départ de Belgique : « D'ici une semaine, je serai certainement parti. » Après ça, plus aucune nouvelle. L'année suivante, il refait surface à Marseille, regagne la maison de ses parents à Bruxelles, puis commence son service militaire – il sera réformé quelques mois plus tard pour insuffisance cardiaque.

La première fois que Michaux évoquera sa carrière maritime, c'est un quart de siècle plus tard (1946), dans une lettre-mémo qu'il adresse à René Bertelé, qui lui avait demandé des renseignements biographiques : « Je m'en allai [de Belgique] à 21 ans et m'engageai comme matelot. » Puis, onze ans après, en 1957, dans ses *Quelques renseignements sur cinquante-neuf années d'existence* qu'il rédige pour un autre exégète et biographe, Robert Bréchon, il entre un peu plus dans les détails de ses aventures marines :

> 1920, Boulogne-sur-Mer. Embarque comme matelot sur un cinq-mâts schooner.
>
> Rotterdam : Deuxième embarquement. Sur *Le Victorieux*, un dix mille tonnes, d'une belle ligne, que les Allemands viennent de livrer à la France. On est quatorze dans un petit poste d'équipage à l'avant. Camara-

derie étonnante, inattendue, fortifiante. Brême, Savannah, Norfolk, Newport News, Rio de Janeiro, Buenos Aires. Au retour à Rio, l'équipage qui se plaint d'être mal nourri, refuse de continuer et en bloc se fait porter malade. Par solidarité, il quitte avec eux le beau navire… manquant aussi de la sorte le naufrage qui aura lieu vingt jours plus tard au sud de New York.

1921, Marseille. Le désarmement mondial des bateaux (ex-transports de troupes et de vivres) est à son maximum. Impossible de trouver un engagement. La grande fenêtre se referme. Il doit se détourner de la mer.

Enfin, à l'âge de 80 ans (1979), en réponse à une éditrice de l'ouvrage de référence *Contemporary Authors*, il ajoute une dernière précision : « Je n'ai jamais navigué sous pavillon belge. À deux reprises, j'embarquai vaille que vaille comme matelot (*sailor* ou *seaman*) quoique ignorant le métier, à bord de bateaux français. J'avais 21 ans. »

Le caractère curieusement tardif et fragmentaire de ces informations me laisse perplexe. Le premier navire à bord duquel Michaux fut engagé était un voilier. Et quel voilier ! – « un cinq-mâts schooner », nous dit-il. Mais en fait ce terme n'existe pas [1].

1. C'est un bizarre hybride franglais. L'équivalent français de « schooner » est *goélette*. Avec cinq-mâts, il s'agit soit d'un cinq-mâts goélette, soit d'une goélette à cinq mâts. (La différence entre les deux types de gréement est substantielle : le premier porte des voiles carrées au mât de misaine, tandis que sur le second, les cinq mâts ont tous la même voile aurique.) À la fin de sa vie, Michaux, vraisemblablement embarrassé par les hâbleries et les rodomontades juvéniles que contenait cette correspondance, obtint de Closson qu'il lui rende ses lettres ; sitôt qu'il les eut récupérées, il s'empressa de les détruire – à la

Michaux naviguait sur un navire français ; tout marin d'occasion qu'il fût, il n'est guère concevable qu'après plusieurs mois de vie à bord, il n'ait jamais appris ni retenu le nom qui désigne en français ce type de bâtiment. Notons de surcroît que ces navires à cinq mâts (gréés en goélette) ne se rencontraient guère en Europe – ce type de gréement, apparu tard et tôt disparu, était surtout utilisé aux États-Unis (côte est et côte ouest ; transport de bois et grande pêche). Un tel navire, sous pavillon français, devait vraiment être un oiseau rare !

Quant au second navire, Michaux ne s'est pas donné la peine de préciser s'il était à voile ou à moteur ; en revanche, il nous en a indiqué le nom, *Le Victorieux*, et l'origine (dommage de guerre, livré par l'Allemagne à la France). Sur la base de ces deux informations, il devrait être possible de retrouver des traces de ce bâtiment dans les archives maritimes, plus particulièrement dans les archives de la Lloyd's. De plus, si *Le Victorieux* a sombré au large de New York en 1921, la presse de l'époque a dû rapporter ce naufrage. Ainsi, par exemple, la plupart des navires sur lesquels Joseph Conrad a navigué ont pu

---

consternation de son vieux camarade. Mais si les originaux furent ainsi anéantis, le contenu de ces lettres survécut à l'insu des deux correspondants, grâce aux photocopies prises quinze ans auparavant par un tiers qui avait eu accès aux papiers de Closson. Cela permit finalement d'effectuer une publication posthume de cette correspondance – publication à laquelle Michaux se serait certainement opposé. On peut d'ailleurs s'interroger sur les raisons de la véhémence avec laquelle, avant de mourir, il avait cherché à effacer toute trace de ce singulier moment de son existence.

être très précisément identifiés par ses biographes (nom de l'armement, tonnage, gréement, rôle d'équipage, etc.). Pour les deux bateaux de Michaux, ce travail de recherche serait plus simple, mais il devrait être fait.

Les navigations de Michaux présentent encore une autre énigme. Durant sa fiévreuse attente d'un embarquement, Michaux a adressé (comme on vient de le signaler) un flot ininterrompu de lettres à Herman Closson – le seul ami auprès duquel il s'épanchait, il le tient au courant de toutes les vicissitudes de sa chasse, il lui confesse ses alternances d'espoirs et d'échecs. Parfois, si on l'en croit – mais il devient de plus en plus difficile de le croire – il ne s'en est fallu que d'un cheveu pour qu'il puisse enfin larguer les amarres. Finalement (nous l'avons vu plus haut), Michaux annonce crânement : « D'ici une semaine, je serai certainement parti. » Michaux est sans *vanité*, mais il a un *orgueil* d'enfer : après une pareille déclaration, toute reculade est impossible. Mais que se passe-t-il ensuite ? Il disparaît. Silence complet… S'il est vraiment parti, et qu'il a fait relâche dans ces ports exotiques dont les seuls noms enflammaient l'imagination de ces deux adolescents, pourquoi n'envoie-t-il pas ne fût-ce qu'une triomphale carte postale au vieux complice qu'il aimait tant épater (et justement, toute sa vie, Michaux fut toujours prodigue de cartes postales) ? Mais cette fois, pas un mot, pas une seule carte, RIEN. La correspondance ne reprendra que tout à la fin de 1921… d'une caserne belge où Michaux vient de commencer son service militaire !

Enfin, un dernier sujet d'étonnement – et pas le moindre. Pour tout homme sensible et imaginatif – et, à plus forte raison, pour un jeune poète de génie – un tout premier embarquement sur un voilier au long cours est une aventure rude, bouleversante et inoubliable. Dans le cas de Michaux, cependant, cette expérience n'a laissé *aucune* empreinte sur sa création poétique, à l'exception de deux courtes phrases sibyllines au milieu d'une longue prose qui explore un tout autre terrain : « Pauvre A., que fais-tu à bord de ce bateau ? Des mois passent ; souffrir, souffrir. Matelot, que fais-tu ? Des mois passent, souffrir, souffrir. » Par contraste, quand, sept ans plus tard, il se rend en Équateur, les trois semaines de traversée d'Amsterdam à Guayaquil lui inspirent le superbe début d'*Ecuador* – vingt pages. Ainsi, cette modeste expérience, banale et routinière, de simple passager sur un semi-cargo réussit à nourrir son observation et à exciter son imagination, bien mieux que n'ont pu le faire ses deux années de mer du temps où il était matelot !...

Dans leur chronologie de Michaux (qui figure au début du premier volume des *Œuvres complètes* de la Pléiade) Raymond Bellour et Ysé Tran concluent pour les années 1919-1921 : « Il n'existe aucun document qui permette de préciser les voyages de Michaux comme matelot, sinon ce qu'il en a lui-même confié ou rendu public. » Et J.-P. Martin confirme : « De ces traversées, nulle trace. Seulement les témoignages laconiques, rétrospectifs de Michaux. Seulement une notice biographique écrite plus de trente ans plus tard. » Mais il n'en tire nulle conclusion.

Pour ma part, tant qu'on ne m'aura pas prouvé la réalité de cet épisode marin, je persisterai à croire qu'il relève du domaine de l'imagination. Ce qui ne veut nullement dire que Michaux soit un menteur. Il est un poète. Et j'entends ce mot dans les deux sens premiers que lui donne le dictionnaire du grand Samuel Johnson : « Poète : un inventeur ; un auteur de fiction. »

Le tombeau de Michaux

> J'ai peur ; j'ai peur, étant mort, d'avoir d'une certaine façon encore plus à vivre.
>
> Henri Michaux, *Note sur le suicide*

> Les fautes deviennent définitives dans ces bibles [de la Pléiade].
>
> Aragon, noté par Matthieu Galey, *Journal I*

Comme, dans mes écrits sur la Chine, j'avais plusieurs fois exprimé mon admiration pour Michaux, je reçus un jour, il y a une bonne vingtaine d'années, une lettre d'un lecteur inconnu ; ce correspondant me demandait comment il m'était possible de manifester tant de considération pour un auteur qui avait si niaisement flagorné le maoïsme. Quand on publie des livres, on s'expose inévitablement à recevoir un certain nombre de lettres excentriques ou bizarres, mais celle-ci passait vraiment les bornes du saugrenu. Les vertus qui nous rendent Michaux particulièrement cher sont précisément son irrespect tonique, son intelligence acérée et son absolue originalité – toutes ses idées, c'est par lui-même qu'il y est arrivé, avec une sorte de naïveté barbare, et jamais il ne se laissa guider par aucune mode. Ajoutez d'ailleurs que, lorsqu'il voyageait en Chine (1932), le nom même de Mao était encore largement inconnu. Manifestement, mon correspondant ne pouvait être qu'un graphomane lunatique. Je jetai la lettre, mais son souvenir continua à me troubler vaguement, car, pour absurde qu'eût été son contenu, sa forme et son style n'étaient nullement d'un déséquilibré. Mais à quoi pouvait-elle bien faire allusion ?

Le mot de l'énigme ne me fut révélé que bien plus tard, lorsque le premier volume des œuvres complètes de Michaux parut dans la Pléiade : j'y appris que, de 1963 à 1972, Michaux s'était attelé à une réédition de tous les livres qu'il avait publiés chez Gallimard ; à cette fin, il entreprit de réviser, corriger et récrire plusieurs de ses anciens textes. Cette vaste révision fut généralement désastreuse (et nous allons voir comment) – mais hélas, c'est cette version-là que les éditeurs de la Pléiade choisirent de suivre aveuglément [1], oubliant, semble-t-il, que le premier devoir

1. Et qu'on n'aille pas m'objecter que les versions originales et les variantes sont reproduites dans les notes en fin de volume ! D'abord, elles n'y sont pas toutes ; mais surtout, comment l'honnête homme pourrait-il savourer un texte quand, pour une seule page de lecture, il doit faire douze fois le va-et-vient avec des notes microscopiques imprimées mille pages plus loin ? La réalité sinistre c'est que, maintenant, les grands textes de Michaux sont tous devenus introuvables dans leur incomparable version originale. On rêverait d'une sorte d'anti-Pléiade qui pourrait enfin les reprendre en un volume.

d'un éditeur littéraire est d'exercer un jugement critique, et que le premier devoir d'un critique est parfois (comme le disait D. H. Lawrence) de sauver l'œuvre des mains de son créateur [1].

Le phénomène des écrivains de génie qui, sur le tard, cessent de comprendre ce qu'ils ont fait de mieux, le désavouent et le gauchissent, ou s'appliquent à le refaire et à le mutiler, est consternant, mais nullement exceptionnel. Si la mort ne l'avait interrompu, Gogol aurait achevé de saboter ses *Âmes mortes* en leur accrochant l'affreuse rallonge d'une seconde partie en forme de sermon moral. Tolstoï, dans ses vieux jours, s'estimait coupable d'avoir gaspillé son énergie à écrire un roman frivole comme *Anna Karénine*, alors qu'il aurait dû employer son temps à rédiger de la propagande pieuse. Henry James, à la fin de sa vie, entreprit de récrire nombre de ses romans pour une nouvelle édition de ses œuvres complètes ; une certaine verbosité tortueuse que l'on croit souvent caractéristique de son style, n'est en fait que le résultat de cette révision tardive et malencontreuse qui, à l'époque, suscita une réaction horrifiée de la critique new-yorkaise : « On souhaite-

1. Bien sûr, on ne voudrait pas passer à la légère un jugement négatif sur ces éditeurs qui ont accompli un travail énorme ; ils ont réussi à rassembler une masse de matériaux, de textes et d'informations inaccessibles au commun des lecteurs (sans cet indispensable outil de référence, jamais je n'aurais pu écrire le présent essai). Pourtant, d'un point de vue esthétique et littéraire, l'imposant monument qu'ils ont bâti apparaît plutôt comme un sépulcre dans lequel ne repose plus qu'une momie éviscérée.

rait que M. James ait plus de respect pour les classiques, à commencer par ceux qui sont sortis de sa plume. » Conrad, souffrant dans ses dernières années d'une véritable sclérose de l'imagination, renia la riche ambiguïté des grands romans de sa maturité. Même les créateurs de bandes dessinées souffrent parfois de cette désolante révisionnite : Hergé redessina tous les *Tintin* de la première partie de sa carrière, et, ce faisant, tua la verve et la saveur qui avaient animé le graphisme des planches originales [1].

Plus une œuvre est originale et parfaite, plus elle est vulnérable et risque ultérieurement de subir les mauvais traitements de son géniteur. Une œuvre inspirée est, par définition même, une œuvre qui a *échappé* à son auteur – le danger est donc qu'il veuille la rattraper et qu'il tente maladroitement de rétablir son contrôle sur elle. Nul artiste n'est à la hauteur de ce qu'il a fait de plus beau : cet écart peut devenir pour lui source de perplexité et d'hostilité. Dans le cas de Michaux, il n'est donc pas étonnant que ce soit *Un barbare en Asie* – son chef-d'œuvre – qui ait finalement été le plus cruellement malmené par ses révisions.

Les démêlés qu'il eut avec son enfant prodige et rebelle apparaissent assez tôt. Le malaise pointe déjà dans la nouvelle préface de 1945 : « Douze ans me séparent de ce voyage. Il est là. Je suis ici. Il ne peut s'approfondir. Pas davantage être corrigé. »

Et pourtant ça lui démange furieusement de le corriger ! Sa préface à l'édition américaine (1949) est

1. *L'Île noire* dans ses moutures successives fournit une particulièrement triste illustration de ce processus.

de mauvais augure. Lui, dont la bêtise n'était pourtant pas le fort, se trouve amené à bêtifier. Il bêle d'édifiantes platitudes, complètement à côté du sujet : « L'homme a besoin d'un but immense et lointain qui s'écoule au-delà de sa propre vie. Quelque chose qui entraîne à la venue d'une nouvelle civilisation planétaire, et non qui lui fasse obstacle. Pour éviter la guerre – construire la paix. » Bla-bla-bla. (On songe à Chaplin qui, ayant eu le génie de créer le *Dictateur*, éprouva le besoin d'y coller en queue un long prêche tartiné de confiture, adressé à toutes les belles âmes de la planète). Finalement, trente-cinq ans après la publication de son *Barbare*, il n'y tient plus ; cette fois, il va s'empoigner avec le texte lui-même, et lui régler son compte. Il commence par rédiger une nouvelle préface dans laquelle il s'excuse d'avoir commis un tel ouvrage : « Ce livre me gêne et me heurte, me fait honte. »

Il aurait voulu, « en contrepoids », y introduire quelque chose « de plus grave, de plus réfléchi, de plus approfondi, de plus expérimenté, de plus instruit », mais (Dieu merci !) le livre lui résiste. Que faire ? D'abord couper, couper un peu partout, toutes les insolences qui maintenant le choquent de façon insupportable. Faute de place, je me contente de citer ici quelques échantillons de cette censure – échantillons brefs, glanés au vol et au hasard (l'italique indique chaque fois ce qui a été supprimé) :

— *la religion hindoue a double face, l'une pour initiés, l'autre pour crétins. L'humilité est certes une qualité de tout premier ordre, mais pas l'abrutissement.*

— *l'hindou est souvent laid, d'une laideur vicieuse et pauvre.*

— *en France, on raconte des obscénités et on en rit. Ici,* [en Inde] *on en raconte, on s'en imprègne sans rire. On les suit en rêvant. On cherche le jeu des organes.*

— le Chinois qui ne fait que peu de poésie crève-le-cœur, qui ne se plaint pas, n'exerce que peu d'attraits sur l'Européen, *si l'on excepte une centaine de bibliothécaires qui, à force de lire, ne savent d'ailleurs plus rien de rien.*

— *un général chinois qui fait dans ses culottes, qui supplie le colonel d'aller au combat à sa place, n'étonne personne. Personne ne demande à voir les culottes. Tout le monde trouve ça naturel. Un jour, je vis cinq officiers qui juraient d'exterminer je ne sais plus qui. Ils avaient l'air de lapins.*

— [Chinois], *vieux peuple d'enfants qui ne veut savoir le fond de rien, qui n'a pas de principes, mais des « cas », pas de droit mais des « cas », pas de morale, mais des « cas ».*

— *une prostituée chinoise est moins apparemment sensuelle qu'une mère de famille européenne. Elle montre aussitôt de l'affection. Elle cherche à s'attacher.*

— [Au Japon], les hommes sont *laids*, sans rayonnement, douloureux et secs. *L'air de tout petits, petits employés sans avenir, de caporaux, tous en sous-ordres,* serviteurs du baron X et de monsieur Z ou de la papatrie… *de petits yeux de cochon, des dents cariées.* Les femmes sont *trapues*, costaudes *avant tout et en reins depuis les jambes jusqu'aux épaules. De figure parfois gentille*, d'une gentillesse *sans horizon et* sans émotion, *la tête toujours si grosse, grosse de quoi ? du vide ? Pourquoi une si grosse tête pour une si petite physionomie et encore une plus petite expression.* Et puis un petit rire chatouilleux et sentimental *(comme les militaires)* un petit rire fou et superficiel *de bonne à tout faire.*

— une religion d'insectes, *exactement la religion des fourmis, le shintoïsme avec ce fameux* culte de la fourmilière, *peuple de fourmis.*

— [Japon,] *pays où une jeune fille pas très riche est normalement vendue à une tenancière de bordel pour servir la multitude (d'ailleurs pour ce qu'elles sont personnelles !). Servir, servir toujours !*

Dans la version censurée et révisée, Michaux a d'ailleurs cru nécessaire d'ajouter en tête du chapitre consacré au Japon une note spéciale d'excuses, demandant qu'on lui pardonne ces pages qu'il relit « avec gêne, avec stupéfaction par endroits. Un demi-siècle a passé, et le portrait est méconnaissable ». (Au contraire, il est hilarant et hurlant de vérité.) Il termine cette remarque préliminaire sur un ton lénifiant et bénisseur – qui est, lui, intolérablement suffisant et protecteur : « Ce Japon d'aspect étriqué, méfiant et sur les dents, est dépassé. Il est clair à présent qu'à l'autre bout de la planète, l'Europe a trouvé un voisin. »

Souvent les coupures se combinent avec un travail de réécriture. Cette nouvelle formulation a pour but de limer les pointes, d'arrondir les angles et d'affadir le ton. Que de précautions pour ménager tout le monde, n'offenser aucune oreille délicate ! Pas d'indécences, pas de familiarités ! Respecter tous les tabous ! Ne marcher sur les pieds de personne ! Des égards pour les vieillards et les culs-de-jatte, de la sympathie pour la veuve et l'orphelin ! Ainsi, « les brahmes sont jaloux comme des bossus et ignorants comme des carpes » devient sobrement : « Les brahmes sont jaloux, souvent ignorants. »

Ou encore : « Le prêtre est maquereau et son temple est plein de filles » se trouve pudiquement réduit à « le temple a des filles ».

Dans la version originale, en regard de la noblesse naturelle des Arabes et des Hindous, « les Européens paraissent tous de simples ouvriers ou des garçons de course ». Dans la version révisée « les Européens paraissent précaires, secondaires, transitoires ».

Dans la version originale, par comparaison avec la modestie exquise des femmes bengalies, « les Européennes paraissent des putains ». La version révisée, après avoir évoqué la modestie des femmes bengalies, se contente d'interjeter chastement : « Quelle différence avec les Européennes ! »

Les tournures se font académiques et compassées. Ainsi, dans la version originale : « un aveugle pauvre en Europe excite déjà une compassion notable. Aux Indes, s'il compte sur sa cécité pour émouvoir, *il peut toujours courir* » ; dans la version révisée : « Aux Indes, qu'il ne compte pas sur sa cécité pour émouvoir. »

Les réjouissants coups de griffe disparaissent. « La poésie d'un peuple trompe plus que l'habillement, c'est une *fabrication d'esthètes ennuyés qui ne se comprennent qu'entre eux* » est prudemment neutralisé en

« la poésie d'un peuple, à mainte époque une fabrication d'esthète, trompe plus que l'habillement ».

La vigueur de l'expression fait place à des ronds de jambe (avec addition gratuite de parenthèses culturelles pour rappeler que l'auteur est de bonne compagnie). Comparez d'une part : « Tandis que beaucoup de pays qu'on a aimés deviennent à mesure qu'on s'en éloigne, *presque ridicules* ou inconsistants, le Japon que j'ai *nettement détesté* me devient *presque cher* » – et d'autre part : « Tandis que beaucoup de pays qu'on a aimés tendent à *s'effacer* à mesure qu'on s'en éloigne, le Japon que j'ai *rejeté prend maintenant plus d'importance (le souvenir d'un admirable nô s'est glissé et s'étend en moi).* »

Les mots durs sont remplacés par des mots flasques. « Qui mesurera le poids des *imbéciles* dans une civilisation ? » devient : « Qui mesurera le poids des *médiocres* dans une civilisation ? »

À trente-cinq ans de distance, le poète s'est converti à l'usage du savon. Dans la version originale, il avait remarqué avec approbation : « *Le Chinois déteste l'eau (excellent pour la personnalité d'ailleurs, la saleté).* » Ces treize mots ont disparu dans la version hygiéniquement révisée. À un autre endroit, il avait remarqué : « *Selon un homme relativement sale comme moi*, un lavage comme une guerre a quelque chose de puéril parce qu'il faut recommencer quelque temps après. » La version corrigée reprend seulement l'idée générale, mais omet la sympathique allusion personnelle.

Une certaine scatologie lui avait été longtemps spontanée et naturelle ; mais la révision est venue purger sa prose de toute allusion, même simplement figurative, aux fonctions digestives. Ainsi « les Indiens sont tous constipés... Cette constipation, la plus agaçante de toutes, la constipation de la respiration et de l'âme... » se trouve transformé en « les Indiens sont tous figés, bétonnés... Cette contrainte, la plus agaçante de toutes, celle de la respiration et de l'âme... » Et la même obsession de décence l'amène à supprimer dans *Ailleurs* (p. 21 dans l'ancienne édition) « La diarrhée des Ourgouilles » – toute une page d'une truculente imagination bruegelienne, décrivant une « diarrhée accompagnée d'autophagie : l'homme est digéré et évacué au fur et à mesure par son propre intestin [1] ».

En coupant et en récrivant de multiples passages, Michaux a abîmé *Un barbare en Asie* ; mais ce qui a achevé de défigurer le livre, ce sont ses *ajouts*. J'ai déjà signalé plus haut comment il avait désavoué sa vision critique du Japon – désaveu aberrant, si l'on songe qu'en 1932 il avait très exactement saisi la

1. La référence à Bruegel est ici plus qu'une figure de style. Michaux pourrait fort bien avoir puisé l'idée de la diarrhée des Ourgouilles dans une peinture de Bruegel, *La Chute des anges rebelles* (Musées royaux des beaux-arts de Belgique, que le poète connaissait bien) : on y voit (entre autres) un affreux diable pansu qui, la tête en bas dans sa dégringolade en enfer, est en train de se dévorer le pied, tout en lâchant d'énormes pets fuligineux. Michaux a confié à François Cheng que, bien qu'il n'ait guère eu d'intérêt pour la peinture à l'huile (il préférait les lavis d'encre, et surtout la peinture chinoise), la peinture flamande lui était familière – avec une prédilection toute particulière pour Bruegel et son art de combiner le réel et l'imaginaire. (Voir Cheng Baoyi : *Ye Dong* [« La nuit remue »], Taipei, 1984, introduction, p. x.)

nature d'une société qui étouffait sous un sinistre régime militaro-fasciste. (De même les voyageurs intelligents et sensibles qui visitèrent Berlin à la fin des années 1930 et témoignèrent honnêtement de leur révulsion n'ont pas lieu de s'en excuser !) Mais sur le sujet de la Chine, c'est pire encore : il accepte sans discussion l'image de la Chine que la propagande maoïste diffuse en France au moment de la « Révolution culturelle ». Il nie la réalité qu'il avait finement perçue hier, au nom des mensonges grossiers qu'on lui serine aujourd'hui. D'entrée de jeu, avec une nouvelle préface, il s'ingénie à infirmer la validité de son chef-d'œuvre : « En Chine, la révolution [maoïste], en balayant des habitudes, des façons d'être, d'agir et de sentir, fixées depuis des siècles, depuis des millénaires, a balayé beaucoup de remarques, et plusieurs des miennes. *Mea culpa*. Non seulement d'avoir vu insuffisamment bien, mais plutôt de n'avoir pas senti ce qui était en gestation et qui devait défaire l'apparemment permanent. N'avais-je rien vu vraiment ? Pourquoi ? Ignorance ?… » On en pleurerait ! Puis, tout au long du livre, il insère une succession de notes nouvelles pour rectifier, à la lumière de la sainte révélation maoïste, tout ce que ses réflexions originales contenaient d'hérétique.

« En une génération, la politique, l'économique, la transformation des classes sociales ont fait en Chine un autre "homme de la rue". On ne reconnaît plus le mien et celui que moi et d'autres visiteurs avions vu… La Chine revit. Il faut être heureux de ne plus la reconnaître, de la connaître autrement, toujours, toujours inattendue, toujours extraordinaire. » Commentant un passage où il avait décrit la crainte qui retenait les Chinois d'établir un contact avec des visiteurs étrangers : « Ce doit être extraordinaire à qui retourne là-bas, maintenant, dans les mêmes villes où l'on reculait d'autour de lui, de voir des visages assurés, qui ne se dérobent pas, souriants, amicaux, ouverts. » Amère ironie : il ajoutait cette note au plus chaud de la « Révolution culturelle » – à un moment où, en pleine rue, les passants n'osaient même pas vous indiquer le chemin, car le fait d'avoir échangé deux mots avec un étranger pouvait aussitôt leur être imputé à crime… De même, là où l'édition originale notait simplement « aucune ville n'a des portes aussi massives que Pékin », la version révisée vient renchérir : « Aucune ville du monde n'a des portes aussi massives, aussi belles, aussi apaisantes que Pékin. » Comme c'est vrai ! Mais pourquoi ajouter cela exactement comme la « Révolution culturelle » achevait leur destruction totale ?…

Le poète qui, pourtant, avait si bien compris quinze ans auparavant que « Qui chante en groupe, mettra, quand on le lui demandera, son frère en prison », se joint maintenant au vaste chœur des « idiots utiles » pour célébrer les mérites du président Mao : « L'homme de toutes les audaces, qui écrit le *Petit Livre rouge*, si simple, si raisonnable… Mao Zedong qui retourna la Chine, transforma complètement, en quelques années une société millénaire, qui eut les projets les plus audacieux, certains irréalisables, *mais qui furent réalisés [sic]*, d'autres insensés d'audace, comme lorsqu'il entreprit de petits hauts-fourneaux de village pour produire de l'acier malgré l'avis de tous les techniciens, qui institua des villages nouveaux à dortoirs… »

Écourtons l'énumération de ces lugubres sornettes. Banales, même sous bien des plumes fameuses, elles sont ahurissantes sous celle de Michaux. Comment cet esprit irréductiblement indépendant a-t-il pu docilement accepter une propagande que des criminels dictaient à des crétins ? Comment ce poète d'une absolue originalité peut-il devenir un ventriloque qui pense en clichés et écrit en slogans ? Comment ce génie de l'insolence peut-il se mettre à genoux pour agiter l'encensoir ?

Que s'est-il donc passé ?

Il s'est passé ceci que *Michaux est devenu français.*

Mais attention ! Surtout, qu'il n'y ait ici nul malentendu. Je n'ai pas la sottise de penser que la nation qui a produit Rabelais et Hugo, Montaigne et Pascal, Stendhal et Baudelaire soit particulièrement déficiente en fait d'intelligence littéraire (encore que, sur la question du maoïsme, certains représentants de l'élite intellectuelle française aient effectivement battu un record mondial de stupidité). Non, ce que je veux dire est tout autre.

S'il est une chose dont le Belge est pénétré, c'est de son insignifiance. Cela, en revanche, lui donne une incomparable liberté – un salubre irrespect, une tranquille impertinence, frisant l'inconscience. La fourmi n'a aucun scrupule à marcher sur le pied de l'éléphant ; et il y a des petits oiseaux qui viennent picorer dans la gueule ouverte des crocodiles (ces derniers leur font d'ailleurs bon accueil : ça les dispense de se brosser les dents). Ou encore, le Belge est une sorte de fou du roi : comme ce qu'il dit ne saurait tirer à conséquence, *il peut tout dire*. Spontanément, c'est ainsi que Michaux s'est vu lui-même durant toute la première moitié de sa longue existence. Un lecteur peu familier avec l'œuvre de Michaux, et qui ne connaîtrait d'*Un barbare en Asie* que mes échantillons de propos censurés (voir plus haut) pourrait même s'imaginer qu'il doit s'agir là d'un vilain factum raciste, produit de l'ère coloniale-impérialiste. Cette méprise de lecteur ignorant, Michaux devait la commettre lui-même, quand il se relut plus tard, après être devenu français : il le dit lui-même, il se sentit « gêné, honteux » et entreprit de couper tous les passages qui, maintenant, offensaient son sentiment nouveau des convenances.

En réalité, c'est à ses compatriotes que Michaux décocha ses traits les plus féroces – ce qui est fort naturel car ces gens-là, il les connaissait bien, et il ne les aimait pas. Mais, quand dans la foulée de ses voyages asiatiques, il publia en revue un court essai – d'une acuité drôle et impitoyable – sur l'Argentine et les Argentins, la réaction courroucée de la presse de Buenos Aires le stupéfia et le consterna ; il déversa aussitôt son désarroi dans une lettre véhémente et révélatrice à une amie sud-américaine – manifestement, il ne comprend pas comment ces Argentins qu'il aimait bien pouvaient se formaliser de ses propos ; étant belge, il est habitué à entendre bien pire sur le compte de son pays.

Michaux s'est installé à Paris depuis l'âge de 25 ans. Il a fui la Belgique ; au début, il y retournera le moins souvent possible – puis finalement plus du tout. Mais – il est significatif de le noter – pour rédiger *Ailleurs* (un de ses ouvrages majeurs), il éprouve encore le besoin de s'installer pendant six mois à Anvers, dans un hôtel. À Paris, de façon insensible et progressive, sa vie va devenir plus vivable ; il commence à jouir d'une forme d'existence intelligente, sociable et agréable. Bien que solitaire et réservé par nature, Michaux n'a rien d'un sauvage. Le cercle de ses fréquentations, sans être mondain, n'est nullement étroit. Cioran, qui avait de l'amitié pour lui, et qui le connaissait bien (mais chez Cioran, l'affection n'émoussait jamais l'acuité du jugement), lui appliquait gentiment le mot cruel de Forain : « Un ermite qui connaît l'horaire des trains. »

Quand je dis que Michaux est devenu français, je ne parle bien sûr pas de l'acquisition d'un autre passeport (qui est sans signification et sans importance) mais de l'adoption d'une autre attitude ; il est maintenant qualifié pour délivrer des brevets de bonne conduite et des médailles récompensant l'effort méritant, qu'il s'agisse de la Chine de Mao ou du Japon d'après guerre (du temps où il était belge, l'idée ne lui en serait jamais venue). Mais il est obligé aussi de surveiller sa langue. Un Belge arrogant est une contradiction dans les termes – une notion dont le seul énoncé fait rire. Mais pour un Français, l'arrogance est un soupçon dont il faut constamment se protéger. À l'étranger, au milieu d'indigènes déshérités, le Français est souvent amené, bon gré mal gré, à promener son identité nationale comme une sorte de saint-sacrement qu'il s'agit de ne point déshonorer [1]. Et Michaux, en homme de cœur, se sentit donc dans l'obligation morale de censurer *Un barbare en Asie.*

Michaux a finalement oublié ses propres principes : « Toujours garder en réserve de l'inadaptation » et « il y a des ces maladies, si on les guérit, à l'homme, il ne reste rien ».

Débarrassé de sa belgitude, il s'est coupé en partie de l'inspiration centrale de son génie, mais il vécut moins difficilement. Peut-être même réussit-il à atteindre en fin de compte un certain bonheur. Même si ses lecteurs y ont perdu, qui oserait l'en blâmer ?

Post-scriptum :

*Une source fiable, qui tenait son information d'une personne proche de Michaux, me dit que, tout à la fin de sa vie, pour une édition étrangère d'*Un barbare en Asie, *Michaux avait recommandé au traducteur d'utili-*

1. Chateaubriand (qui n'était pourtant pas un imbécile) nous donne un éloquent exemple de cette conscience nationale : durant la retraite de l'armée des Princes (dans les rangs de laquelle il s'était engagé comme volontaire), blessé et malade, il tomba en bordure de la route, près de Namur ; de braves paysannes wallonnes le recueillirent et le soignèrent – et notre vicomte de constater : « Je m'aperçus que ces femmes me traitaient avec une sorte de respect et de déférence : il y a dans la nature du Français quelque chose de supérieur et de délicat que les autres peuples reconnaissent » (*Mémoires d'outre-tombe*, X, 2). On imagine mal Plume en voyage, qui aurait été amené à formuler une semblable réflexion.

ser non pas la version révisée, mais bien la version originale de ce livre. Si cette information est correcte (et je n'ai pas lieu de douter de sa véracité), il faut donc conclure que Michaux aurait finalement pris conscience de l'erreur qu'il avait commise en remaniant son chef-d'œuvre. Et du coup, le choix des éditeurs de la Pléiade qui est venu entériner et consacrer cette erreur n'en paraît que plus déplorable.

G. K. Chesterton (1874-1936)

Le poète qui dansait avec une centaine de jambes

En principe, le titre d'un article ou d'une causerie devrait définir le sujet traité. Laissez-moi tout d'abord expliquer la signification de mon sous-titre.

Chesterton, le poète

Chesterton a dit un jour qu'il soupçonnait Bernard Shaw d'être le seul homme à n'avoir jamais écrit de poésie. Nous pourrions bien soupçonner Chesterton du contraire. A-t-il jamais rien écrit d'autre ?

Mais qu'est-ce que la poésie ? Il ne s'agit pas seulement d'une forme littéraire usant de vers, de rythmes et de rimes – quoique Chesterton ait également écrit beaucoup de ces poèmes-là, dont certains restent d'ailleurs mémorables. Non, la poésie est quelque chose de beaucoup plus fondamental. La poésie est une saisie du réel. La poésie dresse un inventaire de l'univers visible ; elle donne leur nom à toutes les créatures ; elle nomme ce qui *est*. Ainsi, pour Chesterton, l'un des plus grands poèmes jamais écrits se trouve dans *Robinson Crusoé* : cette liste de toutes les choses que Robinson réussit à sauver du naufrage de son navire : « deux fusils, une hache, trois sabres, une scie, trois fromages de Hollande, cinq pièces de viande de chèvre séchée… » La poésie est notre lien vital avec le monde extérieur – la ligne de sécurité dont dépend notre survie même – et, en certaines circonstances, le dernier rempart de notre santé mentale.

On conserve beaucoup de malentendus au sujet de Chesterton. L'un d'eux le peint sous les traits d'un grand bonhomme aimable et jovial, animé en permanence d'un rire innocent – un homme qui semblerait avoir passé sa vie entière dans une bienheureuse ignorance des noirs aspects de notre commune condition, un homme solidement et sereinement ancré dans des certitudes ensoleillées, un homme auquel nos quotidiennes angoisses, nos doutes et nos peurs auraient été épargnés ; un homme d'un autre âge peut-être, et qui n'aurait guère pu pressentir les terreurs et les horreurs de notre époque. À la fin du hideux XXe siècle qui fut peut-être la période la plus féroce et la plus inhumaine de toute l'Histoire, et au commencement du XXIe qui ne s'annonce guère mieux, nous pouvons bien nous demander si, avec sa bonne humeur constante et invincible, Chesterton n'est pas une sorte de monument d'un autre temps, voire même d'une autre civilisation. Ne devrait-il pas apparaître aux yeux du lecteur moderne comme un anachronisme, certes plaisant, mais qui n'a plus rien à nous dire ? Car, après tout, ne sommes-nous pas les enfants de Kafka ? Et comment donc Chesterton pourrait-il répondre à nos angoisses ?

Or le fait est cependant là : Kafka lui-même, précisément, trouva en Chesterton un miroir reflétant sa propre inquiétude. D'après le témoignage de son jeune admirateur et ami, Gustav Janouch, nous savons avec quel enthousiasme Kafka avait lu *The Man Who Was Thursday* (« Le nommé Jeudi ») qui, effectivement, est entre tous les romans de Chesterton, le plus accompli, le plus profond et le plus troublant. À propos de ce livre, notons au passage que Chesterton lui-même a remarqué que la plupart de ses lecteurs semblent n'avoir jamais réussi à lire son titre en entier. En effet, le livre ne s'appelle pas simplement *The Man Who Was Thursday*, mais bien *The Man Who Was Thursday : A NIGHTMARE*. Mais ce « Cauchemar »-là n'avait certainement pas échappé à Kafka.

Lorsque Chesterton n'était encore qu'un jeune homme oisif et rêveur qui s'était laissé dériver sans motivation particulière vers une vague école des beaux-arts, il se trouva secoué par une crise soudaine : il fit l'expérience d'une terrible confrontation avec le Mal – le Mal perçu non pas comme une menace venue de l'extérieur, mais bien comme une réalité spirituelle, lovée au cœur de sa propre conscience. Ce fut alors qu'il eut l'intuition du paradoxe central qu'il ne cessera d'explorer toute sa vie durant, et qu'il finira par résumer vers la fin de sa carrière, dans son livre magistral sur saint Thomas d'Aquin : le christianisme a inversé l'ancienne croyance platonicienne selon laquelle c'est l'univers matériel qui serait mauvais, et l'univers spirituel qui serait bon. En réalité, c'est le contraire qui est vrai : ayant créé le monde, Dieu regarda toutes choses et vit qu'elles étaient bonnes. « Il n'y a pas de choses mauvaises, mais seulement un mauvais usage des choses. Ou, si vous voulez, il n'y a pas de mauvaises choses, mais seulement des pensées mauvaises, et surtout des intentions mauvaises. Il est possible de disposer des choses bonnes avec de mauvaises intentions, et les bonnes choses, telles que le monde et la chair, ont été détournées par une intention mauvaise, appelée le diable. Mais le diable est incapable de rendre aucune chose mauvaise – les choses demeurent telles qu'elles ont été créées le premier jour. L'œuvre du Ciel seule est matérielle – la création du monde matériel. L'ŒUVRE DE L'ENFER EST ENTIÈREMENT SPIRITUELLE. »

Dans sa jeunesse, durant tout un temps, Chesterton vécut dans la crainte de se trouver pris au piège de son propre esprit, bouillonnant d'une incontrôlable activité – et pendant toute une période, il tituba littéralement au bord de la folie. Dans cet état, ce fut finalement la poésie qui le sauva et lui permit de conserver la raison, car le don du poète (qui est aussi le don de l'enfant) consiste en la capacité de rester relié au monde extérieur, de contempler les choses avec une attention intense et totale, et de tomber en extase devant le spectacle du réel. Et le poète et l'enfant ont reçu en partage la grâce de ce que Chesterton appelait « le minimum mystique » – à savoir, la conscience de ce que les choses *sont*, point à la ligne. « Si une chose n'est rien d'autre qu'elle-même, c'est bien ; elle *est*, et c'est *ça* qui est bon. »

Il est intéressant de noter en passant qu'à l'autre bout du monde, il y a de cela un millier d'années, les grands mystiques de la Chine et du Japon (dont Chesterton lui-même n'a jamais rien connu) avaient développé exactement les mêmes idées : je pense ici aux maîtres du bouddhisme chan (mieux connu en Occident sous son nom japonais de zen) – ces maîtres qui n'enseignaient qu'au moyen de poèmes, de peintures, de paradoxes, de plaisanteries et d'énigmes. Ainsi, par exemple, un jeune disciple demande à un vieux moine : « Qu'est-ce que le Bouddha ? » Et le maître de répondre : « Le Bouddha est un navet de deux livres acheté au marché de Chaozhou. » La leçon à retenir est celle-ci : accrochez-vous à la réalité. Si vous pouviez absolument saisir ne fût-ce qu'un fragment de réalité, si modeste soit-il, dans son irréductibilité concrète et singulière, vous prendriez enfin appui sur le solide terrain du vrai. Accrochez-vous donc à la réalité – tout comme Robinson Crusoé qui, pour sauver sa vie s'accroche aux choses qu'il a pu récupérer du naufrage : « deux fusils, une hache, trois sabres, une scie, trois fromages de Hollande… »

J'ai dit dans mon intitulé que, non seulement Chesterton est « un poète », mais qu'il est un poète qui danse « avec une centaine de jambes ». En fait, cette expression est empruntée à Chesterton lui-même : il s'en est servi dans une interview pour décrire le personnage le plus extraordinaire qu'il ait jamais créé : « Sunday » (Dimanche), l'énigmatique géant à deux faces – énorme, turbulent, évasif – qui tire toutes les ficelles de l'action dans sa sublime fable métaphysique, *Le nommé Jeudi*. Il écrivit ce livre quand il avait à peine 30 ans, et, chose étrange, quelque vingt années plus tard, sa propre apparence physique devait finir par rassembler à celle de Sunday – comme l'ont noté divers témoins. Ainsi Valery Larbaud qui, étant venu lui rendre visite, évoque cette étonnante ressemblance dans une lettre adressée à Claudel ; et Bernard Shaw lui-même, amical adversaire en d'innombrables joutes d'idées, le décrivit également, avec affection, comme « une montagne humaine, énorme physiquement et intellectuellement au-delà de toute proportion acceptable, et qui semble grandir encore comme vous le regardez ».

Mais ceci ne va pas sans nous poser quelques problèmes d'ordre pratique : comment tracer le portrait d'un homme qui danse avec une centaine de jambes ? comment fixer son image mouvante et bondissante ? La tâche est impossible – ne me blâmez donc pas si vous trouvez mes propos par trop décousus. Leur seule excuse sera d'être émaillés d'une série de citations empruntées à ses écrits – et si ces citations, à leur tour, pouvaient vous inciter à le lire et relire, nous n'aurons pas perdu notre temps.

Car, pour le reste, je dois vous avouer que je suis bien mal qualifié pour traiter de ce sujet. Je ne suis nullement un expert en la matière : la grande édition des *Œuvres complètes* de Chesterton (encore en cours de publication aux États-Unis) comptera finalement une cinquantaine de volumes ; quelque vingt-cinq ont déjà paru, desquels je ne connais qu'une modeste partie (mais je poursuis mon exploration avec délice). Comme vous le voyez, dans ce domaine, je ne suis donc qu'un incorrigible amateur. Mais au fond, d'un point de vue chestertonien, c'est peut-être aussi bien ainsi – car Chesterton justement attachait un prix particulier à cette notion d'*amateur*, opposée à celle de *professionnel*.

Dans son autobiographie, il donne de son père un portrait plein d'affection. Son père dirigeait une agence immobilière (*Chesterton* : la firme existe toujours, vous pouvez encore voir son nom affiché dans les rues de Londres, et même de Sydney et de Perth – sur des maisons et immeubles à vendre ou à louer), mais il avait aussi toutes sortes de talents artistiques – dessin, peinture, vitrail, photo, lanternes magiques, etc. – qu'il employait en famille pour l'enchantement de ses enfants. Chesterton conclut : « Dans l'ensemble je suis heureux qu'il n'ait jamais été un artiste professionnel : cela aurait pu l'empêcher de devenir un amateur. »

La supériorité de l'amateur sur le professionnel est une notion importante et paradoxale, mais elle est largement ignorée dans la culture occidentale, laquelle considère de façon générale que seul le professionnel est vraiment « sérieux », tandis que l'activité de l'amateur paraît nécessairement entachée de frivolité (mais nous allons voir à l'instant ce que Chesterton pensait du sérieux et du frivole). Pour moi, cette façon qu'il a de valoriser l'amateurisme présente un intérêt tout particulier, car elle coïncide en fait avec un principe fondamental de l'esthétique picturale chinoise [1] (dont Chesterton ignorait d'ailleurs entièrement l'existence). Il s'agit du reste d'un principe qui devrait présenter une pertinence profonde et universelle. Songez-y un moment : vous pouvez être – vous devez être – pleinement professionnel tant que vous êtes agent immobilier ou notaire, fossoyeur ou comptable, dentiste ou avocat – mais pourriez-vous vous intituler, disons, *poète professionnel* ? Et si, sur un formulaire officiel de passeport ou de visa, vous veniez à remplir la rubrique « profession » en inscrivant « membre du genre humain » ou plus simplement « vivant », le préposé à qui vous remettrez cette déclaration doutera de votre santé mentale.

Aucune activité humaine vraiment importante ne saurait être poursuivie d'une manière simplement professionnelle. C'est ainsi, par exemple, que l'apparition du politicien professionnel marque un déclin de la démocratie – puisque dans une démocratie authentique, l'exercice des responsabilités politiques est le privilège et le devoir de chaque citoyen. L'amour pratiqué de façon professionnelle est prostitution. Vous devez fournir la preuve de vos qualifications professionnelles pour obtenir le plus modeste emploi de postier ou de balayeur de rues, mais nul ne vérifiera vos compétences quand vous voudrez devenir un mari ou une épouse, un père ou une mère de famille, et pourtant ce sont là autant de tâches

1. Sur ce même sujet, voir plus loin « Éthique et esthétique : la leçon chinoise » (p. 189).

complexes et absorbantes, des tâches d'une importance capitale, et qui requièrent un talent proche du génie.

En plus du portrait qu'il traça de son père, Chesterton fit l'éloge de l'amateur en plusieurs autres endroits. Certains de ses aphorismes sur le sujet sont devenus justement célèbres ; ainsi : « Quand une chose vaut la peine d'être faite, ça vaut même la peine de la faire mal. » Ou encore : « Tout comme un méchant homme est quand même un homme, un méchant poète est quand même poète. »

Il poussa plus avant le contraste entre l'amateur et le professionnel, et le développa en une comparaison entre le généraliste et le spécialiste. Il appliqua cette notion à une question qui lui tint toujours particulièrement à cœur – celle de la condition des femmes. Selon lui, l'homme doit être, jusqu'à un certain point, un spécialiste ; par la force des choses, il se trouve contraint de poursuivre une voie étroitement professionnelle pour gagner le pain du ménage – tandis que la femme est véritablement généraliste : elle est appelée à exécuter cent activités différentes pour assurer la bonne marche du foyer. Le préjugé moderne qui consiste à dénoncer l'étroitesse des tâches domestiques suscite son indignation : « Quand on dit que les tâches domestiques sont une besogne harassante, tout le problème est de savoir dans quel sens on entend cette expression. Si l'on veut dire qu'il s'agit d'une tâche extrêmement difficile, j'admets qu'on décrive ainsi l'activité de la femme qui peine et dépense toutes ses forces à la maison, tout comme on dit qu'un homme peine et dépense toutes ses forces en construisant la cathédrale d'Amiens, ou qu'il peine et dépense toutes ses forces en servant un canon à la bataille de Trafalgar. » Puis il passe en revue tout l'éventail des besognes ménagères qui requièrent tour à tour, ou simultanément, les talents et l'initiative d'un homme d'État, d'un diplomate, d'un économiste, d'un éducateur et d'un philosophe, et il conclut : « Je conçois volontiers que toutes ces choses puissent épuiser l'esprit, je n'imagine pas comment elles pourraient jamais le rétrécir. La mission d'une femme est laborieuse, mais elle est telle parce qu'elle est gigantesque, et non parce qu'elle serait mesquine. Je plaindrai Mme Jones en raison de l'énormité de sa tâche, je ne la plaindrai jamais en raison de sa petitesse. »

La réputation de Chesterton présente aujourd'hui une curieuse contradiction : tout à la fois, il jouit d'une large popularité, et il se trouve relativement ignoré. Sur la scène littéraire et intellectuelle contemporaine, il est simultanément présent et absent. Sa présence se manifeste de diverses manières. Tout d'abord, à un niveau superficiel, on ne compte plus le nombre de ses bons mots et aphorismes qui sont passés dans l'usage courant de la langue au point de devenir proverbiaux : dans la conversation et dans la presse on cite constamment ses propos sans même savoir qu'ils sont de lui. Il a des images frappantes qui tantôt dégonflent des clichés et tantôt illuminent des questions complexes. Certains de ses traits d'esprit sont des arguments d'une drôlerie irréfutable ; il invente des raccourcis saisissants pour rejoindre la vérité. Ainsi, il désarme le vieux slogan chauvin « Qu'elle ait tort ou qu'elle ait raison, c'est ma patrie ! » en le retournant avec une logique implacablement saugrenue : « Sobre ou ivre, c'est ma mère ! » Ou encore, sur la démocratie : « La démocratie, c'est comme quand on se mouche : même si vous ne le faites pas bien, vous devez le faire vous-même. »

Sur le difficile problème du péché originel et de l'innocence perdue de la nature humaine, il a ce commentaire apparemment loufoque, mais profondément juste : « Si vous vouliez dissuader quelqu'un de boire un dixième whisky, vous pourriez fort bien lui donner une cordiale bourrade en lui disant : "Allons, courage, soyez un homme !" Mais en revanche, pour dissuader un crocodile de manger un dixième explorateur, personne ne songerait à lui donner une cordiale bourrade en lui disant : "Allons, courage, soyez un crocodile !" »

Le côté baroque et excentrique de telles images incite souvent les esprits superficiels à ignorer la profondeur et le sérieux de sa pensée. Les imbéciles le croient frivole ; mais qu'est-ce que la frivolité ou le sérieux ? Chesterton disait à ce sujet : « Un homme qui s'attache aux harmonies, qui n'associe les étoiles qu'avec les anges, ou les agneaux avec les fleurs printanières risque fort d'être frivole car il n'adopte qu'un seul mode à un certain moment ; et puis ce moment une fois passé, il peut oublier le mode en question. Mais un homme qui ose accorder un ange avec un octopus doit avoir une vision vraiment sérieuse de l'univers. Plus les sujets évoqués diffèrent entre eux, plus la philosophie qui les embrasse doit être profonde et universelle. Un esprit léger et irréfléchi est caractérisé par l'harmonie des matières qu'il traite ; un esprit pénétrant et réfléchi, par leur apparente diversité. »

Quand on lit Chesterton aujourd'hui, on est constamment saisi par la troublante justesse d'un grand nombre de ses analyses, par la qualité prophétique d'un grand nombre de ses avertissements – et pourtant certains d'entre eux ont été formulés il y a bientôt un siècle. Ses écrits ont une actualité, une pertinence, une pressante urgence que nous ne trouvons chez aucun de ses illustres contemporains. Que pourrait-on encore retenir aujourd'hui des observations sociales de Bernard Shaw et de H. G. Wells ?

Je voudrais maintenant simplement vous fournir quelques échantillons de ses vues sur les sujets les plus variés – échantillons glanés presque au hasard, pour illustrer l'étendue et l'acuité de son jugement.

— Politique (ces lignes sont tirées du portrait qu'il fait d'un important homme d'État de son époque) : « Sur les principes fondamentaux de la politique et de la morale, il faisait montre de cette curieuse qualité de flou que j'ai souvent rencontrée chez les hommes haut placés. Car les personnages publics semblent devenir d'autant plus brumeux qu'ils montent plus haut. Et je crois qu'on peut dire en vérité que les politiciens n'ont pas de politique. » (À ce sujet, il est intéressant de noter que dans son admirable autobiographie, *Le Voleur dans la maison vide*[1], Jean-François Revel formule exactement la

1. Plon, 1997 ; Pocket, 1999.

même observation – sur François Mitterrand en l'occurrence, qu'il avait eu l'occasion d'observer de très près à l'époque où Mitterrand était encore chef de l'opposition.)

— L'Église, dans ses relations avec le monde et son époque : « Seule l'Église est capable de sauver un homme de la dégradante servitude d'être l'enfant de son temps. Ce n'est pas le siècle qui doit mouvoir l'Église, c'est l'Église qui doit mouvoir le siècle. » (Ce propos me rappelle un remarquable dialogue échangé entre le grand orientaliste Louis Massignon et le pape Pie XII dont Massignon était un ami personnel ; lors du premier conflit armé entre Israël et les Arabes, il engagea le pape à lancer un appel solennel pour la protection des Lieux saints de Jérusalem. Le pape hésitait : ni les Juifs ni les Arabes ne seront susceptibles de prêter attention à une telle déclaration : « Qui nous lira ? » Et Massignon eut cette réponse superbe : « Quand on est le pape, on n'écrit pas pour être lu, mais pour dire la vérité. »)

— La société : il écrivait en 1926 : « Les derniers en date de nos modernistes ont trouvé le moyen de proclamer une religion érotique qui simultanément exalte la luxure et interdit la fertilité (…) la prochaine grande hérésie sera tout simplement une attaque contre la moralité, et spécialement contre la moralité sexuelle. Et ça ne va pas venir des socialistes. La folie de demain n'est pas à Moscou, mais bien plutôt à Manhattan. »

Et ceci encore, qui paraît redoutablement adapté à la situation présente (car je ne puis croire que ce soit par une simple coïncidence que nous assistions simultanément au développement d'un mouvement en faveur de l'euthanasie et à une campagne pour autoriser le mariage des homosexuels) : « Il y a des forces destructives dans notre société, qui ne sont rien d'autre que destructives, car elles ne cherchent pas à modifier l'état des choses, mais à l'annihiler, en se basant sur une anarchie interne qui rejette toutes les distinctions morales sur lesquelles même les simples rebelles s'appuient encore. À présent, le criminel le plus dangereux est le philosophe moderne qui ne connaît plus aucune loi. L'ennemi n'émane pas des masses populaires, il se recrute parmi les gens éduqués et aisés, qui allient intellectualisme et ignorance, et sont soutenus en chemin par le culte que la faiblesse rend à la force. Plus spécifiquement, il est certain que les milieux scientifiques et artistiques sont silencieusement unis dans une croisade dirigée contre la famille et l'État. »

Au début des années 1930, T. E. Lawrence (Lawrence d'Arabie) écrivait dans une lettre à un ami : « Je n'ai pas encore rencontré Chesterton, mais Bernard Shaw me dit toujours que c'est un homme d'un génie colossal. » Toutefois les admirateurs de Chesterton se recrutaient surtout parmi des personnalités aussi individualistes et excentriques que Lawrence et Shaw. Beaucoup plus typique de l'attitude du beau monde des lettres et de la culture est cette réponse de Henry James à un journaliste américain qui lui avait demandé : « Comment voyez-vous Chesterton en Angleterre ? – En Angleterre, nous ne voyons pas Chesterton. »

Et en Angleterre, aujourd'hui encore, l'élite intellectuelle et littéraire la plus sophistiquée continue à lui battre froid, ou à traiter sa mémoire d'un ton condescendant, comme s'il s'agissait d'une sorte de dinosaure pittoresque, mais sans grande actualité. À l'étranger, en revanche, dans l'univers continental et latin, sa cote fut d'emblée très haute parmi les plus prestigieux connaisseurs critiques de la littérature – voyez par exemple Jorge Luis Borges, Jean Paulhan et Raymond Queneau.

Ce mélange d'indifférence, de léger mépris et parfois même d'hostilité que, en Angleterre, les élites littéraires continuent à manifester à l'égard de Chesterton a des causes multiples. Un premier facteur, c'est son catholicisme. Dans un sens, son catholicisme a nui à sa réputation un peu comme son « impérialisme » a nui (et continue à nuire) à celle de Kipling [1]. Dans le cas de Chesterton, classé une fois pour toutes par ses détracteurs comme par ses admirateurs sous l'étiquette d'« écrivain catholique », il faut toutefois remarquer qu'il ne s'est converti que tard dans la vie, en 1922 – quatorze ans avant sa mort (j'y reviens dans un moment).

Un autre facteur qui pourrait expliquer cette relative indifférence que le public lettré anglais manifeste

---

1. Kipling est un prodigieux créateur, extrêmement complexe, mais qui demeure largement mécompris. On le réduit habituellement à quelques détestables clichés, le plus souvent basés sur des citations tronquées. Ainsi tout le monde cite le vers « *Oh, East is East and West is West, and never the twain shall meet* », mais bien peu savent la suite : elle formule une conclusion exactement opposée !

à l'égard de son œuvre, est que lui-même, contrairement à la plupart des gens de lettres qui sont facilement vains et égocentriques, a toujours fait montre d'un grand détachement en ce qui concerne la préservation et la diffusion de ses écrits. Evelyn Waugh a relevé ce trait dans un commentaire critique marqué d'ambivalence : « Chesterton était un homme aimable et justement aimé ; il était profondément charitable et humble. Mais l'humilité n'est pas une vertu favorable à l'activité d'un artiste. Bien souvent c'est l'orgueil, la volonté de compétition, l'avarice, la méchanceté, toutes les inclinations odieuses qui poussent un homme à parachever, élaborer, raffiner, détruire, renouveler son œuvre, jusqu'à ce qu'il en fasse quelque chose qui puisse satisfaire sa vanité, son envie et sa rapacité. Ce faisant, il enrichit le monde plus que ne pourrait le faire un homme bon et généreux – quoiqu'il risque de perdre son âme en cours de route. Tel est le paradoxe de la création artistique. »

Et, effectivement, Chesterton n'a jamais attaché grande importance à son énorme production littéraire ; il a pu dire en toute sincérité : « Je n'ai jamais pris mes propres livres trop au sérieux, mais je prends mes convictions très au sérieux. » C'est une distinction importante ; son frère Cecil – l'homme qui le connaissait le plus intimement – a remarqué très justement : « Il est simplement un homme qui exprime ses opinions parce qu'il a la passion de les exprimer. Mais il les exprimerait tout aussi volontiers, avec la même verve et le même talent à un inconnu rencontré dans l'autobus. »

Il écrivait avec toute l'insouciante générosité du génie. On pense à Mozart qui disait dans une lettre « J'écris de la musique comme une vache pisse ». Sa fécondité était prodigieuse. Sa secrétaire rapporte qu'il lui est parfois arrivé de rédiger deux articles à la fois : il en écrivait un, tout en dictant l'autre, simultanément.

Écrivit-il trop ? À côté des chefs-d'œuvre majeurs (*The Man Who Was Thursday*, *Orthodoxy*, *The Everlasting Man*, *St Francis of Assisi*, les grands essais de critique littéraire, *Robert Browning*, *Heretics*, *Charles Dickens*), la masse de son journalisme bâclé quotidiennement remplit littéralement des milliers de pages – mais on ne saurait les ignorer : le problème est qu'il a dispersé ses perles un peu partout.

Une admiratrice lui dit un jour : « Oh, monsieur Chesterton, comme vous savez tant de choses ! » Chesterton répondit suavement : « Madame, je ne sais rien : je suis un journaliste. » Et toute sa vie durant, ce titre de journaliste fut le seul titre dont il tira jamais gloire. Il était journaliste parce qu'il était démocrate. Les journaux sont la lecture des gens ordinaires – les inconnus qu'on rencontre dans l'autobus. Il ne pourrait donc y avoir de plus grand privilège que d'écrire dans les journaux (quoi que l'on puisse penser par ailleurs de leurs propriétaires).

Et il était un superbe journaliste, il en avait toutes les qualités – vivacité, concision, rapidité, esprit, clarté. Mais ce sont aussi les qualités qui vous damnent aux yeux des critiques prétentieux et des médiocrités solennelles, dont le préjugé le plus constant est que ce qui est clair ne saurait être profond, et ce qui est comique ne saurait être important – car, pour impressionner les imbéciles, il faut être obscur et ennuyeux. Chesterton a constamment bataillé contre ce préjugé : « Mes critiques pensent que je ne suis pas sérieux, mais seulement amusant. Ils croient que *amusant* est le contraire de *sérieux* ; mais *amusant* est seulement le contraire de *pas amusant*, et de rien d'autre. Vous pouvez choisir de dire la vérité en longues phrases ou en courtes plaisanteries, c'est simplement comme si vous choisissiez de dire la vérité en allemand ou en français… Les gens ne peuvent croire qu'une réflexion agrémentée d'une petite plaisanterie puisse encore avoir du sens. Et ceci explique d'ailleurs pourquoi tant d'hommes qui ont du succès sont bêtes et ennuyeux, ou pourquoi tant d'hommes bêtes et ennuyeux ont du succès. »

Ici, malgré mon trop long bavardage, je n'ai fait qu'effleurer la surface d'un vaste sujet. En terminant, je me rends compte que j'aurais encore pu donner un autre titre à mes propos : « Chesterton, l'homme qui était amoureux de la lumière du jour » – ou encore « Chesterton et le miracle du quotidien ». Il a dit : « S'il y a une chose dont j'ai toujours été certain depuis l'enfance, et dont je deviens encore plus certain en vieillissant, c'est que rien n'est poétique si la lumière du jour ne l'est pas ; et aucun monstre ne devrait nous étonner, si nous ne nous étonnons pas devant un individu normal. »

Quand Chesterton décida finalement de se convertir (après de longs atermoiements), il dit qu'il était devenu catholique afin d'obtenir le pardon de ses fautes. Mais il avait encore un autre motif, également puissant : la gratitude. Il a dit à ce sujet que si, à sa mort, il devait aller en enfer, il remercierait encore Dieu de lui avoir au moins accordé la chance d'une vie ici-bas. Dès le début, c'est ce besoin de remercier le Créateur qui l'a poussé à écrire. Pour Chesterton, le seul fait d'*être* est tellement miraculeux en soi, que nul malheur ne saurait ensuite nous dispenser d'éprouver une sorte de gratitude cosmique. Dès le temps de sa jeunesse agnostique, il avait déjà exprimé ce sentiment dans un petit poème en prose, noté dans un carnet qui ne fut retrouvé qu'après sa mort. Le voici :

Soir

Voici que s'achève ce jour
Durant lequel j'ai eu des yeux, des oreilles, des mains
Et tout le vaste monde autour de moi.
Et demain commencera un autre jour.
Mais qu'ai-je donc fait pour en mériter un second ?

Orwell intime

Orwell intime ? Pour un article consacré à deux volumes récemment parus, l'un rassemblant ses journaux, l'autre présentant un choix de ses lettres [1], pareil titre semblerait approprié : cependant il pourrait aussi induire en erreur, dans la mesure où il impliquerait une distinction artificielle – voire même une opposition – entre Eric Blair, l'homme privé, et George Orwell, le journaliste et l'écrivain. Bien sûr, le premier était un individu naturellement réservé, réticent, presque gauche, tandis qu'Orwell, armé de sa plume (ou d'un fusil), se montra un combattant sans peur. En fait – et ceci apparaît plus clairement encore à la lecture des deux livres en question –, la vie privée de Blair et l'activité publique d'Orwell reflétaient toutes deux une même personnalité puissamment originale. Blair-Orwell était fait d'une seule pièce ; les témoignages de tous ceux qui l'ont fréquenté de près font constamment état de sa « terrible simplicité » : il avait « l'innocence d'un sauvage ».

1. George Orwell, *Diaries*, Harvill Secker, Londres, 2009 ; George Orwell, *A Life in Letters*, Harvill Secker, Londres, 2010.

Contrairement à ce que divers commentateurs ont pu croire (moi-même y compris), le fait qu'il ait adopté un pseudonyme fut un pur accident et n'entraîna pour lui nulle signification particulière. Simplement, au moment de publier son premier livre, *Down and Out in Paris and London* (1933), il voulut protéger ses parents de ce qui aurait pu constituer pour eux une révélation embarrassante : M. et Mme Blair étaient un couple âgé appartenant à « la couche inférieure du niveau supérieur de la classe moyenne » (c'est-à-dire « la classe moyenne sans fortune ») et étaient donc cruellement soucieux de respectabilité sociale ; ils n'auraient pas aimé de voir ainsi ébruiter l'information que leur seul fils avait mené l'existence d'un clochard sans emploi. À la dernière minute, il décida donc de publier son livre sous un nom d'emprunt, choisi au petit bonheur ; mais dans la suite, il continua à utiliser ce même pseudonyme pour toutes ses autres publications – journalisme, essais, romans –, tant et si bien qu'il ne put plus s'en défaire. Aussi, dans sa correspondance privée, jusqu'à la fin de sa vie, il signe ses lettres tantôt Eric Blair (ou Eric) et tantôt George Orwell (ou George), se conformant simplement au choix de ses divers correspondants, lesquels étaient soit des connaissances de jeunesse, soit des collègues et amis de son âge mûr. Eileen, sa première femme (qui mourut prématurément en 1945), et leur fils adoptif Richard prirent tous deux le nom de Blair ; sa seconde femme Sonia (qu'il épousa sur son lit d'hôpital peu avant de mourir) prit le nom d'Orwell. Vers la fin de sa vie, il expliqua très clairement la question dans une lettre à un de ses anciens précepteurs d'Eton (lequel avait connu le collégien Blair) : « En ce qui concerne mon nom, j'ai utilisé "Orwell" comme pseudonyme pendant plus de douze ans, et la plupart des gens que je connais m'appellent "George", mais je n'ai jamais réellement changé de nom et il y a encore des gens qui m'appellent Blair. Ça devient tellement ennuyeux que plusieurs fois déjà, j'aurais voulu effectuer la modification légale ; mais pour ça, il faut aller chez un notaire, etc., ce qui me rebute. »

Les journaux

En 1998, Peter Davison a publié pour la première fois, dans sa monumentale édition des œuvres complètes de George Orwell (20 volumes, 9 000 pages), tous ceux des journaux d'Orwell qui existent encore (certains ont été égarés et il en est un qui a été volé durant la guerre civile espagnole, à Barcelone, par la police secrète stalinienne – peut-être repose-t-il aujourd'hui encore dans quelque archive à Moscou). Maintenant, les divers journaux ont été commodément rassemblés en un volume, que Davison a excellemment présenté et annoté.

Ces journaux apportent une riche information sur les activités quotidiennes d'Orwell, sur ses préoccupations, curiosités et sujets d'intérêt ; ils présentent une considérable valeur documentaire pour les chercheurs et les spécialistes, mais ils ne vérifient pas exactement la description qu'en donne leur éditeur :

« Ces journaux constituent une sorte d'autobiographie dans laquelle Orwell a exposé, durant la plus grande partie de sa vie, ce qu'il faisait et ce qu'il pensait. » Pareille description conviendrait beaucoup mieux (comme j'espère le montrer dans un moment) au second volume dont il sera question ici – le captivant choix de lettres également édité par Peter Davison (*George Orwell : A life in Letters*).

Les journaux d'Orwell n'ont nullement un caractère de confidence ou de confession ; ici, il note rarement ses émotions, impressions, humeurs ou sentiments ; et c'est à peine s'il consigne ses idées, jugements et opinions. Il s'attache presque uniquement à fixer des faits et événements, de façon sèche et concise, ce qui se passe dans le vaste monde et ce qui se passe dans son petit jardin : sa chèvre Muriel a une légère diarrhée causée peut-être par l'herbe mouillée qu'elle a mangée ; Churchill a réintégré le ministère ; la presse rapporte des combats au Mandchukuo ; sa rhubarbe pousse bien ; Bela Kun aurait été tué à Moscou ; les pensées et les saxifrages rouges sont en pleine floraison ; on estime qu'il y a quatre à cinq millions de rats en Grande-Bretagne ; dans l'argot des faubourgs de l'est de Londres, le mot *tart* est un exact équivalent de *girl,* sans aucune connotation de « prostituée » : les gens appellent leur fille ou leur sœur une *tart* ; parmi les cueilleurs de houblon, l'argot rimé continue à être utilisé, ainsi « *a dig in the grave* » (un coup de bêche dans la tombe) signifie « *a shave* » (raser la barbe) ; et à la fin de juillet 1940, comme la menace d'une invasion allemande se fait pressante : « constamment, comme je marche dans les rues, je ne peux m'empêcher de lever les yeux vers les fenêtres pour repérer celles dont on pourrait faire de bons nids de mitrailleuses ». Les conditions météorologiques sont consignées quotidiennement, de même que le compte des œufs pondus par ses poules ainsi que la quantité de lait produite par sa chèvre. En un sens, ces journaux pourraient porter en épigraphe la sympathique déclaration qu'Orwell avait formulée dans son essai « Pourquoi j'écris » (1946) : « Tant que je serai bien vivant, je continuerai à aimer la face de la terre et à faire mes délices des objets solides ainsi que de mille bribes d'informations inutiles. »

Ces notes quotidiennes n'incluent que de très rares observations psychosociologiques mais celles-ci sont toujours originales et pénétrantes – ainsi, par exemple, sur la vie sexuelle des vagabonds : « Ils ont une façon révoltante de bavarder de sujets sexuels. Les vagabonds sont dégoûtants quand ils traitent de ces questions, pour la simple raison que leur pauvreté les prive de tout contact avec les femmes, et par conséquent leur esprit est obsédé d'imaginations obscènes. Les gens qui sont simplement paillards n'ont pas de problèmes tandis que ceux qui voudraient l'être mais n'en ont pas la possibilité sont horriblement dégradés par leur obsession. Ils me rappellent ces chiens qui tournent avec envie autour d'autres chiens en train de copuler. » Dans son enquête sur la condition des ouvriers dans le nord de l'Angleterre durant la Dépression, il fait preuve d'une fine empathie et d'une remarquable capacité d'*attention* aux épreuves des autres ; voyez par exemple cette remarque subtile sur une vexation particulière à laquelle les travailleurs sont en butte – la nécessité d'avoir constamment à attendre et à quémander : « Si vous touchez un traitement, il vous est automatiquement versé sur votre compte en banque, et vous le retirez à volonté ; si vous recevez un salaire, vous devez aller le chercher et attendre le bon gré du payeur, qui peut vous faire attendre et vous traite comme s'il vous accordait une faveur. » Et il décrit les longues attentes dans le froid, les complications et les dépenses, les trajets en tram pour atteindre le bureau de paiement et en revenir. « Le résultat d'une longue expérience de ce genre de choses, c'est que, alors que les bourgeois traversent la vie en comptant toujours obtenir ce qu'ils veulent (dans les limites du raisonnable), les travailleurs ont perpétuellement le sentiment d'être esclaves d'une autorité plus ou moins mystérieuse. J'ai été frappé par cela quand j'ai dû me rendre à l'hôtel de ville de Sheffield pour obtenir certaines statistiques ; Brown et Searle [deux ouvriers mineurs de ses amis], bien qu'étant tout deux de caractère beaucoup plus énergique que moi, devinrent nerveux, ils ne voulaient pas m'accompagner dans ces bureaux ; ils étaient convaincus que l'employé responsable nous refuserait ces informations. Ils me disaient : “À vous, il les donnera peut-être ; mais nous, il nous les refusera certainement.” En fait, l'employé de la mairie se montra arrogant et je n'obtins pas toutes les informations que j'avais demandées. Mais le fait est que, au départ, j'avais pensé qu'il répondrait à ma demande, tandis qu'eux deux étaient sûrs du contraire. » Ces observations se développent ensuite en considérations plus générales et plus audacieuses : « Pour cette même raison, dans les pays où il existe une hiérarchie de classes, les membres de la classe supérieure tendent toujours à prendre la tête dans les moments de crise, sans être nécessairement plus doués que les autres. Pareille situation est acceptée un peu partout, presque toujours. Dans l'*Histoire de la Commune de 1871* par Lissagaray, il y a un passage décrivant les exécutions qui suivirent la répression de la Commune : on fusillait les meneurs sans procès, et comme on ne savait pas exactement qui étaient les meneurs, on les identifiait en partant du principe que ceux qui appartenaient à une classe supérieure devaient être les chefs du mouvement. Ainsi, un homme fut fusillé parce qu'il portait une montre, un autre parce qu'"il avait une physionomie intelligente". »

Le style des journaux est concis, détaché, impersonnel. Je voudrais m'étendre un peu plus longuement ici sur un seul exemple ; il est typique car il illustre tout à la fois les sévères limites résultant de la forme adoptée par Orwell dans ses *Carnets*, et en même temps quelques traits particulièrement remarquables de sa personnalité. Il s'agit du passage en date du 19 août 1947, relatant l'accident survenu au tourbillon de Corryvreckan : tout l'épisode est réduit à une dizaine de lignes écrites avec la sèche précision d'un rapport de police – la gravité de l'affaire pourrait aisément échapper à l'attention d'un lecteur non prévenu mais en fait, ce jour-là, Orwell, son fils (âgé de 3 ans), son neveu et sa nièce (âgés respectivement de 20 et de 16 ans), faillirent se noyer tous les quatre dans des circonstances terrifiantes. À l'époque, la presse de Glasgow fit écho à l'accident ; pour apprécier toute sa dramatique dimension, il faut lire le récit complet qu'en fit le neveu d'Orwell [1]. Durant les dernières années de sa vie, Orwell passait le meilleur de son temps – du moins quand il n'était pas cloué sur un lit d'hôpital par sa santé défaillante – dans l'île de Jura (Hébrides), où il avait un petit ermitage bien-aimé – mais aussi inaccessible et spartiate ; il disposait là d'un petit canot équipé d'avirons et d'un moteur hors-bord qu'il employait pour la pêche (son activité favorite) ou pour de courtes excursions côtières. Un jour, revenant d'une de ces excursions en compagnie de son petit garçon, de son neveu et de sa nièce, il entreprit de traverser le redoutable tourbillon de Corryvreckan – un des endroits les plus dangereux de toutes les côtes britanniques ; normalement, la traversée ne peut s'effectuer sans danger que durant le bref moment où la marée est étale. Cette fois, soit qu'il eût mal lu l'annuaire des marées ou qu'il eût simplement négligé de le consulter, Orwell calcula mal l'heure de son passage, et le petit canot s'engagea dans la zone de danger au pire moment possible – le plein milieu d'un furieux jusant. Il s'en rendit compte trop tard : le canot était déjà hors de tout contrôle, battu par les vagues, emporté par des courants circulaires ; le moteur hors-

1. Audrey Coppart et Bernard Crick, *Orwell Remembered*, BBC Books, Londres, 1954 ; voir également un bon résumé de l'incident dans Bernard Crick, *George Orwell : A Life*, Secker and Warburg, Londres, 1980, p. 366-367.

bord, mal assujetti, fut délogé de son support et s'engloutit dans les eaux ; privé de tout moyen de se gouverner, le canot se retourna, déversant tous ses occupants et leur équipement dans la mer. Heureusement, le naufrage eut lieu près d'un îlot rocheux : Orwell réussit à dégager son petit garçon resté coincé sous le canot, et le groupe gagna le rocher à la nage. Par chance, il faisait un temps ensoleillé, ce qui permit à Orwell de sécher son briquet ; ayant rassemblé un peu de combustible – herbes sèches, broussailles et tourbe – il construisit un feu autour duquel les naufragés purent commencer à se sécher un peu et à se réchauffer. Orwell entreprit d'inspecter l'îlot : il découvrit une source d'eau douce et une foule d'oiseaux sur leurs nids. Sous son autorité tranquille et pleine de ressource, la petite équipe s'organisa sans aucune panique. Quelques heures plus tard, par une autre chance exceptionnelle dans ces eaux désolées, un bateau armé à la pêche au homard qui passait par là aperçut les naufragés et les recueillit.

La sèche et brève note qu'Orwell consigna dans son journal au sujet de cette aventure ne reflète presque rien de toute la dramatique succession d'événements ; la seconde moitié de la page est consacrée à des observations ornithologiques sur les puffins de l'îlot et leurs nids en forme de terriers, ainsi que sur de jeunes cormorans qui apprenaient à voler. Sans le récit du neveu, nous n'aurions aucune idée de ce qui s'était réellement passé ce jour-là ; et deux choses frappent à cette dernière lecture : d'une part, dans ses imprudences et son imprévoyance, Orwell semble avoir été dénué du plus élémentaire bon sens [1] ; d'autre part, son calme courage et son sang-froid furent absolument sans faille. Et pourtant, à ce moment-là, il n'avait eu aucune illusion sur leurs chances de survie, comme il le confia ensuite à son neveu : « J'ai bien cru que notre compte était réglé. » Et le neveu de commenter : « Il avait presque l'air d'y avoir pris plaisir. »

Conclusion : s'il fallait prendre la mer dans un petit canot, on ne se choisirait pas Orwell comme skippeur. Mais en cas de naufrage, désastre ou catastrophe, on ne pourrait être en meilleure compagnie.

Les lettres

Orwell avait interdit qu'on écrive sa biographie ; il considérait que « toute vie vue de l'intérieur serait une série de défaites trop humiliantes et honteuses pour qu'on puisse la contempler ». Et pourtant, le

1. Sur ce sujet, la femme d'Orwell, écrivant à sa belle-sœur (de Marrakech, en 1938), observait avec un amusement sarcastique : « Il avait une fois construit un abri en Espagne [durant la guerre civile], et l'abri lui tomba sur la tête, à lui et à ses compagnons deux jours plus tard, non pas sous l'effet d'un quelconque bombardement, mais simplement par l'application des lois de la pesanteur. Mais la construction d'abris n'est encore qu'une forme de divertissement léger ; sa vraie spécialité maintenant, c'est la famine. Contre la famine, il a enterré des pommes de terre l'autre jour, ce qui aurait pu être très utile, n'était-ce que les pommes de terre ont aussitôt commencé à moisir. À ma grande surprise, il a décidé de rester ici [à Marrakech] quoi qu'il arrive. En théorie, cela semble trop raisonnable et même confortable pour vraiment correspondre à sa nature. »

traitement posthume qu'il a reçu de ses biographes et des éditeurs de ses écrits est vraiment admirable – je pense en particulier aux travaux de Bernard Crick et de Peter Davison, qui sont des modèles d'intelligence critique et de scrupuleuse recherche.

John Henry Newman a dit : « J'ai toujours eu le sentiment (mais n'est-ce pas plutôt un truisme ?) que la vie d'un homme tient dans ses lettres. » La présente sélection de la correspondance d'Orwell vérifie splendidement l'observation de Newman – laquelle s'appliquerait pourtant mal à beaucoup d'épistoliers : combien d'hommes de lettres (tout particulièrement) n'ajustent-ils pas leur ton aux oreilles de leurs divers correspondants ? Mais Orwell, lui, reste toujours fidèle à lui-même et parle à tous d'une même voix : réservé même avec de vieux amis, généreux même envers de complets étrangers, et les traitant tous avec une égale sincérité.

Ce choix de lettres illustre ses principales préoccupations, curiosités et passions ; il éclaire également divers traits de sa personnalité. Relevons ici quelques thèmes dominants.

Politique

Cyril Connolly, son ami et ancien condisciple, a fameusement remarqué : « Orwell était un animal politique [...]. Il ne pouvait pas se moucher sans faire un discours sur les conditions de travail dans l'industrie du mouchoir. » Ce n'est pas faux – mais pourrait aussi prêter à malentendu. Eileen, sa femme – probablement la seule personne qui réussit jamais à le comprendre en profondeur puisqu'elle sut l'aimer (et le supporter dans la vie quotidienne, sans être elle-même le moins du monde docile ou passive) – Eileen, donc, avait là-dessus une vue beaucoup plus claire : elle a dit que, pour Orwell, le bonheur eût été de vivre à la campagne – car il haïssait la vie moderne et détestait Londres – et de cultiver les légumes de son jardin tout en écrivant des romans. Orwell lui-même répéta la même chose à plusieurs reprises, et il le démontra en pratique durant les dernières années de sa vie en s'installant de façon permanente dans la solitude sauvage de son ermitage écossais. Dès 1935, il avait déjà exprimé cet idéal dans un poème (Orwell n'était pas un grand poète, mais sa poésie reflète toujours ses sentiments les plus intimes) :

J'aurais pu être un heureux curé
Il y a deux siècles ;
J'aurais prêché sur la damnation éternelle
Tout en admirant la croissance de mes noyers.
Mais né pour mon malheur dans un âge mauvais
J'ai raté ce havre délicieux...

Il s'est défini un jour – à moitié par plaisanterie (à moitié seulement) – comme étant un « anarchiste conservateur ». Et en effet, après sa première expérience de jeunesse dans la police coloniale de Birmanie, il avait seulement appris à haïr l'impérialisme et toutes les formes d'oppression politique : « Toute autorité me paraissait suspecte et même la simple réussite me semblait une sorte de brimade. » Ensuite, après son enquête dans le monde ouvrier du nord de l'Angleterre durant la Dépression, il épousa de façon non partisane la cause du « socialisme » : « *Socialisme* signifie simplement justice et liberté, une fois qu'on le débarrasse de sa sotte logomachie. » Son évolution politique prit un tournant crucial en Espagne, où il s'était porté volontaire pour combattre le fascisme : après qu'une balle fasciste eut manqué le tuer, il n'échappa que de justesse aux assassins de la police stalinienne : « Ce que j'ai vu en Espagne, et ce que j'ai vu depuis des mécanismes internes des partis politiques de gauche, m'a donné l'*horreur de la politique* [...]. Je suis définitivement "de gauche", mais je pense qu'un écrivain ne peut demeurer honnête que dans la mesure où il se garde de toute obédience partisane. »

À partir de ce moment, il considéra que le premier devoir d'un socialiste était de combattre le totalitarisme – ce qui signifie en pratique « dénoncer le mythe soviétique, car il n'y a guère de différence entre le fascisme et le stalinisme ». Dans la mesure où elles traitent de politique, ses lettres se concentrent sur le combat antitotalitaire. Dans ce domaine, l'attitude d'Orwell présente trois traits remarquables : une saisie intuitive des réalités concrètes ; une approche non doctrinaire de la politique, allant de pair avec une profonde méfiance à l'égard des intellectuels de gauche ; un sentiment de l'absolue primauté de la dimension humaine.

Sur le premier point, il identifia lui-même ce qui faisait sa force : « Ce qui fait que les gens de mon espèce comprennent mieux la situation que les prétendus experts, ce n'est pas le talent de prédire des événements spécifiques, mais bien la capacité de saisir dans quelle sorte de monde nous vivons. » Et ce remarquable talent reçut d'ailleurs sa plus éloquente confirmation lorsque des dissidents soviétiques qui souhaitaient traduire *Animal Farm* en russe (afin de le diffuser clandestinement de l'autre côté du rideau de fer) lui écrivirent pour solliciter son autorisation : ils lui écrivirent en *russe*, présumant qu'un écrivain qui, à la différence des intellectuels occidentaux, avait une aussi subtile et pénétrante compréhension de la réalité soviétique, devait naturellement posséder une complète maîtrise de la langue russe !

En ce qui concerne l'approche non doctrinaire : Eileen explique (dans une lettre à une ancienne condisciple, datée du 1er janvier 1938) qu'ils avaient appelé leur petit chien « Marx » : « C'était pour nous rappeler que nous n'avions jamais lu Marx. Mais maintenant que nous l'avons un peu lu, nous avons pris l'homme tellement en grippe que nous n'osons plus regarder notre chien dans les yeux quand nous lui parlons. »

Le dégoût qu'avait Orwell à l'endroit de « toutes les nauséabondes petites orthodoxies qui se disputent notre âme » explique aussi le mélange de méfiance et de mépris qu'il éprouvait à l'égard des intellectuels. Dans une lettre d'octobre 1938, il indique qu'il s'agissait là d'une attitude très ancienne chez lui : « Ce qui me rend malade à propos des gens de gauche, spécialement les intellectuels, c'est leur absolue ignorance de la façon dont les choses se passent dans la réalité. Ça me frappait déjà quand j'étais encore en Birmanie, et que j'avais l'habitude de lire leur littérature anti-impérialiste. » En effet, si l'expérience coloniale lui avait enseigné la haine de l'impérialisme, elle lui avait aussi inculqué le respect (comme dans un conte de Kipling) pour « les hommes qui bâtissent des choses ».

« Les intellectuels me dépriment horriblement »

« Les intellectuels me dépriment horriblement » est un autre thème qui revient souvent dans les lettres : « Les intellectuels sont plus enclins au totalitarisme [...] et le danger est qu'ils développent ici une variété indigène de totalitarisme. » Si cette situation lui paraissait déjà déprimante à Londres, ce n'était encore rien par comparaison avec celle de Paris, qu'il revisita en 1945 : « Sartre est une grosse outre gonflée de vent » ; « Les éditeurs français reçoivent maintenant l'ordre d'Aragon et de quelques autres : défense de publier des livres indésirables ». *Animal Farm* avait été traduit en neuf langues « mais le plus difficile avait été d'arranger une édition française ; un éditeur avait signé un contrat, puis s'était dédit, arguant : ce projet est impossible pour raisons politiques. En France, j'ai eu l'impression qu'il n'y a à peu près plus personne qui se soucie encore de la liberté de la presse, etc. Il me semble que l'Occupation a laissé une trace écrasante dans la mentalité des gens ; ou peut-être une sorte de décadence intellectuelle s'était-elle déjà installée durant les années d'avant guerre ». (Mais il ajoute aussi : « Ce qui est étrange, c'est que, malgré cette décadence morale, il y a eu, ces dix dernières années, bien plus de talent littéraire en France qu'en Angleterre ou n'importe où ailleurs. ») Une rencontre avec Camus ne put malheureusement pas se réaliser – ce qu'il regretta. Effectivement, ces deux hommes-là auraient d'emblée trouvé un langage commun ! Dans une lettre de mai 1948, il tire encore une bordée bien ajustée contre Emmanuel Mounier et sa paroisse de « compagnons de route » chrétiens : « C'est curieux, en 1945, je n'avais rencontré Mounier que pendant dix minutes, mais d'emblée je me suis dit : ce gaillard-là est un "compagnon de route". Il dégage un relent qui ne trompe pas. » (Ce relent devait me devenir également familier vingt ans plus tard – ah, mes lamentables coreligionnaires, théologiens maoïstes et curés crétinisés qui prêchaient l'évangile de la « Révolution culturelle » !)

Un dernier mot sur l'attitude politique d'Orwell : à la fin de sa vie, il semble être retourné à son point de départ – la position d'un « anarchiste conservateur ». Dans une lettre adressée à Malcolm Muggeridge (datée du 4 décembre 1948 ; tardivement redécouverte, cette lettre n'a malheureusement pas été incluse ni dans l'édition des *Complete Works* ni dans la présente *Life in Letters*), il y a un propos qui me semble de fondamentale importance : « La vraie distinction n'est pas entre conservateurs et révolutionnaires, mais entre autoritaires et libertaires. »

Le facteur humain

Même au plus chaud du combat, et précisément parce qu'il se méfiait de l'idéologie – l'idéologie tue –, Orwell resta toujours intensément conscient de la primauté qu'il faut absolument accorder à l'individu sur toutes « les nauséabondes petites orthodoxies ». Les lettres qu'il échangea avec Stephen Spender – et l'amitié qui en résulta – en offrent une splendide illustration. Orwell s'était moqué de Spender (« bolchevique de salon », « pédale poétique ») puis ils firent tous deux connaissance, et la rencontre fut sincèrement agréable – ce qui déconcerta Spender, qui lui confessa son étonnement dans une lettre [1]. Orwell répondit : « Vous me demandez comment il se fait que d'une part j'aie pu vous attaquer sans vous connaître, et d'autre part, que j'aie pu changer mon attitude après vous avoir rencontré [...]. Précédemment, j'étais disposé à vous utiliser comme un symbole du “bolchevique de salon” parce que 1°) votre poésie m'était assez étrangère ; 2°) je vous considérais comme une sorte de personnage à la mode, un homme à succès, et aussi un communiste ou un sympathisant du communisme, et depuis 1935 environ, je suis très hostile envers le Parti communiste ; et 3°) parce que, ne vous ayant jamais rencontré, je pouvais vous considérer simplement comme une figure typique, comme une abstraction. Même si, après avoir fait votre connaissance, il s'était trouvé que vous ne m'auriez pas paru sympathique, j'aurais malgré tout dû changer mon attitude envers vous, pour la simple raison que, une fois que vous avez rencontré quelqu'un en

1. Certes, ils devinrent amis mais sur le sujet des poèmes de Spender, Orwell ne modifia jamais son jugement littéraire : simplement, il s'abstint d'en faire publiquement état.

chair et en os, vous réalisez instantanément qu'il s'agit d'un être humain, et non d'une sorte de caricature représentant certaines idées. C'est en partie aussi la raison pour laquelle je ne fréquente guère les milieux littéraires, parce que je sais d'expérience que, dès que j'ai rencontré quelqu'un et que j'ai bavardé avec lui, je deviens définitivement incapable de manifester la moindre brutalité intellectuelle à son égard, même si c'était ça l'attitude que je devrais théoriquement adopter envers lui. C'est un peu comme ces activistes du Parti travailliste qui sont perdus pour la bonne cause une fois qu'un duc leur a amicalement tapé l'épaule. »

Ceci rappelle immédiatement le remarquable passage de *Homage to Catalonia*, où Orwell décrivait comment, alors qu'il combattait au front durant la guerre d'Espagne, il aperçut un homme qui, sautant hors de la tranchée ennemie, se mit à courir à découvert. Il était mi-vêtu et, tout en courant, il soutenait son pantalon à deux mains : « Je me retins de lui tirer dessus, en partie à cause de ce détail du pantalon. J'étais venu ici pour tirer sur des "fascistes", mais un homme qui est en train de perdre son pantalon n'est pas un "fasciste", c'est manifestement une créature comme vous et moi, appartenant à la même espèce, et on ne se sent plus la moindre envie de l'abattre. »

Littérature

Dans un essai (par ailleurs stimulant), Irving Howe affirmait : « Quand Orwell écrivait *1984*, la littérature était évidemment le dernier de ses soucis [1]. » Cette vue est totalement erronée. La rédaction de *1984* fut une lutte épuisante (comme l'atteste abondamment sa correspondance), précisément parce qu'il s'efforçait de transformer une vision politique en une « œuvre d'art ». Dans son essai « Pourquoi j'écris », il avait d'ailleurs déjà indiqué : « Je ne pourrais pas travailler à la composition d'un livre, ni même à la rédaction d'un long article de revue, si ce n'était pas aussi une expérience esthétique. » Et si, en fin de compte, *1984* ne put pleinement satisfaire les hautes exigences littéraires de l'auteur, c'est pour la simple raison qu'il avait dû travailler dans d'impossibles conditions : il était talonné par le temps, et la maladie qui allait bientôt le tuer l'avait déjà réduit à la condition d'un invalide. Qu'il ait réussi en pareil état à terminer une œuvre aussi ambitieuse constitue une prouesse peu ordinaire.

D'entrée de jeu, la littérature fut toujours le premier de ses soucis, on en trouve la preuve tout au long de sa correspondance : « Depuis ma petite enfance, j'ai toujours su que je voulais être écrivain » – cette affirmation se trouve répétée sous des formes diverses, au fil des années, jusqu'à la fin –, mais il lui fallut beaucoup de temps (et un travail acharné) pour enfin découvrir *quoi* écrire, et *comment* l'écrire. Sa toute première tentative avait pris la forme d'une longue composition *en vers* – finalement abandonnée. Écrire des romans devint sa plus profonde

1. Irving Howe, « Orwell, History as Nightmare », in *Politics and the Novel*, Horizon Press, New York, 1957.

passion mais aussi une passion maudite : « Écrire un roman est une agonie. » Il finit par conclure (correctement) : « Je ne suis pas vraiment romancier. » Et pourtant, peu avant de mourir, il pouvait encore annoncer avec une vive excitation à Warburg, son ami et éditeur : « J'ai une formidable idée pour un court roman. »

Comme il le montre dans sa correspondance, il avait développé une vue critique très lucide de l'ensemble de son œuvre. Parmi ses quatre romans « conventionnels », il conservait de l'attachement pour *Burmese Days*, où il retrouvait un reflet fidèle de l'atmosphère locale. En revanche, il se disait « honteux » de *Keep the Aspidistra Flying* et, pire encore, de *A Clergyman's Daughter*, et interdisait qu'on les réimprimât : « J'ai écrit ces deux livres simplement pour gagner un peu d'argent : à ce moment-là, ils ne répondaient à aucune nécessité intérieure – mais je crevais positivement de faim. » Il était justement satisfait de *Coming Up for Air* – rédigé avec une inhabituelle aisance, c'est effectivement un livre remarquable et qui prend maintenant un accent prophétique, dans le contexte de nos présentes inquiétudes provoquées par la dégradation de l'environnement. En 1946 (avant d'avoir écrit *1984*), il souhaitait pouvoir rééditer six de ses livres – dans l'ordre d'importance : *Homage to Catalonia* ; *Animal Farm* ; *Critical Essays* ; *Down and Out in Paris and London* ; *Burmese Days* ; *Coming Up for Air*.

Un homme comme tous les autres

Dans ses vains efforts pour se faire passer pour un homme ordinaire, Orwell avait souvent recours à des procédés extraordinaires. L'épisode de l'épicerie de Wallington en est un bon exemple, sur lequel ses lettres nous apportent d'assez piquants détails.

En avril 1936, Orwell décida de louer et de gérer une petite épicerie de village ; la boutique faisait partie d'une maisonnette vétuste, sombre, minuscule et insalubre, dénuée de toutes les aménités modernes : pas d'électricité (éclairage au pétrole), pas d'équipement dans la cuisine, pas de toilettes à l'intérieur. Par temps de pluie, le sol de la cuisine était entièrement sous eau et des blocages de tuyauterie transformaient les lieux en un puant égout. Davison commente : « Sans chercher à être facétieux, on pourrait vraiment dire qu'Orwell s'y trouvait comme un poisson dans l'eau. » Et Eileen, en épouse superbement orwellienne, s'en accommoda dès son mariage ; la façon dont elle réussit à en faire leur foyer atteste et de son héroïsme et de son excentrique sens de l'humour. L'argent que rapportait la boutique couvrait à peine le montant du loyer : les principaux clients de l'épicerie étaient les gosses du village qui venaient y acheter pour quelques centimes de bonbons après la classe. À la fin de l'année, la boutique dut définitivement déposer son commerce mais à ce moment-là, elle avait déjà rempli son véritable objet : Orwell était à Barcelone, volontaire dans la lutte contre le fascisme, et au moment de s'enrôler dans la milice anarchiste, il put fièrement signer : « Eric Blair, ÉPICIER »[1].

En toute justice

Orwell avait un scrupuleux sens de la justice – qu'il étendit même jusqu'à Staline. Au moment où *Animal Farm* venait d'être envoyé à l'impression, il expédia une dernière correction qui fut encore incorporée, juste à temps (comme tous les lecteurs se le rappelleront, « Napoléon » est le nom du chef des cochons[2] – lequel, dans la fable d'Orwell, représente Staline) : « Dans le chapitre VIII, quand le moulin est dynamité, j'ai écrit "Tous les animaux, y compris Napoléon, se jetèrent face contre terre". Je souhaiterais corriger en "tous les animaux *sauf* Napoléon". Cette correction me semble plus équitable à l'égard de Staline, qui ne quitta pas Moscou durant l'avance allemande. »

---

1. Ce qui me rappelle irrésistiblement Georges Bernanos. Les deux écrivains ont tant de choses en commun, et pas seulement leur opposition à Franco ! Arrivé au Brésil (où il s'était exilé par dégoût du déclin politique et moral de l'Europe), Bernanos avait englouti ses maigres économies dans l'achat (désastreux) d'une ferme ; il annonça triomphalement cette nouvelle dans une lettre à un ami (16 octobre 1939) : « J'ai acheté 200 vaches, et gagné du même coup le droit de ne plus me dire "homme de lettres" mais vacher, ce qui me paraît bien préférable [...]. En tant que vacher, je pourrai écrire tout ce que je pense. »

2. Notez que, dans la première version française, un éditeur chauvin changea « Napoléon » en « César » !

Pauvreté et maladie

Orwell était stoïque et s'abstenait de faire état de ses problèmes d'argent et de santé, même quand sa détresse était extrême. Sa pauvreté – pressante la plupart du temps – ne prit vraiment fin que trois ans avant sa mort, avec le succès international d'*Animal Farm*. Quant à sa santé, il souffrit d'une phtisie non diagnostiquée (la maladie qui devait finalement l'emporter) presque depuis son retour de Birmanie, à l'âge de 25 ans. Il dut faire de longs et fréquents séjours dans divers hôpitaux et subir des traitements douloureux, mais largement vains. Durant les douze dernières années de sa courte existence – il mourut en 1950, à l'âge de 46 ans –, son état fut en fait celui d'un grand invalide ; et pourtant, il réussit à maintenir la plupart du temps, à force de volonté, une apparence de vie normale.

La qualité et la quantité de sa production littéraire paraissent encore plus étonnantes quand on considère la relative brièveté de sa carrière (seize années), et surtout le fait qu'il fut presque constamment accablé par la maladie et interrompu dans son travail par d'incessantes corvées alimentaires.

Femmes

Dans ses relations avec les femmes, Orwell semble avoir été généralement embarrassé et maladroit. Il tombait facilement sous leur charme, mais il avait du mal à les charmer en retour. Pourtant, il eut le miraculeux bonheur de trouver en Eileen O'Shaughnessy une épouse capable de l'apprécier en profondeur et de supporter ses excentricités, sans pour autant rien abdiquer de sa propre originalité – une originalité qui illumine toutes celles de ses lettres que Davison a eu l'heureuse initiative d'inclure dans le présent volume. Si Orwell fut un poète manqué, Eileen était, elle, pure poésie.

Sa mort prématurée plongea Orwell dans une détresse extrême. Un an plus tard, il approcha de façon abrupte une talentueuse jeune femme qu'il connaissait à peine – ils étaient simplement voisins de palier –, tâchant de provoquer son intérêt sympathique d'une façon qui contredisait étrangement sa propre réserve naturelle. Il est consternant de lire sous la plume d'un homme aussi fier un soudain flot de plaintes sur sa mauvaise santé et sa profonde solitude, culminant dans une offre singulière : « Voulez-vous devenir la veuve d'un homme de lettres ? » ; « Je ne comprends que trop bien que je ne serais pas un compagnon présentable pour une femme jeune et belle comme vous [...] mais le fait est que je me sens si désespérément seul [...]. Je n'ai pas de femme qui s'intéresse à moi et qui pourrait m'encourager [...]. Bien sûr, il est absurde pour un individu comme moi d'essayer de parler d'amour à quelqu'un d'aussi jeune que vous, et pourtant je le voudrais tant. Mais je ne serai pas blessé ni choqué si vous me dites non... » La jeune femme en question fut abasourdie par cette déclaration et découragea poliment ses avances.

Quelques années plus tôt, il avait fait une avance également incongrue à une autre femme (qu'il connaissait pourtant un peu mieux) ; cet épisode est évoqué par l'éditeur avec une embarrassante précision... Arrivés à cet endroit, les lecteurs se souviendront de l'hostilité qu'avait manifestée Orwell pour les biographes. Mais des biographes, même sérieux et scrupuleux, ont-ils vraiment besoin, ou ont-ils vraiment le droit, d'investiguer et d'exposer de tels détails intimes ? Et pourtant nous les lisons. Notre curiosité est-elle légitime ? Ce ne sont pas là des questions de rhétorique : honnêtement, je ne sais comment y répondre.

Objets solides et bribes d'informations inutiles – arbres, poissons, papillons et crapauds

Nous l'avons déjà relevé, dans son essai « Pourquoi j'écris », Orwell disait : « Je ne voudrais pas complètement abandonner la vision du monde que j'avais quand j'étais enfant ; tant que je serai bien vivant, je continuerai à aimer la face de la terre, et à faire mes délices des objets solides ainsi que de mille bribes d'informations inutiles » ; et dans ses fameuses « Réflexions sur le crapaud ordinaire », il ajoutait : « Si un homme ne peut prendre plaisir au retour du printemps, comment pourrait-il jouir d'un futur paradis libéré du travail ? Je pense que c'est en conservant notre amour enfantin pour les arbres, les poissons, les papillons, les crapauds, etc., que l'on rend un peu plus probable la possibilité d'un avenir paisible et décent. » Ses prédilections bizarres et sympathiques, sa curiosité inlassable et passionnée pour tous les aspects de l'univers naturel se manifestent constamment dans sa correspondance. Ses lettres sont pleines de désarmants coq-à-l'âne : par exemple, il interrompt une réflexion sur l'Inquisition espagnole, simplement pour noter la visite quotidienne qu'un hérisson effectue dans sa salle de bain. En voyage en 1939, il écrit à l'ami qui s'occupe en son absence de sa maisonnette campagnarde, et dans sa lettre, l'inquiétude que lui inspire l'approche de la guerre fait place sans transition à des préoccupations concernant la croissance de ses légumes et les amours de sa chèvre : « J'espère que l'accouplement de Muriel se sera bien passé ; quoique (soit dit en passant) c'est un spectacle fort peu édifiant si par hasard vous en avez été témoin. Ma rhubarbe a-t-elle poussé ? Je serais curieux de le savoir ; l'an passé, il y en avait beaucoup, et puis le givre a tout fichu en l'air. » À un ami anarchiste (devenu par la suite professeur de littérature dans une université canadienne), il écrit depuis son ermitage écossais une longue lettre décrivant minutieusement divers aspects de la vie et des travaux des petits fermiers locaux : encore une fois, cet inépuisable intérêt pour « les hommes qui bâtissent des choses » dans l'univers réel.

La fin

Sur son lit d'hôpital, trois mois avant de mourir, il épousa Sonia Brownell [1]. À ce moment, il nourrissait encore l'illusion qu'il devrait lui rester au moins

1. Sonia était une jeune femme d'une radieuse beauté. Bien qu'un peu écervelée, on lui doit quand même l'excellente édition (en collaboration avec I. Angus) des *Collected Essays, Journalism and Letters of George Orwell* (Secker & Warburg, Londres, 1969). Ces quatre volumes restent infiniment précieux : nous ne pouvons pas tous nous offrir les vingt volumes de la splendide édition complète de Davison…

quelque deux ou trois années à vivre. Il projetait d'ailleurs un volume d'essais pour l'année suivante, qui aurait inclus « un long essai sur Joseph Conrad » (fut-il écrit, ou fut-il égaré ? cette question n'a pas été éclaircie). Il dit aussi qu'il avait encore deux livres dans la tête – outre la « formidable idée pour un court roman » déjà évoquée plus haut.

Il commença à faire le projet d'élever un porc – ou mieux : une truie – dans son ermitage écossais. Comme il l'écrivait à sa sœur (qui s'occupait de la maison) : « Le seul problème sera de l'accoupler une fois par an. Évidemment, on pourrait aussi acheter une truie pleine en automne, de façon qu'elle mette bas vers le mois de mars ; mais il faudrait être absolument sûr qu'elle soit pleine. »

Dans sa chambre d'hôpital, il conservait, appuyée au mur, une superbe canne à pêche neuve, un luxe qu'il s'était permis après avoir touché les premiers droits d'auteur de *1984*. Il n'eut jamais l'occasion d'en faire usage.

Son tout premier amour – datant de son adolescence et de sa jeunesse –, qui était maintenant une femme d'âge mûr, lui écrivit soudain à l'hôpital après un silence de vingt-sept années (qu'avait entraîné jadis un désolant malentendu). Ce fut une surprise pour Orwell et une joie bouleversante. Il renoua aussitôt la correspondance ; dans la dernière lettre qu'elle reçut de lui, il avouait ne pouvoir croire qu'à une très vague forme de survie – mais il avait une seule certitude : rien ne meurt jamais.

JOSEPH CONRAD ET *L'AGENT SECRET*

« Je ne suis pas d'ici »

En réponse à la question d'Antoine Gallimard et Jean Rouaud (« le roman du XXe siècle ») [1], ce n'est pas un roman qui m'est aussitôt venu à l'esprit, mais bien deux : *L'Agent secret* de Joseph Conrad (1907) et *Le nommé Jeudi* de G. K. Chesterton (1908). Sous l'influence évidente des attentats anarchistes qui avaient choqué l'Europe entière une dizaine d'années auparavant, leur intrigue à tous deux traite de terroristes qui conspirent, de contre-terroristes qui s'infiltrent dans les conspirations, et de policiers et de politiciens qui tentent de (ou prétendent) protéger l'ordre. Malgré l'apparente similitude de leur sujet et la quasi-simultanéité de leur parution, les deux livres sont radicalement dissemblables, et leurs auteurs respectifs, bien qu'actifs tous deux presque à la même époque sur la scène littéraire anglaise, se sont entièrement ignorés l'un l'autre : à ma connaissance, Chesterton n'a jamais dit un mot au sujet de Conrad, et Conrad, dans sa volumineuse correspondance, ne

1. Réponse à la question posée à divers écrivains à l'occasion du centenaire de Gallimard.

mentionne qu'une seule fois le nom de Chesterton – en passant, et sans aucune sympathie. Ils sont de ces écrivains que tout sépare à l'origine et qui ne se trouvent finalement réunis que dans le panthéon privé de leurs plus fervents lecteurs. Chesterton est par excellence le poète de la lumière du plein jour (« Si la simple lumière du jour n'est pas poétique, rien n'est poétique ») et *Le nommé Jeudi* rayonne d'une énorme joie solaire. Quant à Conrad, dès qu'il s'éloigne de la mer, il plonge dans une noire angoisse (n'avait-il pas lui-même remarqué que la paix de Dieu – ce Dieu auquel il ne croyait d'ailleurs pas – ne commence qu'au grand large à mille lieues de toute terre ?) : *L'Agent secret* se déroule tout entier à Londres, mégalopole monstrueuse, oppressante et crépusculaire. La mer y est invisible et, à l'époque, ses lecteurs ne le lui ont pas pardonné.

N'ayant pas assez d'espace pour parler ici de deux romans et ne sachant comment départager ces deux livres littéralement incomparables, je m'en tiendrai à l'œuvre de l'aîné, Conrad. Mais avant de quitter Chesterton, je voudrais relever dans *Le nommé Jeudi* la description qu'il fait de son héros : un poète devenu policier antiterroriste, poussé par un amour passionné de l'ordre – en réaction contre l'extrême excentricité de ses parents, car « quand un fils de révolutionnaires se rebelle, il se rebelle contre la rébellion ».

Cette observation pourrait nous fournir une clé essentielle pour tâcher de débrouiller la psychologie tourmentée du créateur de *L'Agent secret* – non que les parents de Conrad eussent été des excentriques ;

ils furent pires : des héros romantiques qui, dans la poursuite d'un idéal impossible, se ruèrent au désastre – et de ce fait même, transformèrent l'enfance de leur fils unique en un indicible cauchemar.

Conrad a eu une existence disloquée – fracassée en plusieurs morceaux brutalement discontinus. La plupart de ses biographes parlent de ses « trois vies » : l'enfance polonaise, l'errance du marin apatride, l'installation campagnarde du romancier anglais. L'un d'eux (un psychanalyste fort subtil [1]) en compte cinq – ajoutant la fugue de jeunesse en France et la mésaventure congolaise de son âge mûr. Pour ma part, je suis tenté d'en identifier une sixième, la plus traumatique de toutes, insérée immédiatement après l'enfance protégée et choyée : l'enfance assassinée – le petit garçon de six ans fut déporté avec ses parents, patriotes rebelles, dans une province de Russie, lointaine, insalubre et barbare ; là, il fut témoin de la longue maladie et de la lente agonie de sa mère, privée de tous soins médicaux ; à 9 ans, sans aucun compagnon de son âge, il devient le soutien moral de son père, veuf inconsolable qui s'enfonce dans le désespoir puis le laisse orphelin trois ans plus tard… Toute sa vie durant, Conrad conservera pieusement – et avec fierté – la mémoire de ses parents, héros et martyrs. Mais cette vénération consciemment cultivée semble s'être accompagnée d'un amer ressentiment confusément réprimé ; l'oncle et tuteur de

1. Bernard C. Meyer : *Joseph Conrad, a Psychoanalytic Biography*, Princeton University Press, 1970.

Conrad, qui devint le guide sage et affectueux de son adolescence et de sa jeunesse, ne cacha jamais, lui, la désapprobation avec laquelle il considérait les hurluberlus qui, au nom de la sainte patrie polonaise, n'hésitaient pas à vouer des vies innocentes au malheur.

À la veille de publier *L'Agent secret*, Conrad rappelait encore à son fidèle conseiller littéraire : « Je ne veux pas qu'on se méprenne sur cette histoire et qu'on y lise les moindres intentions d'ordre social ou polémique. » Mais ce qui est évident, c'est que l'auteur possède une troublante familiarité avec son sujet. Ce roman sans véritable héros présente une dizaine de protagonistes, anarchistes et policiers, tous croqués avec une cruelle vérité ; sa principale originalité est qu'il est écrit d'un bout à l'autre sur le mode ironique – exemple unique pour un roman réaliste. Conrad était très conscient d'avoir développé là un procédé neuf ; son objectif – comme il s'en explique dans sa correspondance – était de faire justice aux deux sentiments contradictoires et complémentaires qui l'habitaient sur cette question du terrorisme : le mépris et la pitié. L'ironie représente toujours pour Conrad la seule façon d'endiguer les émotions qui sinon menaceraient de le submerger. Seule l'ironie peut assurer la distance – cette distance qui lui permet de survivre et reste toujours sa quête obsessionnelle : quand il prend la mer à 17 ans, en France, c'est pour rompre radicalement avec son passé, avec son enfance, avec le cauchemar russe.

Quand il écrivit son premier roman, il choisit de l'écrire en anglais – de toutes les langues qu'il connaissait, celle qui lui était encore la plus étrangère : elle lui permettait de conserver une distance avec ce qu'il écrivait, ce qui n'eût pas été concevable dans une langue intime, comme le polonais ou le français. Et maintenant que l'usage de l'anglais lui est devenu plus naturel, c'est le mode ironique qui va lui permettre de rétablir cette indispensable distance. Mais il entretient des rapports profondément ambigus avec ses personnages ; comme il le confie dans une lettre au plus fidèle et plus proche de tous ses amis (Cunninghame Graham) : « Je suis heureux que vous aimiez *L'Agent secret*. Vous comprenez bien que l'histoire a été écrite complètement sans malice. C'était d'une certaine importance pour moi, en tant qu'expérience dans un genre nouveau : il s'agissait de soutenir un mode ironique dans le traitement d'un sujet mélodramatique – telle était mon intention technique [...]. Mais je ne crois pas avoir fait une satire de l'univers révolutionnaire. Mes personnages ne sont pas des révolutionnaires, ce sont des fumistes. En ce qui concerne le "Professeur" [le plus redoutable et le plus intelligent du groupe] mon intention n'était pas d'en faire un personnage méprisable. Il est en tout cas incorruptible [...]. Au pire, c'est un mégalomane d'un type extrême. Or tout extrémiste est respectable. »

Durant sa période de gestation, *L'Agent secret* s'intitula d'abord *Verloc*. Verloc est le nom de l'agent secret – mouchard vénal qui trompe et trahit les anarchistes. Paresseux, « il a toujours l'air d'avoir passé sa journée vautré tout habillé sur un lit défait » ; en apparence, il tire sa subsistance d'une petite boutique de publications pornographiques ; en fait ce minable commerce est un écran derrière lequel s'abritent les réunions d'un groupuscule cosmopolite d'anarcho-terroristes. Verloc habite l'arrière-boutique avec sa jeune femme Winnie, et le frère de celle-ci, Stevie, un adolescent mentalement handicapé. Winnie, silencieuse et passive, trône habituellement derrière le sordide comptoir, mais elle est énigmatique : « la curiosité étant pour un être une façon de se révéler, une personne systématiquement dénuée de curiosité demeure toujours partiellement mystérieuse ». Elle a épousé Verloc simplement pour assurer la sécurité matérielle de son frère, le pauvre idiot qu'elle chérit de façon quasi maternelle. Stevie a un cœur d'or, mais la vue de toute souffrance lui est insupportable et le jette dans une extrême agitation nerveuse (ainsi il prend à partie un cocher de fiacre qui fouettait sa rosse – mais comme l'autre lui explique que les pauvres cochers sont encore plus à plaindre, Stevie voudrait aussitôt emmener cheval et cocher bien au chaud dans son lit). Depuis des années, Verloc est un agent secret à la solde de l'ambassade de Russie ; sa mission est de s'infiltrer dans les organisations de nihilistes et d'émigrés anti-tsaristes, et de tenir l'ambassade au courant de leurs activités. Pour inciter les autorités britanniques à arrêter et expulser les révolutionnaires et anarchistes qui complotent contre le pouvoir tsariste, l'ambassade charge Verloc d'organiser un attentat propre à choquer l'opinion publique, mais dont la responsabilité sera immédiatement imputée au mouvement anarchiste : il s'agit de placer une bombe au pied de l'observatoire de Greenwich. Verloc qui n'aime pas prendre de risques charge Stevie de poser la bombe, mais le malheureux idiot trébuche et se fait pulvériser par l'explosion prématurée. Ce qui nous amène à l'avant-dernier chapitre, point culminant du récit : la confrontation entre Verloc et sa femme. La nouvelle de la mort atroce de Stevie a plongé celle-ci dans une sorte de folie glaciale et muette sur laquelle Verloc (qui n'a jamais compris sa femme) se méprend complètement. Comme les émotions creusent l'appétit, Verloc assis à la table de la cuisine découpe et dévore mécaniquement des tranches de rôti froid, tout en essayant de consoler Winnie. Il lui fait remarquer que les choses auraient pu tourner bien plus mal : c'est lui-même qui aurait pu être tué au lieu de Stevie ! Enfin il lui suggère de venir partager avec lui le réconfort du lit conjugal. À cette invite, Winnie s'empare du couteau à viande et l'égorge. Au dernier chapitre, Winnie, épouvantée à l'idée de la potence qui l'attend certainement, se suicide. Le mot de la fin revient à l'anarchiste surnommé « le Professeur » (car ses connaissances de chimie et de physique lui permettent de fabriquer des explosifs dans sa mansarde) : « Folie et désespoir ! Donnez-moi ça comme levier, et je soulèverai le monde ! » Il continue à se promener tranquillement dans la foule des rues ; la police n'ose pas s'approcher de lui, car elle sait que, comme d'habitude, il s'est transformé lui-même en bombe ambulante.

L'Agent secret fut mal accueilli du public (comme du reste ses deux autres grands romans « terriens » – *Nostromo* peu auparavant, et *Sous les yeux de l'Occident* peu après). Conrad avait d'ailleurs pressenti la chose ; alors qu'il achevait de rédiger *L'Agent secret* il publia un beau recueil de souvenirs marins, *Le Miroir de la mer*, lequel obtint un vif succès. Dans une lettre (écrite en français) à son ami et traducteur Henry Davray, il commentait :

« Les critiques ont balancé l'encensoir avec vigueur [devant *Le Miroir de la mer*]. Je crois bien que dans le cas de plusieurs, c'était dans l'intention de me casser le nez. Il y en a qui ont saisi l'occasion de donner un coup de pied à ce pauvre *Nostromo* qui a été enterré tout vif il y a deux ans. Vous vous rappelez ? En dessous de ce concert de louanges je peux entendre comme un murmure : "Tenez-vous au large. N'abordez pas !" Ils veulent m'exiler au milieu de l'océan. C'est flatteur. Ils n'ont fait ça qu'à Napoléon !

Ils seront bien attrapés.

Je viens de finir un roman [*L'Agent secret*] où il n'y a pas une goutte d'eau – excepté de la pluie, ce qui est bien naturel puisque tout se passe à Londres. Il y a là-dedans une demi-douzaine d'anarchistes, deux femmes et un idiot. Du reste ils sont tous des imbéciles, y compris un secrétaire d'ambassade, un ministre d'État et l'inspecteur de police… »

Quelques mois après la publication, il confessa son désappointement à son ami Galsworthy : « On peut considérer maintenant que *L'Agent secret* est un honorable échec. Il ne m'a apporté ni affection ni promesse de succès littéraire. Je dois reconnaître que je me sens abattu. Sans doute était-ce stupide de ma part de penser que les choses auraient pu tourner autrement. Je suppose qu'il y a chez moi quelque chose qui déplaît au grand public… Le fait que je ne sois pas d'ici, je suppose… »

Le plus amer, c'était que les lecteurs se détournaient de lui au moment où il avait le juste sentiment d'avoir atteint le sommet de son art. Finalement, comme il avait de cruels besoins d'argent (car en bon aristocrate, il avait la noble habitude de vivre toujours largement au-dessus de ses moyens) il décida de livrer au public « du conradisme de deuxième ordre », et avec un médiocre mélodrame exotique, il réussit bientôt à atteindre des tirages sans précédent pour lui…

L'anglophilie de Conrad était fervente, mais nullement aveugle. Dans *L'Agent secret*, il peignit en quelques touches acérées l'absence d'imagination – ce mélange de flegme borné et de puérilité qui caractérise l'*establishment* britannique (incarné ici par les trois personnages officiels chargés de mener la lutte antiterroriste). L'« étrangeté » (*foreignness*) qui lui aliénait la compréhension et la sympathie de l'élite littéraire anglaise de son époque (Henry James, H. G. Wells, Virgina Woolf, qu'il croyait ses pairs et ses amis, parlaient de lui, derrière son dos, avec une insultante pitié : *poor queer man*, pauvre bougre un peu loufoque) – mais cette « étrangeté » même devait lui attirer après sa mort l'admiration enthousiaste des meilleurs esprits critiques de notre époque : la splendide apostrophe d'Ezra Pound continue à retentir : « Conrad, porteur de la lumière du point de vue européen dans le noir marécage britannique ! » George Orwell qui tenait Conrad pour « un des meilleurs écrivains du siècle » souligne aussi combien il est victime d'un malentendu quand on le réduit aux dimensions d'un « écrivain de la mer », alors que sa contribution la plus profonde et la plus originale réside dans ses grands romans terriens, tout particulièrement *L'Agent secret* et *Sous les yeux de l'Occident*. À côté des Américains James, Pound et Eliot, et des Irlandais Joyce, Yeats et Shaw, « Conrad fut un des écrivains qui réussirent à notre époque à civiliser la littérature anglaise en la remettant en contact avec l'Europe, dont elle avait été coupée pendant une centaine d'années ». Une des grandes forces que Conrad tirait de ses origines continentales résidait précisément dans « sa profonde compréhension politique des conspirations. Il a souvent exprimé l'horreur que lui inspiraient anarchistes et nihilistes, mais il avait une sorte de sympathie pour eux, car il était un Polonais : réactionnaire en politique intérieure peut-être ; mais un rebelle contre la Russie et l'Allemagne. Ses passages les plus colorés peuvent avoir été inspirés par la mer, mais il se montre le plus adulte des écrivains dès qu'il touche la terre ferme ».

Mais l'Europe continentale s'était-elle montrée beaucoup plus éclairée à l'égard de Conrad ? André Gide (à qui Claudel avait fait découvrir Conrad) se dévoua tout un temps à le faire connaître en France ; il s'employa même à traduire *Typhon* (assez mal) ; il noua des relations d'amitié avec lui, et alla lui rendre visite en Angleterre. Mais dans la suite, il avoua dans son *Journal* avoir abandonné la lecture de *L'Agent secret* (comme il avait d'ailleurs précédemment renoncé à finir celle de *Nostromo*). Et dans ses vieux jours, il révisa son admiration et confessa à la Petite Dame (qui le nota dans ses *Cahiers*) : « Pour Conrad, je ne le mets pas tellement haut ; j'ai tellement aimé l'homme que cela m'est pénible à dire. » Mais Gide était-il vraiment un écrivain du XXe siècle ?

Pour revenir au cœur de notre effroyable époque, écoutons plutôt Primo Levi : « Si mon travail littéraire a ses racines quelque part, c'est dans Conrad. »

Le prince de Ligne ou le XVIIIe siècle incarné [1]

Le prince de Ligne n'avait pas une très haute opinion de la vie littéraire de nos provinces ; connaissant la misère et l'isolement de Jean-Jacques Rousseau (qu'il admirait de tout son cœur), il lui avait rendu visite pour lui offrir asile sur ses terres ; Jean-Jacques n'ayant pas donné suite à cette invitation, le prince revint à la charge dans une lettre demeurée fameuse : « Pensez à ce que je vous ai proposé. *On ne sait pas lire dans mon pays* ; vous ne serez ni admiré ni persécuté [2]. » Deux cent cinquante ans plus tard, il

1. Préface à : Sophie Deroisin, *Le Prince de Ligne*, La Renaissance du livre, 1968 ; Académie royale de langue et de littérature françaises de Belgique, Le Cri, 2006.

2. La lettre est belle ; le prince a le tact d'envelopper sa générosité sous un ton de plaisanterie. Comme Sophie Deroisin n'en cite qu'une phrase, je crois utile de la reproduire ici en entier :

« Je suis, Monsieur, celui qui a été vous voir l'autre jour. Je n'y retourne pas, quoique je m'en meure d'envie ; mais vous n'aimez ni les empressés ni les empressements.

Pensez à ce que je vous ai proposé. On ne sait pas lire dans mon pays ; vous ne serez ni admiré ni persécuté.

pourrait donc être plaisamment surpris de découvrir qu'il s'est trouvé ici non seulement une femme spirituelle et cultivée pour célébrer son génie, mais aussi une Académie royale de littérature pour rééditer cet ouvrage exquis. Vers la fin de sa vie, dans son exil viennois, il avait déjà été ravi de l'anthologie de ses écrits qu'avait compilée et présentée Madame de Staël (dont auparavant il avait gentiment moqué les idées parfois brouillonnes). Les femmes – et pas

---

Vous aurez la clé de mes livres et de mes jardins, vous m'y verrez ou vous ne m'y verrez pas. Vous y aurez une très petite maison de campagne à vous seul, à un quart de lieue de la mienne. Vous y planterez, vous y sèmerez, vous ferez ce que vous voudrez.

Jean-Baptiste [Rousseau] et son esprit sont venus mourir en Flandres, mais il ne faisait que des vers ; que Jean-Jacques et son génie viennent y vivre. Que ce soit chez moi, ou plutôt chez lui, que vous continuiez *vitam impendere vero*. Si vous voulez encore plus de liberté, j'ai un très petit coin de terre qui ne dépend de personne ; mais le ciel y est beau, l'air y est pur, et ce n'est qu'à quatre-vingts lieues d'ici. Je n'y ai point d'archevêque ni de parlement, mais j'y ai les meilleurs moutons du monde. J'ai des mouches à miel à l'autre habitation que je vous offre. Si vous les aimez, je les y laisserai ; si vous ne les aimez pas, je les transporterai ailleurs : leur république vous traitera mieux que celle de Genève, à qui vous avez fait tant d'honneur, et à qui vous auriez fait du bien.

Comme vous, je n'aime ni les Trônes ni les Dominations : vous ne régnerez sur personne, mais personne ne régnera sur vous. Si vous acceptez mes offres, Monsieur, j'irai vous chercher et vous conduire moi-même au temple de la vertu : ce sera le nom de votre demeure, mais nous ne l'appellerons pas comme cela ; j'épargnerai à votre modestie tous les triomphes que vous méritez.

Si tout cela ne vous convient pas, Monsieur, que je n'aie rien dit. Je ne vous verrai pas, mais je continuerai à vous lire et à vous admirer sans vous le dire. »

seulement celles qui ont des lettres et de l'esprit – ont toujours eu des bontés pour lui.

« Le prince de Ligne est le XVIIIe incarné », a dit Paul Morand. L'observation est tellement exacte que, dans sa vieillesse – c'est-à-dire durant les quinze premières années du XIXe siècle –, notre prince fit véritablement figure de dernier survivant d'un âge disparu. Aujourd'hui, en revanche, c'est de cet aspect anachronique que nous nous sentons le plus proches.

Ligne partage bien des traits avec Mozart ; au sujet de ce dernier, Bernard Shaw a fait une remarque qu'il pourrait être pertinent de citer ici : la grandeur de Mozart n'est pas celle d'un innovateur, mais au contraire c'est d'avoir réussi à porter une tradition à son insurpassable point de perfection – « beaucoup de mozartiens enthousiastes ne peuvent souffrir que l'on dise de leur héros qu'il ne fut pas un fondateur de dynastie. Mais en art, le plus haut accomplissement consiste à être l'ultime rejeton d'une lignée plutôt que son initiateur. N'importe qui, ou presque, peut *commencer* – toute la difficulté est de *finir*, en produisant une œuvre que nul ne pourrait exceller ».

Gai, vif, en état de perpétuelle effervescence, incapable de tenir en place, toujours en route, à cheval, en carrosse, à bord de barges et de galères, en traîneau, Ligne a passé sa vie à courir d'un bout à l'autre de l'Europe ; sa prose, écrite sur un rythme *allegro* à perdre haleine, reflète cette bondissante mobilité. Malgré les épreuves de l'existence – la mort d'un fils bien-aimé, l'échec d'une carrière militaire brillamment commencée, mais trop tôt brisée par la conspiration des médiocrités –, il y a chez lui une joie et une grâce dont la source profonde ne tarit jamais. Il est d'une étourderie désarmante, et pourtant il étonne par sa perspicacité psychologique. Sa sensibilité trop aiguë se protège volontiers derrière un masque bouffon – par exemple, il ne résiste jamais à la tentation d'un mauvais jeu de mots – ou d'une farce saugrenue. Il donne ainsi le change aux imbéciles, mais au bout du compte ceux-ci le lui feront payer. Wagner reprochait à Mozart de « manquer de sérieux [1] » ; un même malentendu a pesé sur Ligne : dès qu'il n'a plus eu affaire à de hautes intelligences comme Marie-Thérèse et Joseph II à Vienne, ou à la grande Catherine en Russie, son « manque de sérieux » a caché son génie aux yeux de souverains médiocres qui n'ont plus osé l'employer, le réduisant ainsi à une semi-retraite prématurée.

Les parallèles mozartiens, pour éclairants qu'ils soient, ne doivent pas être poussés trop loin [2]. N'oublions surtout pas que Ligne, prince du Saint-Empire, seigneur de Baudour, chevalier de la Toison d'or, grand d'Espagne, sénéchal de Hainaut, feldmaréchal des armées impériales, était, d'abord et avant tout, un aristocrate qui assumait pleinement sa haute naissance (remontant à Charlemagne !) et demeurait très conscient de l'éthique exigeante que celle-ci lui imposait. Il a écrit sur ce sujet, définissant la noblesse

1. Soit dit entre parenthèses, ce jugement révèle plutôt ce qui cloche chez Wagner.

2. Notez d'ailleurs que Ligne, tout en considérant Mozart comme un « excellent et charmant compositeur », lui préférait Gluck.

comme « l'obligation de ne rien faire d'ignoble » – et c'est à cette aune-là qu'il mesurait ses pairs, et les jugeait avec lucidité. En même temps, il traitait ses sujets et subordonnés avec une courtoisie qui venait du cœur : « J'ai fait attendre des empereurs et des impératrices, mais jamais un soldat. » Et aussi, ses paysans et les simples troupiers de son régiment Ligne-Infanterie, dont, en campagne, il partageait les dangers et les misères, ne s'y trompaient pas : ils lui étaient farouchement dévoués.

Comme tout véritable aristocrate, il était essentiellement un homme sans profession. S'il était homme de guerre – et il l'était avec passion (on le verra dans un moment) –, c'était de nature plutôt que de métier. (Pourrait-on dire d'un poète, ou d'un moine, qu'il suit et exerce sa vocation *professionnellement* ?) Dans les lettres et les arts (création de jardins), Ligne était un *amateur* au sens le plus profond, le plus complet et le plus fécond du terme ; libéré de l'utile, il cultivait ces disciplines pour son plaisir, à son caprice et à son loisir, avec désinvolture, nonchalance et détachement, sous l'impulsion d'une inspiration soudaine : au fond, il n'y a qu'un seul art qui compte, et c'est l'art de vivre. Les artisans à gages peuvent atteindre une grande maîtrise technique, mais ils n'ont pas accès à ces valeurs supérieures ; il y a dans la poursuite de celles-ci une exquise *maladresse* qui échappera toujours à la virtuosité des professionnels.

Je viens en fait d'employer ici le vocabulaire esthétique des lettrés chinois traditionnels, dont – bien sûr – Ligne ignorait tout ; mais pareille rencontre n'aurait rien eu pour le déconcerter. N'avait-il pas écrit lui-même (à propos de l'Empire ottoman) : « Observateurs, voyageurs, spectateurs, au lieu de faire des réflexions triviales sur les nations d'Europe qui se ressemblent toutes à peu de chose près, méditez sur tout ce qui tient à l'Asie, si vous voulez trouver du neuf, du beau, du grand, du noble, et très souvent du raisonnable » ?

Pareille ouverture d'esprit fait d'ailleurs de lui l'un des tout premiers – et des plus grands – Européens modernes. Sa naissance belge l'y prédisposait [1] : il se définissait lui-même comme un « gentilhomme flamand », mais « Wallon à l'armée » [2], et constatait : « J'aime mon état d'étranger partout, Français en Autriche, Autrichien en France, l'un et l'autre en Russie. C'est le moyen de réussir partout », car « on perd de sa considération dans le pays qu'on habite tout à fait ». (Ceci est une profonde vérité ; Pascal avait déjà dit à peu près la même chose, avec des mots différents.)

Deux passions ont dominé la vie du prince de Ligne – on l'a dit plus haut : il adorait la guerre, et il adorait les femmes.

La guerre était la seule fonction de sa caste, la justification même de son existence, son honneur et son

1. Dans un ouvrage récent (*Le Labyrinthe belge*, trad. franç. Le Castor astral, 2004), Geert van Istendael en a développé l'intéressant corollaire : « L'Europe sera belge, ou elle ne sera pas. »

2. En Belgique, jusqu'à la fin du XVIIIe siècle, l'aristocratie et les diverses élites (les peintres, par exemple) étaient conventionnellement considérés comme des « Flamands ». Les soldats et autres va-nu-pieds divers étaient des « Wallons ».

devoir. Pour Ligne, la bravoure était la vertu cardinale – il préférait un pays plein de brigands à un pays plein de fripons, car au moins les premiers montrent du courage en risquant leur vie dans l'exercice de leur métier. La guerre fut la principale occupation de son existence, et aussi remplit-elle une bonne part des trente-quatre volumes de ses œuvres (*Mélanges militaires, littéraires et sentimentaires*). Une seule anecdote pourra illustrer l'étrange intimité que le prince entretenait avec le métier des armes : il chérissait son fils Charles plus que tout autre être au monde ; dès que l'enfant fut en âge de monter à cheval, il le conduisit au feu : « Je fis engager un petit combat d'avant-garde avec les Prussiens et m'élançant à cheval avec lui, je pris sa petite main dans la mienne tout en galopant, et au premier coup de fusil que je fis tirer, "il serait joli, mon Charles, lui dis-je, que nous eussions ensemble une petite blessure". » (Finalement, quelque vingt ans plus tard, à l'âge de 33 ans, Charles fut décapité par un boulet français des armées révolutionnaires. À la nouvelle de sa mort, le prince tomba évanoui. Ce deuil le laissa inconsolable [1].)

---

1. Il écrivait à Casanova : « Je croyais comme vous à la supériorité de la somme du bien sur celle du mal.

Mais il y a deux ans aujourd'hui, jour le plus malheureux de ma vie, j'appris que mon pauvre Charles avait perdu la sienne, que j'éprouve que tous mes bonheurs, réunis (et j'en ai eu prodigieusement), ne m'ont pas causé, ni en gros, ni en détail, la millième partie de plaisir que cette affreuse perte m'a fait et me fera de peine [...] Puis-je mettre la vie de mon pauvre Charles lui-même à côté de sa mort ? Je l'adorais pour sa valeur, son caractère, sa naïve gaieté, drôle et communicative ; mais il ne m'a jamais fait autant de plaisir en vivant qu'il m'a fait de mal en ne vivant plus... »

Les femmes : le catalogue de ses conquêtes (pas toutes glorieuses) est encore plus long et plus varié que celui de Don Giovanni, tel que le chante Leporello – son vaste registre va des prostituées aux têtes couronnées. Quelle famine le poussait donc ? Il était amoureux de l'amour : « En amour, il n'y a que les commencements qui soient charmants. Je ne m'étonne pas qu'on trouve du plaisir à recommencer souvent. »

Sur ce chapitre, retenons toutefois deux traits. Le premier est une boutade – mais les boutades sont quelquefois plus révélatrices que les réflexions graves. Ligne rappelle dans une lettre une conversation badine avec l'empereur d'Autriche et le roi de Prusse ; ils discutaient tous trois de ce qu'on pouvait désirer être : « Pour ma part, je leur dis que *je voudrais être jolie femme jusqu'à trente ans*, puis un général d'armée fort heureux et fort habile jusqu'à soixante, et puis cardinal jusqu'à quatre-vingts. » Le second est un propos remarquable noté dans *Mes écarts*, et qui le sépare de façon radicale et surprenante de don Juan – et de son vieil ami et complice Casanova : « Il y a un crime réel et abominable : c'est de troubler un mariage d'amour. Comme c'est le premier des bonheurs, il faudrait faire punir celui qui voudrait en priver deux amants époux. Y a-t-il quelque chose qui puisse valoir la félicité continuelle dont ils jouissent s'ils sont faits l'un pour l'autre ? »

Le prince de Ligne n'estimait guère ce que nous appellerions aujourd'hui le « savoir universitaire » : « Je n'aime pas les savants à moins qu'ils ne le soient sans le vouloir et sans le savoir. Il n'y a rien de si aisé que de le devenir. Qu'on s'enferme chez soi pendant six mois pour savoir, et l'on saura. Il vaut bien mieux avoir de l'imagination que de la mémoire. » Qu'eût-il pensé de ces interminables et accablantes biographies, tellement à la mode aujourd'hui, où des clercs laborieux, qui savent tout et ne comprennent rien, accumulent une montagne d'informations pondéreuses et insignifiantes, sous laquelle ils écrasent définitivement quelque infortuné poète, quelque artiste subtil, ou toute autre victime de leur choix ! En revanche, avec son approche intuitive et sa touche légère – mais pénétrante –, Sophie Deroisin apparaît bien en harmonie avec le goût et l'humeur de son séduisant sujet.

Casanova qui connaissait bien son illustre ami lui fit une observation perspicace : « Votre esprit est d'une espèce qui donne de l'élan à celui d'un autre. » Or c'est bien cet élan-là qui anime les pages qu'on va lire ; Sophie Deroisin était une « âme sensible » au sens stendhalien du mot : elle avait autant de cœur que d'esprit, elle aimait admirer et souffrait joyeusement d'enthousiasme chronique. « L'enthousiasme est le plus beau des défauts, disait notre prince, il vaut mieux avoir tort ainsi qu'avoir raison autrement. » Mais ici l'enthousiasme n'a certes pas égaré Sophie Deroisin – tout au plus lui a-t-il peut-être occulté parfois certains pans du tableau. Ligne incarne le XVIIIe siècle – on l'a dit en commençant – et Sophie Deroisin saisit admirablement la grâce qui caractérise cet âge – mais elle préfère ne pas en voir toute la déconcertante férocité, la boue, la cruauté, la crasse et le sang. Or Ligne avait les deux pieds plantés dedans (Mozart aussi). Là-dessus, les historiens universitaires nous donnent une abondance de détails concrets. Mais leur image plus complète n'est pas nécessairement plus vraie. Dans sa vieillesse à Vienne, exilé volontaire de son cher Belœil – que « l'humeur, l'horreur, l'honneur » l'empêchaient seuls de revoir –, Ligne connut la pauvreté. Des témoins de l'époque le décrivent, vieillard hirsute et sans perruque, et qui « puait fort ». Il avait aussi un âne, un mouton et une chèvre qui chaque matin grimpaient sur son lit pour mendier du pain. Les deux informations, également fiables, ne sont nullement contradictoires ; mais les biographies savantes n'ont retenu que la première, et Sophie Deroisin, la seconde. Il me semble qu'elle n'a pas eu tort.

Emerson disait que les livres n'ont qu'une seule fonction : inspirer. On ne saurait mieux résumer la vertu de celui-ci.

Victor Segalen revu à travers sa correspondance complète

Quand Victor Segalen mourut en 1919 à l'âge de 41 ans, il n'avait publié qu'un seul livre, *Les Immémoriaux* (1907), et deux plaquettes à tirage limité, *Stèles* (1912) et *Peintures* (1916), et il n'était guère connu que d'un petit cercle d'intimes. Sa veuve, Yvonne – épouse dévouée qui l'avait soutenu et aimé avec intelligence, et suivi avec courage –, s'employa à préserver sa mémoire en organisant la publication posthume de deux manuscrits, *René Leys* (1922) et *Équipée* (1929). En dépit de ces efforts, on aurait pu craindre que les écrits et le nom même du poète ne fussent finalement condamnés à l'oubli.

À ce sujet, que l'on me pardonne ici l'intrusion indécente d'une parenthèse personnelle (ce sera la seule, je vous le promets) : en 1971, au moment de publier *Les Habits neufs du président Mao*, il me fallut, au pied levé et pour de triviales raisons bureaucratiques, le signer d'un pseudonyme. Si j'osai alors emprunter mon patronyme fictif au chef-d'œuvre de Segalen, c'est tout simplement parce que, à ce moment-là, *René Leys*, complètement épuisé et introuvable depuis plus de vingt ans, n'éveillait plus d'échos que dans la mémoire d'une poignée d'admirateurs fidèles, amoureux de littérature, un peu frottés de Chine, et c'était à ces *happy few*, mes semblables, mes frères, que j'adressais ainsi un innocent clin d'œil. Eussé-je pu soupçonner alors que l'œuvre de Segalen allait justement connaître un prodigieux regain d'intérêt, je me serais modestement choisi quelque autre banal patronyme flamand, Beulemans ou Coppenolle – mais maintenant il est évidemment un peu tard pour changer.

En fait, ce triomphal retour de Segalen avait été préparé dès 1961 par la biographie magistrale (*Victor Segalen*, Mercure de France) que lui consacra le professeur Henry Bouillier – lequel présente maintenant la *Correspondance* du poète. A cette première biographie devait s'ajouter trente ans plus tard le *Segalen* de Gilles Manceron, qui, loin de faire double emploi avec elle, la complète admirablement.

Entre-temps, grâce surtout à la pieuse industrie de la fille de Segalen, Annie Joly-Segalen (1912-1998), les publications de manuscrits inédits et de fragments posthumes, les réimpressions, les éditions de textes choisis, les éditions populaires, les éditions savantes, les éditions de luxe, les expositions commémoratives, les colloques internationaux se sont multipliés. Segalen fait continuellement l'objet d'innombrables livres, essais, études et articles ; jusqu'aux antipodes, il s'écrit des thèses de doctorat à son sujet, et à Brest même une université porte maintenant son nom [1].

1. Dans cette université – si j'en crois le sympathique *Monsieur Sié* de Marianne Bourgeois (La Différence, 2003) –, on

À propos des infatigables activités de Mme Joly-Segalen, Bouillier n'exagère nullement quand il parle du « prodigieux amour filial d'outre-tombe » qui a « obtenu ce miracle de la résurrection d'un père par sa fille ». Mais ne s'aventure-t-il pas sur un terrain plus incertain quand il ajoute que « c'est grâce à elle » que « Segalen est devenu un des plus grands poètes du siècle » ? Au siècle précédent, Rimbaud n'avait eu qu'une sœur (assez maladroite) et Laforgue n'avait eu personne : ne survivent-ils pas l'un et l'autre, et tout aussi bien, par la grâce de leur seule poésie ?

Les trois temps forts de l'existence de Segalen – les deux ans de Polynésie (1903-1905), sa première grande équipée chinoise (1909) et enfin sa quête angoissée au seuil de l'au-delà, durant les derniers douze mois de sa vie – ont produit les pages les plus belles et les plus intenses de cette énorme correspondance [1]. Le reste (et ces deux volumes, plus un volume additionnel de *Repères*, comptent 2 850 pages...), sans être toujours d'un brûlant intérêt, n'en confirme pas moins la vérité de l'observation de John Henry Newman : « La vie d'un homme tient dans ses lettres. »

Les correspondants privilégiés furent tout d'abord – depuis son adolescence jusqu'à son

---

persiste à prononcer le nom du poète à la parisienne, « Segalein », alors qu'il insistait lui-même pour qu'on le prononçât à la bretonne, « Segalène » (voir par exemple *Correspondance*, vol. 1, p. 1273).

1. Victor Segalen, *Correspondance*, présentée par Henry Bouillier, textes établis par Annie Joly-Segalen, Dominique Lelong et Philippe Postel, coffret de 2 volumes, vol. 1 : *1893-1910* ; vol. 2 : *1910-1919*, Fayard, 110 .

retour de Polynésie et son mariage – ses parents, et plus particulièrement sa mère. Puis sa femme devient l'âme sœur à qui il écrit presque quotidiennement durant ses nombreuses et longues absences ; et il lui écrit encore la veille de sa mort. Les intimes – Segalen attachait une énorme importance à l'amitié – comptent des marins (Henry Manceron, Jean Lartigue), mais aussi des aînés admirés, intellectuels et artistes (Daniel de Monfreid, Debussy, Jules de Gaultier, Claudel...).

Segalen est né à Brest, dans une famille de bourgeoisie modeste, dont les racines étaient profondément bretonnes et catholiques. Son père était un fonctionnaire doux et effacé ; il peignait en amateur. Sa mère, assez musicienne (elle tenait l'orgue à l'église et jouait du piano), était une formidable personnalité, redoutablement possessive et qui exerça longtemps un extraordinaire contrôle sur son fils (celui-ci, étudiant en médecine, âgé de 21 ans, devait encore lui écrire non seulement pour justifier de menues dépenses, mais aussi pour expliquer les raisons qui l'avaient empêché de communier à la messe, manquement qu'un aumônier mouchard avait dûment rapporté à Mme Segalen).

À beaucoup d'égards, ce milieu était certes étroit et étouffant ; mais il faut remarquer aussi que cette bourgeoisie provinciale savait se sacrifier pour l'éducation de ses enfants. Victor bénéficia d'une solide formation littéraire, classique et scientifique ; il fut aussi initié dès l'enfance à la musique et à la peinture, qui le passionnèrent toute sa vie. Et surtout, n'oublions pas l'essentiel : il reçut ce que seule peut donner la chaude affection d'une famille unie, une enfance heureuse. Avec ça, on est armé pour affronter la vie, et, une fois arrivé à l'âge adulte, on ne risque plus de perdre du temps dans quelque niaise et vaine chasse au bonheur.

De constitution frêle et nerveuse, Segalen fut toute sa vie sujet à de récurrentes dépressions. Pensionnaire au collège, loin de la maison, il était terrassé par le cafard. Étudiant à l'école de médecine navale de Bordeaux, sa mère et sa sœur durent venir à son chevet pour le soutenir lors d'une nouvelle dépression. Il avait besoin des siens, et, en même temps, il aspirait à prendre le large. Ce désir d'affranchissement se manifestera de façons diverses, dans son rejet de l'Église institutionnelle, dans ses liaisons avec de jeunes maîtresses (dont il lui fallait cacher l'existence à sa mère, autre source d'angoisse).

La vraie libération du contrôle familial ne surviendra – par la force des choses – qu'avec le grand départ pour la Polynésie, sa première affectation outre-mer. Mais les affectueux liens épistolaires avec ses parents se maintiendront bien au-delà, et jusqu'à son mariage. Après cela, les relations, tout en demeurant respectueuses et courtoises, deviennent rares et distantes. Cinq ans avant sa mort, il confie toutefois à un ami très cher : « Rien, rien ne m'a déçu, sinon ma mère (morte depuis longtemps à une affection qui se cabre). » Deux ans avant sa mort, dans une lettre à sa femme à propos de l'éducation de leur fils aîné auquel il souhaitait instiller de hautes exigences : « Mes parents se seraient contentés de valeurs médiocres, et c'est ça que je ne leur pardonnerai jamais. »

Segalen devint médecin de marine pour de simples raisons pratiques : sa famille aurait difficilement pu lui permettre de longues études supérieures. En fait, il n'aimait ni la mer ni la médecine, il souffrait du mal de mer, et il maudissait les absorbantes exigences d'un métier qui le détournait de ses vraies passions. Sur ces deux questions, sa correspondance est explicite.

La mer : « Je trouve la pleine mer peu emballante, nauséeuse et bête. » « Ma traversée du Pacifique fut morne, quelconque, longue. » « Quinze jours de mer idiote et idiots. Ce Pacifique sud en tant que masse d'eau est d'un monotone ! » « Je vais goûter avec un délice toujours nouveau le charme d'une nuit à terre, fraîche et sans roulis. » « Oh que c'est bon le sol solide, parfumé, après cinq jours de pleine mer. La mer décidément n'est belle que vue des côtes, ou encadrée de rives, de plages, de roches. Le large est mesquin et inodorant… Et l'horizon immense se rétrécit et vous resserre comme un rigide anneau. » « La vie en mer me fait l'effet un peu fade d'une retraite de vieille fille dévote… Vraiment la pleine mer est bêtasse. Elle ne vaut que parce qu'elle vous conduit "ailleurs". »

Quant à la médecine, il n'en parle guère qu'avec exaspération : « La médecine est pour moi d'un ennui lourd et monotone. » Tantôt, c'est cette « ignoble médecine active, dépeçante » qui l'empêche de pratiquer son piano ; et tantôt, il rêve que « la sinologie, science précise » pourrait « froidement lui servir de bouclier définitif contre l'ignoble médecine ». Notez cependant qu'il fut un bon médecin, alliant compétence et compassion. Durant la lutte contre une épidémie de peste dans le nord-est de la Chine, il se distingua par son courage, son dévouement et ses talents d'organisation.

Quoi qu'il en fût, il valait assurément mieux être médecin de marine que pharmacien à Brest, comme sa mère l'avait d'abord souhaité pour lui ! Et il n'eut pas à se plaindre de la marine nationale qui, dans l'ensemble, le traita avec générosité, et lui fit présent des deux expériences les plus décisives et les plus fécondes de sa carrière : la révélation polynésienne puis la révélation chinoise, qui devaient successivement inspirer et nourrir toute sa création littéraire.

En Polynésie, il découvrit simultanément un paradis à l'agonie et l'œuvre de Gauguin qui venait d'y mourir. Il connut, dans les îles, une forme de bonheur, ou était-ce tout simplement le fait d'être jeune, et enfin débarrassé de la pesante province bigote de son enfance ? Bien des années plus tard, il en reparlera encore dans une lettre à un ami : « Je t'ai dit avoir été heureux sous les Tropiques. C'est violemment vrai. Pendant deux ans en Polynésie, j'ai mal dormi de joie. J'ai eu des réveils à pleurer d'ivresse du jour qui montait... J'ai senti de l'allégresse couler dans mes muscles. J'ai pensé avec jouissance. [...] Je tenais mon œuvre, j'étais libre, convalescent, frais et sensuellement assez bien entraîné. Toute l'île venait à moi comme une femme. Et j'avais précisément de la femme, là-bas, des dons que les pays complets ne donnent plus. Outre la classique épouse maorie dont la peau est douce et fraîche, les cheveux lisses, la bouche musclée, j'ai connu des caresses… », etc.

Mais cet élan lyrique est sans doute partiellement dû à un éloignement dans le temps, que l'écrivain a pris par rapport à ses souvenirs. Les lettres qu'il envoyait de Tahiti rendent un son quelque peu différent. Suivant la mode conventionnelle des officiers de l'époque, il avait en effet commencé par prendre une compagne indigène, mais semble s'en être assez vite lassé, comme il le confie dans diverses missives plutôt goujates adressées à un vieux copain : « J'ai quitté pour un temps la vahiné tahitienne pur-sang comme beaucoup trop lointaine de notre race. Elles seraient parfaites ces filles brunes aux longs cheveux lisses, aux longs cils, à la peau veloutée si, au lieu d'un siège en règle, de pourparlers et d'atermoiements, elles vous suivaient d'un geste, ainsi qu'autrefois elles s'exécutaient. […] Elles sont fausses, égoïstes, et cela va sans dire, fort peu intellectuelles, voire même intelligentes. À quoi bon, dès lors, avoir pour elles, les égards qui siéent à une amante toute proche de nous, soumise, dévouée, comme on est plus certain de trouver dans les espèces féminines moins éloignées de la nôtre. […] En six mois, ayant expérimenté la Tahitienne, la demi-Blanche, je m'en suis venu trouver la Blanche, et de celle-là même, volontairement, je m'en détache… » Et d'ailleurs, « l'acte sexuel m'indiffère, prend trop de temps, et puis celles qui vraiment me charment, je les préfère amies que maîtresses ».

Évidemment, malgré tous ses dons d'intelligence et de cœur, Segalen était aussi, qu'il le veuille ou non, un enfant du stupide XIXe siècle. Plus tard, on en trouvera d'ailleurs d'autres traits, non moins pénibles, dans certaines des réactions que lui inspirera la Chine.

Mais en même temps il est trop fin pour ne pas sentir lui-même, confusément, toute l'insuffisance, la vulgarité et la bassesse de son propre univers. De Polynésie, il ramène son premier livre, *Les Immémoriaux*, où se manifeste la volonté de prendre le contre-pied de la littérature d'« impressions coloniales », tellement en faveur à l'époque. À l'inverse des écrivains-touristes, il cherche à peindre moins l'impact du milieu sur le voyageur que celui du voyageur sur le milieu : « Je ne suis décidément pas fait pour ces visions brèves qui ravissent Loti et par le moyen desquelles il ravit ensuite ses lectrices. Il me faut savoir outre ce qu'apparaît le pays, ce que le pays pense... » Les Loti & Cie « ont dit ce qu'ils ont vu, ce qu'ils ont senti en présence des choses et des gens inattendus dont ils allaient chercher le choc. Ont-ils révélé ce que ces choses et ces gens pensaient en eux-mêmes, et d'eux ? Car il y a peut-être du voyageur au spectacle, un autre choc en retour dont vibre ce qu'il voit ».

Ce programme est splendide, mais ses lettres de Polynésie trahissent combien Segalen demeura loin de pouvoir le réaliser. Chez ces vahinés aux cheveux longs et idées courtes, réussit-il vraiment à découvrir « ce que le pays pensait » ? Et en quoi les superbes évocations de paysages et d'atmosphères tahitiennes qui donnent vie et couleur à sa correspondance, diffèrent-elles des meilleures pages de Loti ?

Cette même contradiction entre la haute ambition du voyageur et la décevante pauvreté de sa moisson va se répéter, mais sur une échelle monumentale cette fois, lorsque le poète s'attaquera à la Chine. Mais la Chine joua néanmoins un rôle décisif dans son évolution spirituelle. En premier lieu, elle le sauva du triste marécage du « monde littéraire » dans lequel il fut fort tenté un moment d'aller s'embourber. Rentré de Polynésie, en effet, il faillit devenir un « homme de lettres » : *Les Immémoriaux* semblait avoir retenu l'attention du jury de l'Académie Goncourt, ce qui l'incita à se lancer dans un bref tourbillon de visites et de mondanités littéraires [1]. Grâce à Dieu, le livre n'eut pas une seule voix, et Segalen

1. C'est à cette occasion qu'il rendit visite à Jules Renard, fraîchement élu membre des Goncourt. Dans une lettre à sa femme, Segalen annonce qu'il ira voir Renard, mais, ensuite, il n'en fera plus d'autre mention. Renard, pour sa part, lui consacre quelques lignes dans son *Journal* (14 novembre 1907). « Reçu la visite de [Segalen], auteur des *Immémoriaux*. Pas trente ans, je crois. Médecin de marine. A fait déjà son tour du monde. L'air jeune, souffreteux, pâle, rongé, trop frisé, la bouche pleine d'or qu'il aurait rapporté de là-bas avec la tuberculose. Situation médiocre et suffisante. Voudrait le prix Goncourt, non pour l'argent, mais pour écrire un autre livre. » Et c'est tout. Ils n'ont probablement jamais rien lu l'un de l'autre. On ne saurait du reste imaginer deux écrivains, deux hommes, plus radicalement dissemblables : expérience de vie, préoccupations, intérêts, style, esthétique, ils n'ont rien en commun. Cette visite fut la non-rencontre de deux astéroïdes gravitant sur leurs orbites respectives. En fin de compte, ils ne se rencontrent vraiment que dans l'esprit de tout lecteur qui se trouve nourrir une égale passion pour l'une et l'autre œuvre...

revint à lui-même, mais il l'avait échappé belle. Eût-il obtenu le prix Goncourt, imaginez tout le temps qu'il aurait alors perdu avant de retrouver sa vraie voie !

Sur ces entrefaites, il obtint de se faire envoyer à Pékin par la marine nationale, en qualité d'élève-interprète. Avant de partir, il écrit à Jules de Gaultier, son maître à penser, l'inventeur du « bovarysme », (« le pouvoir départi à l'homme de se concevoir autre qu'il n'est ») : « Je me suis mis à l'étude du chinois. Tout compte fait, j'attends beaucoup de cette étude en apparence ingrate ; car elle me sauve d'un danger : en France, mes projets une fois menés à bien, quoi faire ensuite, sinon "de la littérature" ? J'ai peur de la recherche du "sujet" [...] En Chine, aux prises avec la plus antipodique des matières, j'attends beaucoup de cet exotisme exaspéré. »

Cet « exotisme » que Segalen attend de la Chine, et qui demeurera la philosophie originale sous-tendant toute son œuvre, n'a rien à voir avec le pittoresque de la littérature d'impression de voyage, il en est l'exact opposé. La « connaissance exotique » est une perception de la différence, elle agit comme une digue qui barre le flot de la conscience pour en élever le niveau et intensifier l'énergie. Le « sentiment du divers », source de toute saveur de l'existence, est menacé par l'habitude, la proximité, l'assouvissement, l'envahissement de l'homogénéité, le cauchemar de l'entropie finale, figurée d'avance par l'universelle dégradation de la diversité anthropologique. Selon Segalen, « l'exotisme n'est donc pas une adaptation, n'est donc pas la compréhension parfaite d'un hors-soi-même qu'on étreindrait en soi, mais la perception aiguë et immédiate d'une incompréhensibilité éternelle. Partons de cet aveu d'impénétrabilité. Ne nous flattons pas d'assimiler les mœurs, les races, les nations, les autres ; mais au contraire réjouissons-nous de ne le pouvoir jamais, nous réservant ainsi la perdurabilité du plaisir de sentir le Divers ».

« La Chine, pour moi, est close... Je m'en sépare ». Ici, une mise en garde s'impose : le lecteur qui aborderait Segalen dans l'espoir d'y trouver une sorte d'introduction à la connaissance de la Chine se trompe d'adresse. Segalen avait certes raison de considérer l'univers chinois comme « la plus antipodique des matières » : la Chine constitue effectivement dans le domaine culturel « l'autre pôle de l'expérience humaine ».

Mais la juste conclusion qu'il eût fallu tirer de cette constatation fut formulée un demi-siècle plus tard, par le professeur Joseph Needham, immense savant, auteur du monumental *Science and Civilization in China*, véritable encyclopédie du savoir chinois : « La civilisation chinoise présente l'irrésistible fascination de ce qui est totalement "autre", et seul ce qui est totalement "autre" peut inspirer l'amour le plus profond, en même temps qu'un puissant désir de le connaître. » Segalen au contraire, partant de la conviction que la Chine était « impénétrable » et qu'il était souhaitable qu'elle le demeurât, se condamnait d'avance à une triste impasse.

Il passa cinq années en Chine (1909-1914), mais ce sont les six premiers mois de ce séjour qui en constituèrent l'apogée et en marquèrent aussi les limites une fois pour toutes. Avant d'entamer les études de chinois pour lesquelles la marine l'avait envoyé à Pékin, il entreprit avec son ami, Auguste Gilbert de Voisins, une longue équipée à travers le plus antique terroir chinois, les provinces de l'Ouest et du Sud-Ouest, jusqu'aux confins du Tibet, pour ensuite redescendre le Grand Fleuve depuis le Sichuan jusqu'à la côte. Cette longue et passionnante aventure, admirablement décrite dans les rapports presque quotidiens qu'il rédigeait le soir à l'étape, à l'intention de sa femme, constitue un véritable exploit sportif ; mais bien que Segalen en eût étudié et préparé l'itinéraire avec soin et intelligence, les deux amis se livrèrent en fait, pendant six mois, à l'équivalent de ces « safaris » modernes pour milliardaires, qui mènent des touristes de luxe à travers des sites splendides, guère accessibles au commun des voyageurs étrangers.

Voisins, qui avait une fortune immense, finançait toute l'expédition, laquelle se trouvait montée, armée et équipée sur un grand pied : cinq chevaux de selle, un cheval de bât, onze mulets, un âne, et tout un personnel domestique : intendant, interprète, cuisinier, deux « boys », deux palefreniers, cinq muletiers ; avec cela, tout un mobilier, des tables et des lits, des fusils, et des provisions comme pour traverser le Sahara. Rien n'avait été oublié, ils avaient même du beurre en conserve et de la poudre pour faire lever le pain à l'occidentale (car les délicieux *mantou*, pains chinois cuits à la vapeur dont se nourrissent les provinces traversées par nos voyageurs, avaient d'emblée été jugés non comestibles...).

Par contraste, on ne peut s'empêcher de songer au journaliste et voyageur australien, le Dr G. E. Morrison, le légendaire « Morrison de Pékin »[1] (1861-1920 : presque contemporain de Segalen, médecin comme lui et dont le destin fut également transformé par la Chine) qui, quinze ans plus tôt, avait entrepris un voyage aussi ambitieux, mais finalement beaucoup plus fécond en termes d'expérience humaine : il était allé seul, à pied, de Shanghai à la frontière de Birmanie, via le Sud-Ouest chinois, il n'avait que 18 livres en poche (budget mille fois plus modeste que celui des voyageurs français) ; il était seulement muni d'une ample robe chinoise et d'un pauvre parapluie de bambou et de papier huilé ; pour sa nourriture et son logement, tout au long de la route, il dépendit presque entièrement de l'hospitalité locale et, dans l'ensemble, n'eut pas à s'en plaindre...

Tandis que Segalen, lui, qui traversa également une énorme partie de la Chine, semble n'avoir paradoxalement fréquenté aucun Chinois, à la triste exception de ses propres serviteurs, lesquels, évidemment, ne pou-

1. Morrison fut correspondant à Pékin pour le *Times* de Londres, de 1895 à 1912, puis conseiller du président de la République chinoise jusqu'à sa mort. Éminence grise de la politique étrangère du gouvernement britannique, puis du gouvernement chinois, il fit preuve d'un jugement exceptionnellement pénétrant, et superbement informé, sur les affaires d'Extrême-Orient. (Jusqu'à l'avènement du régime communiste, la principale artère de Pékin, la grande rue Wang Fu Jing, était connue de la communauté étrangère sous le nom de Morrison Street.)

vaient que vérifier les clichés dont usent les coloniaux à l'égard de tous les « indigènes », sous toutes les latitudes : congénitalement menteurs, voleurs, fourbes et couards. Pourtant, les deux amis payèrent de leur personne : il faut de l'endurance et du courage pour chevaucher pendant des milliers de kilomètres, bravant les intempéries, suivant de vertigineux sentiers de montagne, franchissant des gués hasardeux.

Cependant, si, d'une part, ils s'exposaient hardiment à toutes les vicissitudes d'une audacieuse aventure, d'un autre côté, on a le sentiment qu'ils voyageaient dans une sorte de cocon hermétiquement isolé de l'humanité qui les entourait. Le fait d'être à deux – des amis très intimes parlant la même langue, partageant la même passion littéraire (Voisins était un romancier connaissant une certaine vogue ; ses œuvres sont tombées dans un miséricordieux oubli) – finissait par transformer leurs bivouacs en une sorte de succédané agreste d'un salon parisien.

Revenu à Pékin où sa femme vint bientôt le rejoindre avec leur fils aîné (leur fille et leur fils cadet devaient naître en Chine dans les années qui suivirent), Segalen s'attela à ses études chinoises. Il semble avoir surtout travaillé la langue classique, qui devait lui servir dans ses recherches archéologiques et épigraphiques. En ce qui regarde la langue parlée, il est difficile de déterminer son niveau de compétence, mais le mépris qu'il affichait pour cette étude-là ne paraît pas de très bon augure. Bientôt, hélas, des raisons matérielles l'obligèrent à abandonner temporairement la sinologie et à reprendre une pratique médicale qui lui était devenue odieuse et, ce qui était encore pire, il se vit ainsi forcé de quitter Pékin, qu'il adorait, pour aller travailler à Tientsin, ville sinistre où il retrouva tout ce qu'il avait fui : une horrible atmosphère de « médiocrité provinciale, suisse ou belge ».

En 1914, comme il avait enfin réussi à organiser avec ses deux amis, Voisins et Lartigue, une nouvelle équipée, plus systématiquement archéologique cette fois, la Première Guerre mondiale le rappela en France. Mais, en 1917, il est à nouveau envoyé en Chine, en mission officielle, pour quelques mois. Ce sera sa dernière visite, et l'occasion pour lui de dresser un assez amer bilan ; il écrit à sa femme « Il n'est plus possible ni digne pour toi et moi de vivre désormais dans ce pays. La Chine, pour moi, est close, sucée… je m'en sépare, je m'en retire, je m'en vais. Il y a d'autres pays au monde. Il y a surtout d'autres mondes. »

Quelques années auparavant, il avait été témoin de l'effondrement de la dynastie mandchoue. Il n'avait pas pris au sérieux l'établissement de la République, qui lui avait semblé une lamentable faute de goût. « Sun Yat-sen est le parfait crétin », avait-il simplement jugé à la vue de sa redingote et de son faux col, par trop prosaïques ; quant à la révolution, elle ne lui avait paru qu'« une de ces émeutes que la Chine absorbe, digère et éructe de temps à autre comme un immense intestin ses borborygmes et ses vents ».

Le renversement de l'Empire le navre et le désespère – non qu'il ait entretenu des illusions sur le régime mandchou : sa corruption, son incurie et son obscurantisme n'étaient que trop évidents – simplement « la sublime fiction de l'Empereur fils du Pur Souverain Ciel était trop admirable pour qu'on la laissât perdre… je hais les rebelles pour leurs attitudes apprises, leur humanitarisme, leurs lavures de vaisselles protestantes ; et surtout parce qu'ils contribuent à diminuer la différence entre la Chine et nous ; or vous savez que l'exotisme seul me tient à cœur ».

Et en conclusion, son seul espoir est de « voir bientôt surgir un nouveau despote qui talonnera les petits citoyens jaunes, et que je saluerai celui-là avec reconnaissance ! ». Mais, en attendant, « il faut délibérément supprimer toute la Chine dite moderne, nouvelle et républicaine… C'est la singerie même, le bovarysme piteux, la mesquinerie, la lâcheté de toute nature, l'ennui, l'ennui surtout ».

Mais, bien avant la révolution, le présent de la Chine l'avait désappointé ; par comparaison avec l'expérience polynésienne, « ici, vrai les sens ne sont pas heureux » et même Pékin n'avait que le mythique prestige de son « impérialité » pour racheter « la tristesse morne de ses orgies sales aux chanteuses rauques ». Quant aux gens, « le caractère chinois ne m'est pas sympathique… Je n'éprouve pour lui ni admiration ni sentiment de grandeur ou de force. Toutes ses manifestations autour de moi sont frappées d'infantilisme ou de sénilité. Ils pleurent comme des petites filles, se battent comme des roquets, grimacent comme des clowns et sont irrémissiblement un peuple de laids ».

Alors, qu'était-il donc allé faire là-bas ? « Au fond ce n'est pas la Chine que je suis venu chercher ici, mais une vision de la Chine. Celle-là, je la tiens, et j'y mords à pleines dents. » Phrase clé, et qui explique un mystère : ce profond poète a entièrement ignoré la sublime poésie chinoise ; ce fin connaisseur de peinture semble n'avoir pas vu une seule peinture chinoise [1] (dans toute sa correspondance, il ne fait qu'une fois mention de cet art incomparable, mais en termes abstraits, et en l'accompagnant d'une sottise : « Je travaille la peinture chinoise. Ancienne bien entendu. L'actuelle n'existe pas »).

Plus ahurissant encore, ce passionné de musique ignore jusqu'à *l'existence même* d'une musique classique chinoise – la musique des lettrés, musique de l'âme et du silence, jouée sur la cithare à sept cordes, *guqin*. Et il ose se plaindre qu'il vit dans « un pays sans musicalité » qui ne connaît que le bruit ! Il n'a jamais cherché à rencontrer des maîtres chinois qui eussent pu l'initier aux disciplines variées de leur culture, il ne fréquente ni lettrés ni artistes, il semble n'avoir jamais eu une seule conversation intelligente avec un seul intellectuel chinois.

Aussi, ce n'est pas la Chine qui est finie, « close, sucée » – cette Chine, en fait, il n'y avait même pas mordu – mais seulement sa « vision ». Et cette vision, quelle était-elle ? Il l'a consignée dans ce qu'il concevait comme son grand œuvre, *Le Fils du Ciel*. Hélas, ce Fils du Ciel est à l'empereur de Chine à peu près

1. Contrairement à ce que pourrait faire croire son titre, la plaquette *Peintures* n'a rien à avoir avec la peinture chinoise.

ce que *Le Mikado* de Gilbert et Sullivan est à l'empereur du Japon – avec cette seule différence que le premier n'est guère amusant.

Mais, d'autre part, Segalen a également laissé le miraculeux accident de *René Leys* [1], livre de l'échec et de la dérision, et fidèle, lui, à la vérité de son expérience : le narrateur, cherchant désespérément à pénétrer une impénétrable Chine, ne réussit finalement qu'à se faire mener en bateau par un séduisant et pathétique fumiste. Ce chef-d'œuvre lui échappa presque involontairement et, rétrospectivement, le laissa perplexe ; un mois avant sa mort, après en avoir fait lire le manuscrit à sa grande amie, Hélène Hilpert, il écrivait à celle-ci : « Il m'amuse que vous vous amusiez un peu de René Leys. Mais que c'est loin, que c'est jeune… »

En général, les critiques et commentateurs orthodoxes ne s'attardent guère sur ce livre, qui leur donne un certain sentiment de malaise – car, enfin, c'est une plaisanterie n'est-ce pas ? Mais c'est avec cette plaisanterie-là que Segalen est assuré de passer à la postérité. Ce n'est pas moi qui vous le dis, mais Claudel et Rilke, lesquels, après tout, ne sont pas de négligeables lecteurs.

De retour en France, Segalen, épuisé par ses prodigieuses activités de médecin, de voyageur, de sinologue, d'archéologue et d'écrivain, tomba dans une abyssale dépression, encore aggravée d'un mal que la

1. Les deux meilleures éditions en ont été données par Sophie Labatut, éd. Chatelain-Julien, 2 vol., 1999, et Folio-Gallimard, 2000.

médecine ne parvint pas à diagnostiquer [1] : il sentait la vie se retirer tout simplement de lui. À ce moment-là, Yvonne, sa femme, épouvantée par la gravité de son état, dut s'appuyer sur le soutien moral d'une très ancienne et intime amie d'enfance, Hélène Hilpert. Laquelle vivait elle-même une situation tragique : mère de quatre petits enfants, son mari avait disparu au front un an plus tôt ; elle ne savait s'il était mort ou prisonnier. (Finalement, on ne devait découvrir ses restes que dix ans plus tard.)

D'emblée, Segalen, dans son état d'effondrement nerveux, reconnut en Hélène une seconde âme sœur. La dernière année de sa *Correspondance* – de mai 1918 à mai 1919, jusqu'à la veille même de sa mort – est occupée principalement par les quatre-vingts lettres qu'il lui adressa, et celles-ci constituent d'ailleurs les pages les plus attachantes du présent recueil. Ces lettres n'avaient rien de clandestin – au bas de la page écrite par son mari, Yvonne ajoutait souvent quelques mots personnels ; mais elle souffrit de voir que son mari, avec qui elle avait jusqu'alors tout partagé, poursuivait avec son amie un dialogue qui se développait sur un plan auquel elle n'avait elle-même pas accès.

Quand Yvonne avait épousé Segalen, elle avait aussi épousé son agnosticisme – fort confortablement et sans problème. Segalen, par contre, était une âme

1. Il venait de couper son habitude de l'opium (qu'il avait fumé pendant une vingtaine d'années). Quoiqu'il en niât lui-même l'effet, cette situation de manque dut aggraver son état.

naturellement mystique, qui, confusément, ne s'était jamais vraiment accommodée d'avoir perdu la foi. Hélène était une catholique fervente ; elle était aussi une femme intelligente, douée d'une grande sensibilité ; elle percevait la détresse de Segalen, elle le savait aussi gravement malade ; dans son présent état, elle avait peut-être un moyen de l'aider, mais ne pouvait pas se permettre, ni lui permettre, le moindre faux pas.

Dans un moment de désarroi particulièrement aigu, Segalen s'ouvrit de son angoisse à Claudel. Celui-ci, avec plus de générosité que de tact, voyant la brèche qui s'ouvrait dans l'incroyance de son correspondant, y chargea aussitôt comme un rhinocéros, et lui proposa de venir illico le prendre par la peau du cou pour l'enfourner dans un confessionnal. Segalen fut touché de ce chaleureux enthousiasme, mais préféra quand même s'esquiver – et revint se confier à sa douce amie. Qui de nous ne voudrait entrer au paradis guidé par la main d'une Béatrice, plutôt qu'emporté au galop d'un pachyderme ?

Combien de temps encore Segalen aurait-il réussi à contenir ses tumultueux sentiments dans le canal strictement amical que lui avait assigné Hélène ? Nous ne le saurons jamais. Au printemps de 1919, Segalen passa quelques jours de repos solitaire dans une auberge à la lisière de la légendaire forêt bretonne de Huelgoat. Les deux dernières lettres qu'il écrivit étaient adressées, l'une à Hélène, l'autre à Yvonne. Elles rayonnent presque de la même tendresse pour son amie et pour son épouse. Le lendemain, il alla se promener en forêt, mais ne revint pas.

Deux jours plus tard, on découvrit son corps, étendu sous un arbre. Il avait une blessure à la cheville ; il était mort de l'hémorragie qui en était résultée et qu'il avait vainement tenté d'enrayer au moyen d'un tourniquet improvisé. Ceux qui le connaissaient conclurent au suicide ; ceux qui l'aimaient conclurent à un accident.

Aujourd'hui, ses biographes inclinent pour la seconde interprétation, faisant valoir qu'un médecin qui veut se suicider dispose normalement de moyens moins primitifs. Mais que ferait un médecin qui veut épargner aux êtres qu'il aime la cruelle découverte qu'il les a volontairement quittés ? Ses deux dernières lettres ne sont nullement des lettres d'adieu – mais, dix ans plus tôt, il confessait déjà à sa femme : « Les choses vraiment intimes ne s'écrivent jamais. »

Dans la lumière de Simone Weil

Milosz et l'amitié de Camus [1]

Des recherches médicales (appuyées sur des statistiques fort sérieuses) ont établi que les records de longévité sont généralement atteints par des individus qui mènent au fin fond de montagnes inaccessibles une existence monotone, ennuyeuse et dénuée d'incidents. Le poète Czeslaw Milosz, mort à l'âge de quatre-vingt-treize ans, en pleine activité créatrice, après une vie mouvementée qui l'avait placé au cœur de quelques-unes des plus affreuses tragédies de son siècle, semble avoir suivi une recette de longue vie exactement inverse. Mais les poètes ne fournissent guère matière à statistiques.

Né en 1911 dans une petite ville de la Russie tsariste (toute sa vie d'ailleurs, comme beaucoup d'intellectuels polonais – voyez déjà Conrad ! – il observera l'énigme russe avec une perspicacité horrifiée), il était lui-même issu d'une famille aristocratique

1. Introduction à ma traduction française de Czeslaw Milosz : « The Importance of Simone Weil », dans l'ouvrage collectif dirigé par Florence de Lussy, *Simone Weil – Sagesse et grâce violente*, Bayard, Paris, 2009.

mi-polonaise mi-lituanienne. Dans sa toute petite enfance, il partagea la vie nomade de son père, un ingénieur des ponts et chaussées chargé de constructions aux quatre coins de la Sibérie, et finalement fut même témoin des combats de la révolution bolchevique. Ces premières expériences furent comme une préfiguration de son destin d'exilé.

Milosz passa sa jeunesse et ses années d'université à Wilno, ville baroque et cosmopolite, dont la population parlait en majorité polonais et yiddish, mais aussi lituanien, biélorusse et russe. Au milieu des années 1930, il vint séjourner à Paris, où il paracheva son excellente connaissance de la langue et de la littérature françaises, et fréquenta un lointain cousin dont il fit son mentor spirituel, l'ancien diplomate lituanien devenu un grand poète français, O. V. de L. Milosz (1877-1939) qui l'encouragea puissamment à suivre sa vocation poétique.

Revenu en Pologne à la veille de la guerre, il travailla pour la Radio nationale. En 1939, dès l'invasion allemande, il devint actif à Varsovie dans les réseaux clandestins de la résistance antinazie. L'occupation fut particulièrement effroyable en Pologne ; comme Milosz devait le conclure, « l'horreur est la loi du monde des créatures vivantes, et l'objet de la civilisation est de masquer cette vérité. Comme les habitudes civilisées ont une certaine force de persistance, durant leur occupation de l'Europe occidentale, une sorte de gêne contraignit souvent les Allemands à maquiller tant soit peu leurs intentions, tandis qu'en Pologne, nulle inhibition ne les retint plus ». Et cette confrontation avec l'horreur nue marqua définitivement sa vision du réel : l'ordre quotidien qui entoure notre existence est illusoire, « les hommes sont condamnés d'avance, car l'ordre dans lequel ils se sont installés et qui donne forme à chacune de leurs pensées et émotions, est, comme tout ordre, mûr pour la destruction ». Une bombe souffle la façade d'une maison qui, toujours debout, expose grotesquement ses entrailles vulnérables et secrètes ; notre vie qui semble stable, solide et permanente se déroule ainsi dans le fragile décor en carton d'une scène de théâtre. Tout est provisoire, tout peut s'effondrer en un éclair, dans le trou béant d'une noire abomination. Notre condition est à jamais précaire, même la décence humaine la plus élémentaire peut se fracasser et s'évanouir en un clin d'œil : « La proximité de la mort détruit toute honte. Hommes et femmes se métamorphosent aussitôt que la date de leur exécution a été arrêtée par un petit homme gras, équipé d'une cravache et de bottes luisantes. Ils copulent en public sur un minuscule carré de terre entouré de barbelés, leur dernier refuge ici-bas. »

Après la guerre, comme beaucoup d'intellectuels polonais qui voulaient espérer que leur collaboration avec le régime communiste aiderait celui-ci à évoluer, Milosz devint diplomate et fut envoyé en qualité d'attaché culturel, d'abord à Washington, puis à Paris. Mais il comprit très vite que le service d'un totalitarisme stalinien non seulement entraîne des compromissions inacceptables pour la conscience et pour l'esprit – plus simplement, il provoque « une révolte de l'estomac : un homme peut encore se persuader qu'il serait bénéfique pour sa santé d'avaler des grenouilles vivantes, et ainsi convaincu rationnellement, il avalera une première grenouille, puis une seconde, mais à la troisième, son estomac se soulèvera ». En 1951, il abandonna donc son poste, rompit avec le régime, et fit un saut sans retour dans cet abîme que représentait pour lui l'exil – le pire des malheurs, car il semblait devoir le vouer à la stérilité, l'isolement et l'inaction. Mais à la différence de tant d'autres écrivains exilés, il s'accrocha à sa langue maternelle, le bien le plus précieux qu'il possédât ; à l'exception d'une partie de sa correspondance privée – française et anglaise – jusqu'à sa mort, il n'écrivit guère qu'en polonais.

Il passa en France les dix premières années de son exil – années particulièrement désespérantes, pas seulement du fait de son extrême insécurité matérielle (il n'avait que les précaires ressources de sa plume pour nourrir sa jeune famille), mais surtout à cause de la lâcheté et de la stupidité de la gauche intellectuelle française ; les bien-pensants qui, sous le pontificat de Sartre-Beauvoir, l'avaient fêté tant qu'ils l'avaient vu paré du prestige d'un envoyé officiel de la Pologne « démocratique », le traitèrent comme un lépreux dès qu'ils apprirent sa défection (et chez son éditeur – Gallimard – le lecteur de service [1] eut même la délicate attention de soumettre ses manuscrits à l'*imprimatur* d'un censeur polonais « progressiste » !). En 1953, il aggrava encore son cas en publiant ce qui allait devenir son ouvrage le plus retentissant, *La Pensée captive* – « écrit non pas *pour*

1. Dionys Mascolo.

une audience occidentale, mais bien *contre* elle », contre sa sottise et son aveuglement : il s'agissait en effet de lui rappeler que « si une chose existe quelque part, elle existera n'importe où ». Or, dans leur absence d'imagination, « les habitants des pays occidentaux ne se rendent guère compte que des millions de leurs frères humains qui semblent tout pareils à eux, vivent en fait dans un univers aussi fantastique que celui des indigènes de la planète Mars ». Ne l'oubliez pas : « L'homme est une créature si élastique que l'on peut parfaitement concevoir qu'un jour tout citoyen respectable trouvera normal de se promener à quatre pattes en arborant une queue de plumes bariolées pour marquer son allégeance à l'ordre établi. »

Comme le monde intellectuel et littéraire l'avait réduit à un isolement de pestiféré, un seul honnête homme eut le courage de lui tendre une main fraternelle, et l'aida à survivre : Albert Camus. Une profonde amitié se développa entre les deux écrivains, encore cimentée par leur commune admiration pour Simone Weil.

En ce qui regarde Camus, on ne mesure pas assez combien la pensée et l'exemple de Simone Weil ont compté dans sa vie intellectuelle et spirituelle depuis la fin de la guerre jusqu'à sa mort prématurée. C'est un point que ses meilleurs biographes n'ont pas su traiter adéquatement – confirmant en cela l'opinion d'Emerson, qui tenait la biographie littéraire pour une entreprise vaine, puisqu'elle s'attache à raconter des vies dont, par définition même, les événements les plus significatifs se sont déroulés dans le silence et dans l'invisible [1]. Et ici pourtant, les éléments matériels d'information ne manquaient pas. Dès 1948, Camus entreprit de publier dans la collection « l'Espoir » qu'il dirigeait chez Gallimard, les principaux textes de Simone Weil sur les questions sociales et politiques, *L'Enracinement* et *La Condition ouvrière* (de tous les titres de cette collection, ce furent d'ailleurs les seuls à remporter un réel succès). Avec Gustave Thibon (pour les textes philosophiques et religieux), il fut ainsi l'un des tout premiers et plus fervents gardiens de l'œuvre et de la mémoire de Simone Weil. Surtout, Simone Weil devint une constante inspiration pour sa propre réflexion, comme l'attestent de nombreux passages de ses *Carnets* ; et du reste, il en donna à Stockholm, à l'occasion du prix Nobel, la plus vibrante confirmation publique. Lors de la conférence de presse qui précéda la cérémonie, comme on lui demandait quels étaient les écrivains vivants qui comptaient le plus pour lui, il nomma divers amis algériens et français, puis ajoute : « Et Simone Weil – car il y a des morts qui sont plus proches de nous que bien des vivants. »

Une dizaine d'années plus tôt, la publication des écrits de Simone Weil l'avait amené à prendre contact avec sa famille où il fut accueilli avec amitié, tout particulièrement par sa mère, Mme Bernard Weil, qui était elle-même une femme remarquable. Milosz fit également sa connaissance, et après la mort

1. « *Geniuses have the shortest biographies because their inner lives are led out of sight and earshot ; and in the end their cousins can tell you nothing about them.* »

de Camus – qui avait bouleversé Mme Weil – continua à la visiter [1]. À la fin de son essai sur Simone Weil [2], Milosz relève un trait touchant et révélateur : le jour où Camus apprit que le prix Nobel lui avait été attribué, traqué par une meute de journalistes et de photographes, c'est chez Mme Weil qu'il vint se réfugier. Or on sait que, pour Camus, tourmenté de doutes sur lui-même, cette écrasante distinction fut à beaucoup d'égards une épreuve – loin de le réconforter, elle le désarçonna. Tout comme, dans un moment de soudain désarroi, le réflexe naturel d'un croyant est d'entrer dans une église, l'athée Camus éprouva, lui, l'irrépressible besoin d'aller se recueillir dans l'ancienne chambre où la jeune Simone avait médité et écrit.

En 1960, Milosz alla s'installer aux États-Unis, où l'université de Berkeley lui avait offert la chaire de professeur de langues et littératures slaves. Son activité universitaire ne l'empêcha nullement de poursuivre son œuvre littéraire – plus de quarante volumes de poésie et d'essais – couronnée par de nombreux prix, et finalement (en 1980) par le prix Nobel. Après l'effondrement du communisme, et jusqu'à sa mort, il partagea son temps entre Berkeley et Cracovie. Après plus d'un demi-siècle d'absence, son pays natal dut lui paraître plus étranger que les terres étrangères où il avait passé la plus grande partie de son existence, et écrit le meilleur d'une œuvre, elle-même fruit de l'exil.

1. Milosz évoque ces visites dans une lettre à un ami américain, le moine trappiste et écrivain Thomas Merton.

2. « The Importance of Simone Weil ».

Pour Milosz, la découverte des écrits de Simone Weil – comme ç'avait déjà été le cas pour Camus – donna une nouvelle orientation à sa vie intérieure [1]. On retrouve la trace de cette révélation tout au long de ses essais, de sa correspondance, et même de son travail d'enseignement (il fit un cours sur le manichéisme, directement inspiré par la pensée de Simone Weil ; et par ailleurs, édita et produisit en polonais un gros volume de ses textes choisis).

La position religieuse de Milosz paraît tout à la fois symétrique et inverse de celle de Simone Weil. La réflexion de cette dernière sur les païens naturellement chrétiens et sur les chrétiens naturellement païens pourrait assez bien résumer leur situation respective. Simone Weil, animée d'un grand désir d'entrer dans l'Église pour pouvoir participer aux sacrements, se dénia ce bonheur, et resta délibérément sur le seuil, solidaire de la misère des néo-païens. Milosz, au contraire, né et éduqué dans l'Église, souhaita souvent en sortir ; il voulait échapper tant à l'Église polonaise – politique et chauvine – de son enfance, qu'à la désolante caricature de protestantisme dans laquelle il voyait glisser le catholicisme occidental post-conciliaire [2].

1. Le problème religieux a d'ailleurs occupé une place significative dans l'amitié Camus-Milosz. Camus était un athée qui doutait de son athéisme, Milosz un chrétien qui doutait de son christianisme. Le doute était leur préoccupation commune – la certitude mystique de Simone était une lumière qui les guidait dans leur brouillard. (Bien sûr, je simplifie ici de façon rudimentaire une question complexe.)

2. La fréquentation des sacrements lui posait un problème, mais il emmenait ses fils à la messe, répétant ainsi d'une certaine façon le dilemme de Camus : celui-ci l'avait un jour

Milosz s'est défini lui-même comme un « pessimiste extatique » – et c'est peut-être en cela qu'il se rapproche le plus de Simone Weil. Face au mystère du mal, il n'y a guère de place dans leur foi pour une Providence (qui soulagerait la souffrance) ni pour la communion des saints (qui lui donnerait un sens). La religion qui console serait-elle donc une forme avilie de religion ? « L'amour n'est pas consolation, il est lumière » – cette phrase de Simone Weil est admirable ; mais pourquoi la lumière ne serait-elle pas consolation ? En tout cas, c'est ce que perçoivent tout naturellement les âmes simples quand elles vont pieusement allumer un cierge devant l'image de la Vierge ou de quelque saint. Mais, bien sûr, on imagine difficilement notre philosophe géniale – et implacable – s'adonnant à de semblables pratiques (que, pourtant, Pascal lui-même ne dédaignait pas [1]).

---

consulté pour savoir s'il serait honnête pour un athée comme lui de laisser ses enfants faire leur première communion – Milosz s'était lui-même posé semblable question ; et, à l'origine il l'avait posée à Karl Jaspers. Ce dernier lui avait répondu que, en tant que protestant, il n'avait pas de sympathie particulière pour le catholicisme, mais il estimait que tous les enfants devraient être éduqués dans leur religion propre, ne fût-ce que pour avoir accès à la tradition biblique. À son tour, Milosz répondit à Camus à peu près de la même façon.

1. Voir Pensée 115 (fin) dans l'édition Kaplan, ou 418 dans l'édition Lafuma.

Nabokov
et la publication posthume de son roman inachevé

« L'amertume d'une vie interrompue n'est rien en regard de l'amertume d'une œuvre interrompue : la probabilité que la première puisse se poursuivre par-delà la tombe semble infinie, comparée au désespérant inachèvement de la seconde. Vu de là-bas cela pourra peut-être paraître absurde, mais vu d'ici, l'écrit reste irrémédiablement inexistant », disait Nabokov[1].

Pour écrire ses romans, Nabokov procédait de façon très particulière : son habitude était de former d'abord dans son esprit une vision complète de l'œuvre, et ensuite il se mettait à noter sur des fiches un premier brouillon fait de fragments détachés, sans suite logique ni chronologique. Ces fiches, d'un format légèrement inférieur à celui de cartes postales standard, présentent chacune, uniquement sur le

1. Manuscrit russe, inachevé, inédit (Archives Nabokov, Library of Congress), cité par Brian Boyd, *Vladimir Nabokov. The American Years*, Londres, 1992, p. 663.

côté recto, un court passage (pouvant aller d'une ligne à un ou deux paragraphes). Certaines fiches ne comportent qu'une phrase isolée – une idée, une touche descriptive ; d'autres offrent une séquence numérotée, formant une narration ininterrompue (allant, dans deux cas, jusqu'à plus de vingt fiches).

Dans une seconde étape, il mélangeait et réassemblait ces fiches, organisant un projet de structure, esquissant liens et connexions, tissant ensemble les divers fils de l'intrigue. La composition prenait ainsi progressivement forme, jusqu'à ce qu'un manuscrit définitif et continu puisse enfin être mis au net.

Nabokov commença à travailler à son dernier roman en 1975 ; il fut bientôt interrompu par un accident, puis par la détérioration de son état de santé. À sa mort (1977), il n'était même pas arrivé à la moitié de la première étape : tout ce qui reste de ses brouillons est un lot de cent trente-huit fiches qui, si on les imprimait de façon continue, comme pour un livre ordinaire, rempliraient à peine une trentaine de pages.

Qu'aurait-on dû faire de ces cent trente-huit fiches ? Comme son fils Dmitri le rappelle, Nabokov, durant sa dernière maladie, sur son lit d'hôpital, donna à sa femme, l'admirable Vera (dont il sera question dans un moment), l'instruction de les brûler dans le cas où il mourrait sans avoir pu terminer son manuscrit.

La veuve dévouée ne put se résoudre à exécuter cette instruction à la lettre – cela l'aurait obligée à détruire ce qui constituait pour elle de très précieuses reliques, mais elle respecta l'esprit essentiel de cette dernière volonté de son mari : jamais elle ne livra à la curiosité des lecteurs ces fragments non corrigés. Après la mort de Vera (1991), Dmitri Nabokov – fils unique du couple extraordinaire – devint le seul gardien de l'œuvre de l'écrivain ; dix-huit ans plus tard, après « une longue réflexion » (décrite dans un passage bizarrement contourné et obscur de son introduction), il décida finalement de les publier dans la forme actuelle : un grand et luxueux volume, paru simultanément aux États-Unis et en Angleterre, présentant sur cent trente-huit pages de carton, imprimées d'un seul côté, des reproductions en fac-similé détachables des cent trente-huit fiches ; chaque fiche occupe la moitié supérieure de la page, tandis que son contenu est repris en caractères d'imprimerie sur la moitié inférieure. Si le lecteur le désire, il peut détacher n'importe quelle fiche, ou toutes les fiches, par simple pression du doigt le long de leur pourtour. Ayant ainsi procédé, il peut alors, fiches en main, battre les cartes pour les réarranger à sa guise, suivant ce qu'il estimerait être un ordre, soit mieux conforme au dessein original de Nabokov, soit simplement plus satisfaisant pour son goût personnel. Délesté de ses fiches, le volume ainsi éviscéré peut être replacé sur un rayon de bibliothèque : son aspect extérieur reste inchangé, et pourtant il recèle maintenant une cavité secrète dans laquelle vous pourriez commodément ranger (par exemple) soit votre testament ou un trousseau de clés, ou un petit flacon de calvados, ou les boucles d'oreilles de votre femme.

Mais en quoi consistait le dessein original de Nabokov ? Laura est le principal personnage d'un roman-dans-le-roman ; elle est basée sur Flora, maîtresse de l'auteur du roman-dans-le-roman ; Flora a également un mari, un homme âgé, un brillant neurologue qui est en train d'expérimenter sur lui-même une méthode de suicide mental, par oblitération de la conscience de soi, en commençant à partir des orteils. Flora elle-même a subi dans son enfance une expérience de type Lolita, aux mains d'un locataire de sa mère, un pervers d'âge mûr qui, cette fois, ne s'appelle pas Humbert Humbert, mais bien Hubert Hubert. Mais évidemment, on ne saurait équitablement rendre compte d'une expérience littéraire en réduisant celle-ci à quelques fils d'une intrigue interrompue : on pourrait aussi bien regarder sur un écran le récital d'un violoniste virtuose en coupant le son.

Mais en l'occurrence, qu'en est-il de l'expérience littéraire ?

Les cent trente-huit fiches peuvent aisément se lire d'une traite : ce n'est pas long. Mais l'impression dominante qui se dégage de cette lecture est un mélange de confusion et de frustration. En ce qui me concerne, elle me rappelle irrésistiblement la description que fait Balzac du *Chef-d'Œuvre inconnu* dans la nouvelle philosophique qui porte ce titre ; on s'en souvient : un vieux peintre appelé Frenhofer travaille depuis dix ans à une toile qui, estime-t-il, devrait être son ultime et suprême chef-d'œuvre. Tous les jeunes artistes admirent son génie et désespèrent de jamais égaler l'habileté de son pinceau ; ils brûlent du désir de contempler sa dernière œuvre, mais Frenhofer conserve son atelier verrouillé à double tour. Un jour, toutefois, deux disciples sont enfin admis à l'intérieur. Ils sont sidérés : le chef-d'œuvre inconnu se dresse devant eux sur son chevalet, mais tout d'abord, ils n'y voient goutte : « Le vieux lansquenet se joue de nous, dit l'un. Je ne vois là que des couleurs confusément amassées et contenues par une multitude de lignes bizarres qui forment une muraille de peinture... En s'approchant, ils aperçurent dans un coin de la toile le bout d'un pied nu qui sortait de ce chaos de couleurs, de tons, de nuances indécises, espèce de brouillard sans forme ; mais un pied délicieux, un pied vivant ! Ils restèrent pétrifiés d'admiration devant ce fragment échappé à une incroyable, à une lente et progressive destruction... ».

Les cent trente-huit fiches nabokoviennes présentent un assemblage non moins déconcertant. On retrouve çà et là quelques échos de l'esprit acéré du vieil écrivain, quelques éclairs du feu d'artifice familier – à ces endroits-là, on reconnaît la main du maître ; mais trop souvent, ces traces à demi effacées rappellent, non pas sa magie, mais bien ses affectations les moins plaisantes. Par exemple, une fiche est consacrée à une sotte démolition d'une série de grands écrivains français à qui Nabokov attribue une commune « *médiocrité* », et ils sont rassemblés là pour la spirituelle raison que leur patronyme à chacun commence par la lettre M : ainsi Michaux et Montherlant (que Nabokov orthographie « Montherland » !) se trouvent voués à la même géhenne (alors qu'en fait *rien* ne saurait les rapprocher – à part leur génie). Cette conscience exacerbée de sa propre importance avait été relevée il y a bien longtemps déjà par Hannah Arendt : « Il y a une chose qui m'horripile chez Nabokov. On dirait qu'il veut toujours vous montrer comme il est intelligent. On dirait qu'il cherche toujours à se définir lui-même comme étant "*plus intelligent que*". Il y a quelque chose de vulgaire dans son raffinement, et je suis allergique à cette sorte de vulgarité, parce que je ne la connais que trop bien, et je connais trop de gens qui en sont infectés [1]. »

Pourquoi publier maintenant (à l'encontre des instructions claires et lucides de Nabokov !) ces brouillons fragmentaires, inachevés et largement dénués d'inspiration ?

Après la mort de Nabokov, on l'a vu, ce fut sa veuve, Vera, qui se trouva tout d'abord chargée de la gestion de son œuvre. Son attitude en ce domaine mérite notre attention toute particulière, car nul n'aurait pu être mieux qualifié qu'elle, moralement et esthétiquement, pour prendre les décisions qui convenaient. Reprenons les choses depuis le début.

Quand Vera rencontra Vladimir (1923), ils étaient tous deux de jeunes exilés russes errant à travers

1. Lettre à son amie Mary McCarthy (qui venait de publier son retentissant éloge de *Pale Fire*), 7 juin 1962. Arendt ajoute que le livre de Nabokov qu'elle admire le plus, c'est son « grand essai sur Gogol » (*Nikolaï Gogol*, New Directions, 1944), un mince volume qui constitue en fait le flamboyant manifeste de l'esthétique littéraire nabokovienne. Bien que j'aime *Pnine* et admire *Lolita*, j'avoue partager cette prédilection d'Arendt.

l'Europe. Elle avait 21 ans, il en avait 24 ; tous deux étaient hautement cultivés et exceptionnellement doués. Ils avaient traversé les mêmes tragédies, ils vivaient une même existence précaire dans une période de bouleversements extrêmes. Ils tombèrent amoureux l'un de l'autre, se marièrent et ne se quittèrent pratiquement plus jamais, si brièvement que ce soit, jusqu'à ce que la mort les sépare plus d'un demi-siècle plus tard. Les témoins qui eurent le privilège de les observer de près dans leurs toutes dernières années furent tous frappés de l'intensité et de la profondeur de leur affection mutuelle. D'emblée, Vera avait discerné le génie de Vladimir : cette foi ne souffrit jamais le moindre doute. Quand les éloges de la critique et le succès mondial finirent par couronner l'art littéraire de Nabokov (et ceci ne survint que relativement tard dans sa carrière, avec la publication de *Lolita*), Vera ne fut nullement surprise, ceci ne fit que confirmer ce qu'elle savait depuis toujours. Avec son intelligence et sa vaste culture cosmopolite, elle aurait pu ambitionner une carrière pour elle-même. Mais en fait, d'entrée de jeu, elle avait fait son choix : elle se mettrait complètement et exclusivement au service de l'activité créatrice de son mari. Elle devint son premier conseiller littéraire, lecteur et critique, mais aussi sa secrétaire, dactylo, son agent, son chauffeur, assistant, traducteur, spécialiste en relations publiques, sa téléphoniste, son éditeur – et sa muse.

Bien qu'elle cherchât toujours à se rendre invisible aux yeux du public (dans la mesure où ceci eût été possible pour une aussi lumineuse beauté), sa relation avec son mari n'était nullement une forme de soumission. Nabokov l'admirait et s'appuyait sur son jugement tout autant qu'il l'aimait. Sans nul doute, tôt ou tard quelque énergumène, activiste du mouvement de libération féministe, ne manquera pas de soutenir que les livres de Nabokov furent en fait écrits par sa femme [1] ; pareille sottise pourrait toutefois contenir involontairement une vérité subtile : il a bien écrit ses livres, mais elle a fait l'homme qu'il est devenu. Sans Vera, quelle sorte de livres eût-il écrits ? Nul ne peut le dire ; une chose est certaine : ils auraient été l'œuvre d'un autre écrivain.

Vera avait ses propres idées et opinions, dont Nabokov tenait compte. (Deux fois, elle l'empêcha de brûler le manuscrit de *Lolita*, et réussit à le persuader de reprendre un travail dont il avait désespéré.) Son respect pour ce qu'il avait écrit était scrupuleux et ne tolérait nul compromis ; ainsi par exemple, durant la carrière universitaire de Nabokov, quand quelque indisposition l'empêchait de donner son cours, elle faisait classe à sa place et lisait aux étudiants la leçon qu'il avait préalablement rédigée, sans se permettre d'en modifier la moindre virgule.

En ce qui concerne *The Original of Laura*, cependant, Vera n'observa qu'à moitié les instructions de Nabokov. Son amour l'empêcha de détruire les brouillons que Vladimir avait écrits à la main ; son goût et son jugement littéraire l'empêchèrent de les publier.

Dix-huit ans après la mort de sa mère, Dmitri décida finalement de publier ces fragments posthumes. Il

1. Mais elle écrivit une partie de sa correspondance.

serait impertinent de s'interroger ici sur ses motivations. Il était proche de ses parents ; son affection et son admiration pour son père étaient manifestes, ainsi que la dévotion avec laquelle il servit l'œuvre de celui-ci – il consacra beaucoup de temps et d'attention à préparer des éditions et des traductions de plusieurs de ses ouvrages. De toute façon, ce n'est pas l'affection et le dévouement de Dmitri qui sont en cause ici. La question est : que penser de son goût et de son jugement ?

Sur ce terrain-là, il fit une fois un redoutable faux pas. Lors du triomphe international de *Lolita*, comme il s'en préparait une adaptation cinématographique, le jeune Dmitri (il avait vingt-six ans à l'époque) eut l'idée d'organiser en Italie (où il poursuivait sa carrière de chanteur d'opéra) une fausse compétition pour l'attribution à une actrice du rôle de Lolita : « Pendant deux jours son appartement de Milan fut envahi par une cohorte de candidates nymphettes, robustement nubiles, avec quelques mamans provinciales à la remorque. Quand son père vit dans un hebdomadaire illustré une photo des "finalistes" entourant Dmitri sur son vaste lit couvert de satin, il envoya de toute urgence un télégramme à celui-ci, lui intimant de mettre immédiatement un terme à cette pantalonnade publicitaire. Et il écrivit encore une longue lettre sévère à Dmitri, le mettant en garde contre ce genre de farce puérile, qui ne pourrait que nuire à sa carrière [1]. »

1. Sur toute cette affaire, voir Brian Boyd, *op. cit.*, p. 415, et V. Nabokov, *Selected Letters, 1940-1977*, édité par D. Nabokov et M. J. Bruccoli, Londres, 1990, p. 323-324.

Après coup, Dmitri fut naturellement fort contrit (c'est lui-même d'ailleurs qui révéla les détails de l'épisode dont on vient de citer la description ; il en fit état deux fois : dans son édition des lettres choisies de Nabokov, et dans un essai de souvenirs personnels). Cette indiscrétion de jeunesse eut lieu il y a près d'un demi-siècle ; il serait donc bien artificiel d'en faire aujourd'hui grief au vieil homme qui vient de prendre l'initiative de publier *The Original of Laura*. Mais on regrette pourtant que, cette fois-ci, il n'ait pu y avoir de sévère télégramme paternel pour stopper cette entreprise.

Chine

ANATOMIE D'UNE « DICTATURE POST-TOTALITAIRE »

Les essais de Liu Xiaobo sur la Chine d'aujourd'hui

> Mieux que l'approbation de la foule : l'indignation d'un seul honnête homme !
>
> Sima Qian (145-90 av. J.-C.), *Mémoires du Grand Historien*, chap. 68

> La vérité vous libérera.
>
> Évangile selon saint Jean, VIII, 32

L'essor économique de la Chine domine maintenant tout le paysage des affaires internationales. Aux yeux des experts et politologues, la Chine est promise à devenir la « première puissance économique mondiale dès 2019 ». Les spécialistes d'une grande institution financière internationale prévoient qu'elle atteindra cette position plus tôt encore – dès 2016. Cette rapide transformation dont divers aspects sont déjà manifestes a justement été baptisée le « miracle chinois ». L'opinion publique, tant en Chine qu'à l'étranger, s'accorde généralement pour conclure que « le XXIe siècle sera le siècle de la Chine ». Une interminable procession de chefs d'État fait pèlerinage à Pékin, cependant que des hommes d'affaires en provenance de tous les pays industrialisés se précipitent à Shanghai et autres grandes métropoles provinciales dans l'espoir d'y conclure de mirifiques contrats. L'Europe implore la Chine d'accourir au secours de sa monnaie malade. Partout dans le monde, les personnes qui réfléchissent un peu souhaiteraient en savoir plus long : quelle est donc la dynamique profonde de cette soudaine et prodigieuse métamorphose ? Jusqu'à quel point est-elle solide et fiable ? Vers quoi se dirige-t-elle ? Pour satisfaire ce nouveau désir d'information, l'industrie de l'édition est en train de livrer une production vertigineusement variée : analyses, mémoires, témoignages, guides, biographies, panoramas historiques, documents, essais d'interprétation, diagnostics et pronostics : la Chine contemporaine est examinée sous tous les angles. Seuls peut-être les universitaires et les spécialistes professionnels réussissent (plus ou moins) à trouver leur chemin dans ce labyrinthe de papier imprimé. Toutefois, émergeant de cette production confuse, il y a UN livre [1] dont la

1. Plus exactement *deux* livres – un recueil français, édité et traduit par J.-Ph. Béja (Liu Xiaobo, *La Philosophie du porc et autres essais*, Gallimard, 2011), et un recueil américain, dû à Perry Link et son équipe de traducteurs (Liu Xiaobo, *No Enemies, No Hatred*, Harvard University Press, 2012). Václav Havel, dont l'exemple avait inspiré l'auteur, a préfacé l'un et l'autre ouvrage. Le choix des textes recueillis dans ces deux volumes est semblable, mais pas absolument identique (on rêverait d'une troisième édition qui pourrait combiner leurs ressources respectives !). La version originale du présent article

lecture devrait s'imposer de toute urgence, tant au chercheur spécialisé qu'à l'honnête homme soucieux d'une authentique compréhension – et c'est ce recueil d'essais de Liu Xiaobo, judicieusement choisis, présentés et traduits par des sinologues qui ont bénéficié et d'une longue expérience de la Chine, et de leur fréquentation personnelle de l'auteur.

L'attribution du prix Nobel de la Paix en 2010 a porté le nom de Liu Xiaobo à l'attention du monde entier. Bien avant cette date, cependant, il jouissait déjà, en Chine même, d'une réputation considérable – celle d'un intellectuel sans peur, dont les commentaires non conformistes et pénétrants touchaient une large audience. Et les autorités communistes – bien involontairement ! – avaient déjà confirmé à plusieurs reprises la redoutable pertinence de ses vues : depuis le massacre de Tiananmen (4 juin 1989) l'expression de ses vues lui a valu des arrestations répétées ; en ce moment même il est en prison – pour onze ans cette fois, soumis à un régime particulièrement sévère, malgré sa très mauvaise santé. Comme Pascal le disait : « Je crois des témoins qui se font égorger. » En l'occurrence, il s'agit d'un témoin par ailleurs exceptionnellement qualifié par son expérience, par son intelligence, par son information, par son éloquence et par son intégrité.

Né en 1955 dans le nord-est de la Chine, Liu appartient vraiment à cette génération des « enfants de

ayant été écrite en anglais, je me suis basé essentiellement sur l'édition américaine, avec d'occasionnelles références à l'édition française. Elles me semblent toutes deux indispensables.

Mao », qui, par un intéressant paradoxe, a produit les plus audacieux contestataires et les plus courageux inspirateurs du mouvement pour la démocratie – ainsi on se rappelle, par exemple, de Wei Jingsheng, le héros de l'épisode du « Mur de la démocratie » (Pékin, 1978-1979) [1]. Liu Xiaobo rend fréquemment hommage à ces pionniers ; lui-même ne rejoignit ces débats politiques qu'à une date ultérieure. Il avait été trop jeune pour participer à la « Révolution culturelle », mais cette période de chaos eut – ironiquement – un effet qui se révéla positif pour son développement personnel. Comme beaucoup d'intellectuels, ses parents (qui étaient des enseignants) furent déportés à la campagne, dans une ferme collective ; les ayant suivis là, Liu se trouva miséricordieusement dispensé de plusieurs années d'école conventionnelle. Comme il devait lui-même en dresser le bilan par la

1. Wei Jingsheng (né en 1950) parcourut la Chine en qualité de « garde rouge » durant la « Révolution culturelle » : il découvrit ainsi l'abîme de misère et de noir désespoir dans lequel la démence maoïste avait plongé les campagnes. Cette première révélation l'amena finalement à afficher sur le « Mur de la démocratie » à Pékin (1979) son retentissant manifeste : « La Cinquième Modernisation : la démocratie ». Il fut immédiatement arrêté (en Chine, promouvoir la démocratie est un crime) et il passa dix-huit années en prison, soumis à un régime barbare (alternance de travaux forcés et de cachot solitaire). Libéré en 1997, il fut forcé à l'exil, et vit maintenant en Occident. Sur son sujet, il faut lire : Wei Jingshen, *La Cinquième Modernisation et autres écrits du printemps de Pékin* (Christian Bourgois, 1997) et *Lettres de prison, 1981-1993* (Plon, 1998). Enfin, et surtout, voir la riche information de M. Holzman et B. Debord, *Wei Jingsheng, un Chinois inflexible*, Bleu de Chine, 2005.

suite, « ces années perdues pour l'école m'apportèrent la liberté ». Échappant à l'endoctrinement de la pédagogie maoïste, il dévora au petit bonheur les lectures les plus variées – tous les ouvrages imprimés, pêle-mêle, sur lesquels il put mettre la main – et, ce faisant, il découvrit le principe qui allait guider tout son itinéraire intellectuel : on doit penser par soi-même.

Après la mort de Mao, les universités purent finalement rouvrir leurs portes ; Liu se joignit à la première promotion d'étudiants admis à nouveau dans l'éducation supérieure (1977), tout d'abord dans sa province natale, puis à Pékin, à l'Université normale. Il poursuivit des études de littérature chinoise avec grand succès, obtenant finalement son doctorat, après quoi cette même université lui offrit un poste d'enseignant. Son esprit original, ses vastes curiosités intellectuelles et ses talents d'expression lui assurèrent une brillante carrière universitaire ; mais très tôt, il atteignit une audience qui débordait largement les seules salles de cours et, dans le monde littéraire chinois, il s'acquit une réputation d'« enfant terrible ». Dans les discussions de littérature et d'idées, ses vues libres de toute convention dogmatique présentaient une qualité neuve et rafraîchissante ; toutefois, dans un premier temps, il n'aborda guère les questions politiques. Le grand tournant de son évolution eut lieu en 1989, avec le massacre de Tiananmen et ses séquelles.

Peu auparavant, sa réputation de critique et de penseur original lui avait valu des invitations à visiter diverses universités étrangères en Europe, puis aux

États-Unis. Au même moment, à Pékin, le mouvement de protestation politique et l'agitation en faveur d'une réforme démocratique prenaient de l'ampleur ; une vaste foule d'étudiants soutenus par des sympathisants enthousiastes s'était rassemblée sur la place Tiananmen, au cœur de la capitale, et avait établi là une sorte de campement semi-permanent. Pendant ce temps, Liu Xiaobo était arrivé à New York, invité par l'université Columbia. Comme beaucoup d'autres intellectuels chinois avant lui, préoccupés par l'avenir de la Chine et son urgent besoin de réformes politiques, Liu avait tout d'abord idéalisé l'Occident ; mais ensuite son expérience de l'Europe tout d'abord, puis des États-Unis, eut tôt fait d'ébranler ses illusions. Durant une visite au Metropolitan Museum de New York, il eut une sorte de révélation soudaine qui cristallisa le chaos de ses récentes interrogations : il mesura la superficialité de son propre savoir en regard des fabuleuses richesses des grandes civilisations du passé, et simultanément il perçut le caractère profondément inadéquat de la réponse que l'Occident proposait aux problèmes de l'humanité contemporaine ; en ce qui concernait son propre rêve de se servir de l'occidentalisation pour réformer la Chine, cette idée lui parut soudain aussi pathétique que « l'attitude d'un quadriplégique qui solliciterait l'aide d'un paraplégique ». Il confessa à ce moment :

« Ma tendance à idéaliser la civilisation occidentale provient d'un désir nationaliste d'utiliser l'Occident afin de réformer la Chine. Mais ceci m'a amené à sous-estimer les défauts de la civilisation occidentale [...]. J'ai été servile envers la civilisation occidentale, exagérant ses mérites, et simultanément exagérant mes propres mérites. J'ai considéré l'Occident non seulement comme s'il était le salut de la Chine, mais aussi la destination naturelle et ultime de toute l'humanité. De plus, je me suis servi de cet idéalisme illusionniste pour m'attribuer à moi-même un rôle de sauveur [...]. Je comprends maintenant que la civilisation occidentale, bien qu'elle puisse être utile pour réformer la condition présente de la Chine, ne peut assurer le salut de l'humanité dans son ensemble. [...] Si, pour un instant, nous prenons un peu de recul devant la civilisation occidentale, nous pouvons voir qu'elle présente tous les défauts propres à l'humanité dans son ensemble. [...] Si, en tant qu'individu ayant vécu plus de trente ans sous le régime autocratique de la Chine, je voulais réfléchir au destin de l'humanité, ou sur la façon de devenir un homme authentique, je n'ai pas le choix : il me faut développer simultanément deux formes de critique. Je dois 1) me servir de la culture occidentale comme d'un outil pour critiquer la Chine ; 2) me servir de ma propre faculté créatrice pour critiquer l'Occident. »

Mais comme Liu séjournait à New York, le mouvement des étudiants à Pékin continuait à se développer, sans percevoir qu'il se trouvait maintenant engagé dans une direction qui allait tôt ou tard entrer en collision avec la faction intransigeante du Parti communiste – faction à laquelle Deng Xiaoping finirait bientôt par lâcher les rênes. Liu pressentit que ce moment décisif approchait, et il prit une décision incroyablement courageuse et généreuse : il abandonna la sécurité et le confort de sa tour d'ivoire new-yorkaise, et il regagna Pékin en hâte. Là, il ne quitta plus le square central de la capitale, où s'étaient rassemblés les étudiants durant les dramatiques derniers jours de leurs manifestations. Désespérément, il s'efforça de persuader les étudiants que la politique démocratique doit être une politique « sans haine et sans ennemis » ; simultanément, une fois que la loi martiale fut promulguée, il parlementa avec l'armée dans l'espoir d'obtenir une évacuation pacifique de la place. Grâce à son intervention, d'innombrables vies furent épargnées, bien qu'à la fin il ne pût évidemment pas prévenir un plus vaste carnage, débordant dans les rues avoisinantes ; nous ne saurons jamais le nombre exact des victimes – étudiants, mais aussi innocents spectateurs, et même sauveteurs bénévoles qui disparurent dans le sauvage bain de sang de cette dernière nuit.

Quant à Liu, trois jours après le massacre, il fut arrêté dans la rue et emprisonné sans procès durant les deux années qui suivirent. Quand il sortit de prison, il était devenu un autre homme. L'université le congédia ; sans emploi, il perdit son permis de séjour et il lui fut interdit de publier ou de donner des causeries publiques en n'importe quel endroit du pays entier. Grâce à l'Internet, cependant, (« L'Internet est un don de Dieu à la Chine », devait-il dire dans la suite), il réussit progressivement à s'improviser une nouvelle carrière : celle d'un libre, vibrant et prolifique commentateur des problèmes culturels, sociaux et politiques de la Chine d'aujourd'hui. Ses articles et essais étaient publiés en chinois, outre-mer : à Hong Kong, à Taiwan, en Amérique, dans diverses revues. En Chine même, il continuait à atteindre une foule de lecteurs, grâce au réseau des nouvelles communications électroniques qui échappent encore largement au contrôle de la censure. Son influence et son prestige dans les courants intellectuels contestataires à l'intérieur de la Chine culminèrent avec son patronage de la *Charte 08* – un document collectif dont il assuma la responsabilité principale, et qui fut conçu sur le modèle lancé trente ans plus tôt en Tchécoslovaquie communiste par Václav Havel et ses amis, la *Charte 77*.

La *Charte 08* est un modèle de modération et de raison : elle formule les principes de base qui devraient guider la réforme politique que la Chine attend depuis si longtemps : un idéal de démocratie et d'humanisme, avec des garanties institutionnelles – état de droit, séparation des pouvoirs, liberté d'opinion, fin de la dictature du parti unique, respect des droits fondamentaux, établissement d'une république fédérale (ce dernier point avait déjà été envisagé, il y a un siècle, lors de la fondation de la première république). Il n'y a rien dans ce programme qui puisse paraître radical ou inflammatoire : Zhao Ziyang – ancien Premier ministre (1980-1987), ancien secrétaire général du Parti communiste chinois (1987-1989), principal architecte du premier mouvement de réforme et d'ouverture au monde extérieur durant la période post-maoïste – finit, dans ses dernières années de résidence surveillée et d'exil intérieur par exprimer des vues extrêmement semblables à celles que devait ensuite formuler la *Charte 08* ; dans son testament politique, il concluait en effet que le régime politique chinois devait être réformé : la « dictature du prolétariat » est devenue une structure rigide, purement formelle, recouvrant en réalité la tyrannie d'une minorité, voire d'un seul individu ; la voie de l'avenir, vers une véritable modernisation, est celle de la démocratie parlementaire dont le modèle se trouve en Occident. Cette transformation du régime va probablement requérir une assez longue période de transition, mais elle est parfaitement faisable, comme le montrent déjà les exemples de Taiwan et de la Corée du Sud [1]…

Avec de rares exceptions, la plupart des essais de Liu Xiaobo figurant tant dans le recueil français que dans le recueil américain, relèvent d'une période de neuf années (2000-2008), soit l'intervalle entre la fin de son troisième emprisonnement et le commencement de son emprisonnement présent. Durant cette

1. En 1989, Zhao Ziyang avait marqué son désaccord avec la décision d'imposer la loi martiale – décision qui devait directement conduire au massacre de Tiananmen. Pour cette raison, Deng Xiaoping l'avait déchu de toutes ses fonctions, et le maintint en résidence surveillée jusqu'à sa mort (2005). Durant les dernières années de sa vie, Zhao s'employa à enregistrer ses souvenirs et réflexions sur bandes. Cet enregistrement fut authentifié, préfacé et distribué à l'étranger par son intime collaborateur et secrétaire, Bao Tong. Version chinoise originale : *Gaige licheng*, New Century Press, Hong Kong, 2009 ; édition américaine : *Prisoner of the State, The secret journal of Premier Zhao Ziyang*, Simon & Schuster, New York, 2009 ; édition française : Zhao Ziyang, *Mémoires*, Seuil, 2011 (voir en particulier la sixième partie, « Comment la Chine doit changer », section V, « Transition vers la démocratie », p. 296-299).

période relativement brève, il déploya une intense activité journalistique : comme il le dit lui-même, « l'Internet est comme une machine magique : il a permis à mes écrits de jaillir comme un geyser. Maintenant je puis même vivre de ma plume ».

Certains de ses essais exposent un événement particulier – un scandale – dont l'auteur tire ensuite la leçon profonde ; d'autres traitent de grands problèmes sociopolitiques et culturels, qui sont alors illustrés par des exemples empruntés à l'actualité.

On trouve un bon échantillon du premier type dans un important article dénonçant la monstrueuse affaire des *Enfants esclaves dans les « briqueteries noires »* (lors du dernier procès de Liu, cet article fut l'un des six essais invoqués par l'accusation comme preuve de l'« activité criminelle » de l'accusé dans sa tentative de « subversion de l'autorité de l'État »). En mai 2007, dans la province du Henan, les parents d'enfants qui avaient disparu alertèrent un courageux journaliste d'une station locale de télévision ; on découvrit que des propriétaires de briqueteries dans la province du Shanxi avaient organisé de vastes réseaux d'enlèvement d'enfants pour procurer une main-d'œuvre esclave à leurs fours à briques. L'enquête mit en lumière la complicité des autorités locales dans les deux provinces concernées : ces entreprises criminelles opéraient grâce à leur coopération. La police dont les interventions sont toujours implacables et méticuleuses, même lorsqu'il ne s'agit que de neutraliser un seul malheureux écrivain contestataire, se montra singulièrement inepte et inefficace dans ses tentatives de démantèlement de ces abominables réseaux ; seul un petit nombre d'enfants furent retrouvés et sauvés – à peine une centaine sur un total de plus d'un millier de disparus. Les sanctions pénales qui sont habituellement d'une féroce sévérité chaque fois qu'il s'agit de défendre l'autorité du Parti contre le moindre défi, furent pour un tel crime d'une remarquable mansuétude : 95 membres du Parti et fonctionnaires impliqués dans le scandale furent seulement soumis à des sanctions disciplinaires à l'intérieur du Parti, échappant ainsi à toute condamnation criminelle. Les responsables les plus haut placés reçurent seulement un « sérieux avertissement » du Parti. Et Liu conclut : « Le puissant gouvernement avec tous les avantages et ressources dont il dispose n'est pas désireux d'engager la bataille avec la mafia. » Le premier souci du Parti communiste est de contrôler le pouvoir, de maintenir son strict monopole sur toute forme d'autorité politique : « À tous les niveaux de la hiérarchie, les fonctionnaires sont nommés, promus et démis au gré exclusif d'un groupe privé : le Parti lui-même. Le pouvoir de chaque fonctionnaire n'émane pas de la base, du peuple, mais vient d'en haut, des niveaux supérieurs, à l'intérieur d'une structure d'autorité privée [...]. Pour chaque fonctionnaire, la principale priorité est toujours de servir ses supérieurs (car, ce faisant, il se sert lui-même) et non pas de servir le peuple qui est sous son autorité. » Quant à l'appareil judiciaire – l'autre instrument dont se sert le Parti pour protéger son monopole –, il lui répugne tout particulièrement d'intervenir dans les questions qui relèvent de l'alliance entre le Parti et la mafia : « En Chine, la mafia et le Parti se compénètrent étroitement et ne font plus qu'un : les éléments criminels ont acquis un statut officiel (en devenant députés à l'Assemblée nationale populaire, ou membres de la Conférence consultative populaire) tandis que les officiels se sont criminalisés (ils s'appuient sur la mafia pour maintenir l'ordre dans les collectivités locales). »

Les crises et les scandales majeurs, telle que l'affaire des « briqueteries noires », ont tous un trait commun : « Le monopole du pouvoir détenu par un gouvernement autoritaire qui néglige d'agir, puis emploie tous ses efforts à masquer son inaction [...]. Un groupe de dirigeants pour qui le tout premier impératif est de conserver l'exclusivité du pouvoir, ne saurait effectuer un retour sur soi, et accorder soudain la priorité au bien-être du peuple, ni même à celui des enfants. En fin de compte, c'est parce que le régime ne traite pas ses sujets comme des êtres humains que d'aussi affreuses atrocités peuvent se perpétrer [...]. Tant que le régime politique chinois ne se sera pas transformé, il restera impossible d'extirper des phénomènes comme l'esclavage des enfants dans les "briqueteries noires" ; non seulement on ne réussira pas à les faire disparaître, mais on aura peine à simplement les dénoncer. »

Un autre essai traite du problème agraire. À l'époque maoïste les paysans perdirent leurs champs et se trouvèrent pratiquement réduits à la condition de serfs dans les « communes » ; ils furent alors enchaînés à une terre qui avait cessé de leur appartenir. Durant la catastrophique folie du « Grand Bond en avant », la misère des paysans atteignit un degré inimaginable : ils n'avaient plus ni nourriture ni vêtements ; en certains endroits, la population se trouva acculée au cannibalisme, plus de quarante millions de personnes périrent durant la grande famine qu'avait créée le délire maoïste. Après Mao, une boiteuse libération des serfs eut lieu ; les fermiers obtinrent le droit, non de posséder la terre, mais seulement d'en faire usage – à moins que la terre qu'ils cultivaient ne dût être développée, car, dans ce cas, elle redevenait automatiquement propriété de l'État. Des fonctionnaires armés de l'autorité de l'État agissent en collusion avec des promoteurs immobiliers un peu partout dans le pays [...]. Les plus gros bénéficiaires des transactions foncières ainsi conclues à tous les niveaux ont été le régime communiste et l'élite des hommes au pouvoir [...]. Les paysans sont les plus faibles des faibles : ne disposant ni du soutien d'une presse libre, ni d'un recours à un appareil judiciaire indépendant, ils sont sans voix : ils n'ont pas le droit d'organiser des associations paysannes ni aucun espoir d'obtenir gain de cause en justice. Et voilà pourquoi, quand toutes les avenues sont barrées à l'intérieur du système, ils sont naturellement acculés à adopter une action collective *hors* du système. La plupart des violences majeures qui ont éclaté en Chine ces dernières années ont été le fait de citoyens ordinaires qui se soulevaient contre les autorités locales à la campagne, et la plupart de ces affrontements avaient la terre pour objet. Pour servir les intérêts de l'élite dirigeante et réprimer les insurrections paysannes, les fonctionnaires locaux n'hésitent pas à recourir à tout un arsenal de procédés sauvages, allant de la violence gouvernementale à la violence de la mafia ».

À côté des essais qui traitent d'incidents particuliers – injustices, scandales, abus de pouvoir –, d'autres articles examinent des thèmes plus généraux ; ainsi, par exemple, que signifie l'accès de la Chine au statut de « grande puissance » ? Quelles vont en être les conséquences ? Il s'agit d'un phénomène entouré d'ambiguïtés. La très rapide croissance d'une économie de marché et la plus grande conscience que la population prend maintenant de ses droits à la propriété privée engendrent une énorme aspiration générale vers plus de liberté. En revanche, le gouvernement communiste entend, lui, « jalousement défendre le système dictatorial ainsi que les privilèges de l'élite au pouvoir ; et ceci constitue un obstacle majeur à tout mouvement en direction d'une liberté plus grande [...]. Tant que la Chine demeurera un État dictatorial à parti unique, elle ne réussira jamais à devenir un pays vraiment mûr et civilisé [...]. Les communistes chinois ont abandonné leur idéologie ; ils concentrent leur attention sur l'économie, cherchant à joindre le mouvement de la mondialisation ; et ils veulent se faire des amis sur la scène internationale, précisément en se débarrassant de leur ancien bagage idéologique [...]. Mais en politique intérieure, ils entendent protéger leur régime dictatorial par tous les moyens possibles ; et à l'étranger, ils jouent le rôle d'une machine de transfusion sanguine pour toute une collection d'autres dictatures. Ainsi, un vaste État dictatorial qui se trouve à la tête d'une force économique en rapide expansion jouit d'une croissance qui ne connaît aucun frein extérieur, mais rencontre au contraire une attitude d'apaisement général dans ses contacts internationaux ; dans ces conditions, si les communistes devaient réussir encore une fois à entraîner la Chine dans une voie erronée, les conséquences seraient non seulement une autre catastrophe pour le peuple chinois, mais probablement aussi un désastre pour la diffusion de l'idéal démocratique et libéral dans le monde. Si la communauté internationale veut prévenir pareil dommage, les pays libres devraient s'employer par tous les moyens à aider la plus grande dictature du monde à se transformer le plus rapidement possible en pays libre et démocratique ».

Mais quel espoir y a-t-il d'assister à pareille transformation ? Le régime lui-même est absolument rigide. L'idéologie maoïste (ne mentionnons même pas la pensée marxiste !) a été abandonnée depuis longtemps à toutes fins pratiques. Après plus de vingt années de « réforme », le Parti communiste ne conserve plus qu'un seul principe, mais il s'y accroche inconditionnellement, et c'est le monopole absolu qu'il entend maintenir sur l'exercice du pouvoir. On ne voit pas comment, dans un proche avenir, aucune autre organisation politique pourrait naître et acquérir une force suffisante pour entraîner une transformation du régime. « Il n'y a aucun indice que, à l'intérieur de l'élite dirigeante, une personnalité pourrait éventuellement survenir à la façon de Gorbatchev ou de Chiang Ching-kuo, qui permirent à l'URSS et Taiwan de s'orienter vers la démocratie. » La société civile reste faible ; où pourrait-elle trouver les ressources nécessaires pour mettre pacifiquement fin au régime communiste ?

Dans un essai intitulé « Changer le pouvoir en changeant la société » (2008) – également cité comme pièce à conviction lors de son dernier procès : preuve de sa « tentative criminelle de subversion du pouvoir de l'État » – Liu explique en quoi réside son espoir : certes, la tyrannie politique reste inchangée, mais le peuple n'est plus ignorant ni atomisé comme une inerte masse de poussière, il a développé une nouvelle conscience de ses droits, un nouveau sentiment de solidarité face à l'injustice, une commune indignation provoquée par la criante corruption et les constants abus de pouvoir des autorités locales. Il y a de nouveaux progrès dans le courage civique, les citoyens ont une plus claire exigence de justice. D'autre part, une plus grande autonomie économique crée une plus grande liberté de mouvement, des possibilités accrues d'obtenir et d'échanger l'information. L'Internet en particulier [1] permet d'échanger et de diffuser des idées d'une façon qui continue à échapper largement au contrôle de la cen-

1. Il y a plus de 450 millions d'usagers de l'Internet en Chine ! Les conséquences politiques de cette situation terrifient les autorités. Liu dit : « Maintenant avec mon ordinateur je suis en contact direct avec le monde entier d'une façon qui eût été inconcevable autrefois. L'ordinateur me permet de rassembler des informations, de consulter d'autres interlocuteurs, de composer des essais, de soumettre des articles : toutes ces activités se trouvent maintenant facilitées [...]. L'Internet a apporté à l'opinion publique une nouvelle force et de nouvelles possibilités d'expression ; il y a maintenant une nouvelle liberté d'association dans l'espace cybernétique. »

sure ; le contrôle que le gouvernement cherche à exercer sur la pensée et l'opinion devient de moins en moins efficace. Pour se libérer, la seule voie possible pour la société chinoise est celle d'une amélioration progressive à partir de la base. Cette transformation progressive de la société devra finalement entraîner une transformation du régime.

Toutefois, en directe contradiction avec cet espoir, Liu peint aussi une image sombre du consternant désert spirituel de la culture urbaine de la Chine post-totalitaire. Les autorités imposent une rigoureuse amnésie du passé récent. Le massacre de Tiananmen a été entièrement effacé de la mémoire de la nouvelle génération, cependant qu'un nationalisme grossier se trouve périodiquement excité, afin de détourner le mécontentement de la population dans une direction qu'il est plus aisé de contrôler. La littérature, les revues illustrées, le cinéma, les vidéos débordent d'une même marée de sexe et de violence « reflétant la sordide misère morale de notre société ». La Chine est entrée dans une période de cynisme : « Les gens ne croient plus à rien. Même les hauts fonctionnaires et les membres influents du Parti n'attachent plus aucune créance au verbiage officiel. La recherche du profit matériel commande tout. La poursuite exclusive de l'intérêt personnel et l'endoctrinement incessant de l'idéologie du Parti communiste ont produit une génération d'individus dont la mémoire est absolument vide [...]. Les générations urbaines de l'après-Tiananmen qui ont été éduquées avec une perspective de bien-être modéré n'ont plus que trois objectifs possibles : devenir fonctionnaire, devenir riche ou partir à l'étranger. [...] N'essayez pas de leur parler des souffrances du passé récent : vous leur cassez les oreilles ! La famine géante du Grand Bond en avant ? Les désastres de la Révolution culturelle ? Le massacre de Tiananmen ? Cette façon de critiquer le gouvernement et d'exposer le côté sombre de la société est, à leurs yeux, complètement contre-indiquée. Ils préfèrent se replier sur les petites jouissances de leur existence et s'en tenir aux fariboles que leur conte la propagande officielle sur les fantastiques progrès accomplis par la Chine. »

Je connais des libertaires occidentaux qui, confrontés précédemment à l'extrême puritanisme de l'époque maoïste, imaginaient naïvement que la libération sexuelle qui, après tant d'années d'inhibition rigide, ne pourrait manquer d'exploser, agirait comme une dynamite, ouvrant la voie vers une émancipation de la société. Maintenant, en effet, un « carnaval érotique » (l'expression est de Liu), fait de sexe, de violence et de culte de la richesse, est en train de balayer le pays tout entier, mais – comme Liu le décrit – ce raz-de-marée ne reflète que l'effondrement moral d'une société qui se trouve vidée de toutes ses valeurs après avoir été soumise trop longtemps à la brutalisation totalitaire. : « La frénésie de la révolution politique des décennies passées s'est simplement transformée en une frénésie de sexe et d'argent. »

La « nouvelle gauche » attribue le présent vide spirituel et moral de la société chinoise à l'influence du marché et de la mondialisation – forces qui sont également blâmées pour l'ahurissante corruption qui envahit maintenant tout le pays. Liu estime au contraire que la source profonde du cynisme, de l'hédonisme et de la banqueroute morale qui s'étalent aujourd'hui remonte directement à l'époque maoïste : c'est alors en effet, à une époque que la nostalgie gauchiste nous peint aujourd'hui sous les couleurs d'un âge de pureté morale, que l'âme de la nation a souffert sa plus grave dévastation : le régime maoïste était « anti-humain et anti-moral [...] ; la cruelle attitude d'agression permanente dont Mao infectait tout l'organisme social forçait les gens à se ruer à qui mieux mieux pour vendre leur âme : haïssez votre conjoint, dénoncez votre père, trahissez votre ami, accablez une victime impuissante, dites n'importe quoi pour prouver votre orthodoxie politique. Les grossières massues irrationnelles des campagnes politiques de Mao se succédaient sans trêve qui ont démoli toutes les plus élémentaires notions morales de la vie chinoise. » Ce type de mobilisation s'est calmé après la mort de Mao, mais il est loin d'avoir disparu. Après le massacre de Tiananmen, la campagne d'amnésie obligatoire a une fois de plus forcé les gens à professer des mensonges dans des rassemblements publics : « Si la Chine s'est transformée en une nation de gens qui trahissent leur propre conscience, comment pourrions-nous espérer reconstruire de saines valeurs sociales ? » Et Liu conclut : « L'inhumanité de l'époque maoïste qui a fait de la Chine un champ de ruines est la cause principale du “vide moral” que nous observons aujourd'hui dans le pays entier. »

Dans pareille situation, la licence sexuelle devient un auxiliaire commode pour une dictature qui cherche à contrôler une société en train de s'enrichir :

« L'idée de liberté sexuelle n'est nullement un soutien de la démocratie politique [...] ; la première fait parfaitement le jeu des dictateurs ; elle est en complète harmonie avec la pourriture morale et le gangstérisme politique que des années d'hypocrisie ont engendrés, et elle détourne la soif de liberté dans une direction politiquement inoffensive aux yeux des autorités. »

Dans un dernier court article écrit en novembre 2008, Liu regarde « Derrière le miracle chinois » : après le massacre de Tiananmen, Deng Xiaoping entreprit de rétablir son autorité et de réaffirmer la légitimité de son régime – car toutes deux s'étaient lézardées à la suite du massacre. Il s'attacha à construire son propre pouvoir par le moyen de la croissance économique. Comme l'économie commençait à devenir florissante, des cadres influents virent là une occasion d'enrichissement personnel énorme et rapide. Leur poursuite sans scrupule d'un profit privé devint le moteur du boom économique qui s'ensuivit ; les monopoles d'État les plus hautement profitables sont ainsi tombés aux mains d'un petit nombre de hauts fonctionnaires. Ce nouveau capitalisme sauvage s'accompagne en politique d'une impitoyable répression de toute opinion contestataire. Le Parti communiste ne conserve plus qu'un seul principe : toute action est justifiée dans la mesure où elle peut consolider la dictature ou rapporter un plus gros butin.

Liu conclut : « En un mot, la transformation économique de la Chine qui, de l'extérieur, peut paraître si vaste et si profonde, est en fait fragile et superficielle [...]. La combinaison de facteurs spirituels et matériels qui avait stimulé la réforme politique des années 1980 – avec des intellectuels qui pensaient librement, une jeunesse passionnée, des entreprises privées qui avaient le sens de l'éthique, des contestataires dans la société et un courant libéral au sein du Parti communiste – tout cela a disparu. À leur place, nous avons maintenant un programme économique dont l'unique moteur est la poursuite frénétique du profit. Et c'est ça qu'on trouve derrière le "miracle économique" : "miracle" d'un régime corrompu, "miracle" d'une société injuste, "miracle" du déclin moral et "miracle" d'un avenir compromis. Les dommages causés à l'économie, aux droits de l'homme, à la société tout entière sont incalculables. Pourrons-nous jamais en guérir ? Si oui, c'est ça qui sera un miracle ! »

Un mois plus tard (le 8 décembre 2008), Liu fut arrêté ; le crime dont on l'accusait ne fut officiellement formulé qu'après quelque six mois : « incitation à la subversion du pouvoir de l'État » – alors que son unique activité avait simplement été d'exprimer ses opinions. Six autres mois plus tard, après une brève parodie de procès, il fut condamné à onze ans de prison (le 25 décembre 2009). Un an après, en 2010, quand le prix Nobel de la Paix lui fut décerné, les autorités chinoises firent une grande crise d'hystérie : sa femme [1], ses amis et ses connaissances furent tous soumis à diverses formes de détention arbitraire,

1. Sa femme, Liu Xia, est maintenant dans la seconde année d'un régime illégal de résidence forcée, sans qu'aucune décision judiciaire ait jamais été formulée.

pour assurer que nul d'entre eux ne puisse quitter la Chine afin de gagner Oslo pour y recueillir le prix à sa place. Ces mesures extrêmes n'ont eu qu'un seul antécédent historique : en 1935 les nazis agirent de même à l'égard de Carl von Ossietzky, prix Nobel de la Paix et contestataire emprisonné [1].

À la cérémonie d'Oslo, un fauteuil vide remplaça le lauréat absent. En quelques heures, ce « fauteuil vide » devint pour les autorités communistes un diabolique et menaçant fantôme : en Chine, ces deux mots furent bannis de l'Internet, et leur seule apparition suffisait à déclencher automatiquement tous les mécanismes de la censure.

À l'étranger, les experts employés par divers services de renseignement s'efforcent d'évaluer la nature et le degré de stabilité de la puissance atteinte maintenant par la Chine. Sur ce sujet, on peut penser que ce sont encore les dirigeants chinois qui ont la vue la plus claire. Pourquoi donc ont-ils aussi peur d'un frêle écrivain qui n'était armé que de sa seule plume, et qui se trouve en prison, coupé de tous contacts humains ? Et pourquoi la seule vue de son fauteuil vide dans une cérémonie académique à l'autre extrémité du continent eurasiatique suffit-elle pour les plonger dans une telle panique ?

Canberra, janvier 2012.

1. D'autres lauréats du prix Nobel de la paix furent également empêchés par leurs gouvernements respectifs de se rendre à Oslo – Andreï Sakharov, Lech Walesa et Aung San Suu Kyi – mais eux, au moins, purent déléguer des représentants pour recueillir le prix en leur nom.

Post-scriptum :

Il y a plus d'un demi-siècle, Czeslaw Milosz (qui était particulièrement bien placé pour commenter sur ce sujet) nous mit en garde : contrairement à ce que nous sommes tentés de croire, nos traditions, nos institutions légales et politiques ne peuvent nous assurer une protection réelle et permanente contre les abus de pouvoir commis par les agents de l'État : « L'homme de l'Est ne peut prendre les Occidentaux au sérieux, car ils n'ont jamais enduré ces expériences qui enseignent aux gens combien leurs jugements et habitudes de pensée sont relatifs. Le manque d'imagination qui en résulte pour eux est consternant. […] Si une chose existe quelque part, elle existera partout[1]*. »*

Cette dernière phrase prend pour moi une résonance toute particulière. Depuis quelque cinq ans, je me trouve engagé dans une longue et hideuse bataille contre l'administration de l'État belge (la Belgique – ce « stateless State » comme l'appelait si bien le regretté Tony Judt – se trouve être mon pays d'origine) : la bévue d'un agent consulaire avait illégalement privé deux citoyens, belges de naissance, de leur seule nationalité, les réduisant ainsi à la condition d'apatrides. Il eût été fort simple de rectifier l'erreur originelle ; toutefois (comme Liu Xiaobo le remarque dans des circonstances différentes), le constant souci et la principale industrie des bureaucrates ne sont pas de corriger leurs fautes, mais de les masquer. Le sort de ces deux individus soudain privés de toute existence civile par l'effet d'une pure stu-

1. Czeslaw Milosz, *The Captive Mind* (1953) ; Penguin, 1980, chap II, p. 29.

pidité administrative me concerne d'assez près : il s'agit de mes deux fils jumeaux. Un cher et vieil ami chinois qui connaît bien notre mésaventure m'a fait remarquer que, comme j'ai déjà employé pas mal d'énergie à dénoncer les abus de pouvoir commis en Chine, il serait peut-être temps pour moi de concentrer mon attention sur une cible plus familière. Il a évidemment raison. Mais la lecture de Liu Xiaobo n'a nullement été une diversion de mes propres devoirs : elle m'a donné une conscience encore plus aiguë de ce que la défense des droits de l'homme est une cause universelle et indivisible.

Notre affaire a récemment connu une nouvelle péripétie qui ne manque pas de sel : le diplomate qui avait été le principal architecte du mensonge administratif destiné à retarder la solution judiciaire du scandale s'est trouvé récompensé de son zèle ; il a obtenu le poste dont il rêvait : il est maintenant ambassadeur à Pékin – où il doit se sentir comme un poisson dans l'eau. En revanche, notre ambassadeur ici (en Australie), lui aussi parfaitement au courant de toute l'affaire, a tenu, dès son arrivée, à venir nous présenter ses excuses à titre privé. Malheureusement, il ne peut pas le faire publiquement : cela serait, nous dit-il, la fin de sa carrière. Pourquoi ?

ÉTHIQUE ET ESTHÉTIQUE : LA LEÇON CHINOISE

Dans le catalogue d'une grande rétrospective individuelle qui s'est tenue en 2002 au Stedelijk Museum d'Amsterdam, j'ai été frappé par un propos du peintre à la mémoire duquel cette exposition était consacrée ; à un tournant crucial de sa carrière, l'artiste en question, expédiant un lot de peintures récentes à un ami, lui expliquait : « Mon prochain ensemble de peintures devrait être meilleur, et pourtant je ne me sens pas encore capable de mieux peindre. Pour le moment, mon effroyable problème est qu'il me faudra d'abord devenir un homme meilleur avant de pouvoir faire de la meilleure peinture. »

Non, ce n'est pas un lettré chinois d'un autre siècle qui avait écrit ces lignes, mais bien Colin McCahon (1919-1987), un important peintre néo-zélandais de notre époque. L'auteur du catalogue – un bon connaisseur de l'art occidental –, en citant ce propos, ne pouvait dissimuler son étonnement : imagine-t-on Michel-Ange ou Rubens, Ingres ou Delacroix, Matisse ou Picasso émettant une aussi singulière idée ?

Pour des esthètes chinois traditionnels, en revanche, pareille notion va de soi, et McCahon ne faisait guère que répéter une vérité qui, à leurs yeux, devrait être évidente pour tout artiste sérieux. Comment le peintre néo-zélandais, autodidacte enfermé dans l'isolement de sa lointaine province, était arrivé à développer sans le savoir une vue aussi « chinoise », demeure une énigme que nous ne chercherons pas à élucider ici. On remarquera seulement qu'il lisait beaucoup, et que, depuis le milieu du XXe siècle, de nombreuses notions philosophiques et esthétiques de la pensée chinoise et japonaise ont filtré dans la conscience occidentale par le truchement d'innombrables ouvrages de vulgarisation, voire même de romans à succès. Rappelez-vous par exemple Robert Pirsig et son fameux *Traité du zen et de l'entretien des motocyclettes* (étonnant best-seller des années 1970, ce livre conserve d'ailleurs, aujourd'hui encore, sa fraîcheur et son originalité : on le relit avec profit) : « Vous voulez savoir comment peindre une peinture parfaite ? C'est facile. Devenez parfait vous-même, et puis peignez naturellement. »

Produits de notre commune nature humaine, il est bien normal que toutes les grandes civilisations cultivent des valeurs fondamentalement semblables, mais elles le font par des voies différentes et sans nécessairement leur assigner la même importance. Ce que l'une considère comme un axiome de base, érige en orthodoxie et développe de façon systématique, peut n'apparaître chez l'autre qu'à l'état d'intuition brillante, appréhendée par quelques individus exceptionnels.

Ainsi cette idée que la qualité esthétique de l'œuvre d'art reflète la qualité éthique de son auteur, est tellement essentielle dans la pensée chinoise, qu'elle risque parfois de devenir un cliché ressassé dont le sens peut finir par se déformer, par l'effet d'une application mécanique et simpliste. En Occident, en revanche, sans être entièrement inconnue, cette même notion fait rarement l'objet d'un développement aussi méthodique. Ainsi Vasari par exemple peut relever tout naturellement une correspondance entre la beauté spirituelle de la peinture de Fra Angelico et la sainteté dont était empreinte son existence monastique, mais par ailleurs il ne lui viendrait guère à l'esprit d'attribuer les carences artistiques d'autres œuvres aux manquements moraux de leurs auteurs…

Les quatre arts majeurs de la Chine – la poésie, la calligraphie, la peinture (exécutée à l'encre, au moyen d'un pinceau calligraphique) et la musique de *qin* (cithare à sept cordes) – sont pratiqués non par des professionnels, mais par des amateurs lettrés. Traditionnellement, ces diverses disciplines ne sauraient être exercées comme un métier : un artiste qui accepterait paiement pour son art se disqualifierait et se verrait aussitôt réduit à une condition inférieure d'artisan. Si le poète, le musicien, le calligraphe et le peintre (et bien souvent un même homme est tout cela à la fois) peuvent faire jouir gratuitement quelques connaisseurs, quelques amis choisis, des produits de leur art (quelquefois d'ailleurs, c'est l'appréciation de ce public restreint mais talentueux qui vient épauler leur inspiration), il n'en reste pas moins que l'objet premier de leur activité demeure la culture et le développement de leur vie intérieure. On écrit, on peint, on joue de la cithare, pour perfectionner sa personnalité, pour s'accomplir moralement en accordant son humanité individuelle aux rythmes de la création universelle.

L'esthétique chinoise qui, dans le domaine des théories littéraires, calligraphiques, picturales et musicales, a accumulé une littérature remarquablement vaste et riche, à la fois philosophique, critique et technique, s'est élaborée sans faire aucune référence au concept de « beauté » (*mei* ; le terme *meixue* « étude du beau » est un vocable moderne spécialement fabriqué pour traduire la notion occidentale d'esthétique) ou lorsque ce concept intervient, c'est souvent dans un sens péjoratif, car la recherche du « beau » est, pour un artiste, une tentation vulgaire, un piège, une malhonnête tentative de séduction. Les critères esthétiques sont fonctionnels : l'œuvre opère-t-elle de façon efficace, nourrit-elle l'énergie vitale de l'artiste, réussit-elle à capter le souffle qui informe les monts et les fleuves, instaure-t-elle une harmonie entre les métamorphoses des formes et les métamorphoses du monde ?

Mais même comme il exécute son œuvre, c'est toujours et avant tout sur lui-même que l'artiste travaille. Une fois que l'on a saisi cela, on comprend le sens et la raison d'être de ces innombrables propos et préceptes qui, à toutes les époques, associent inlassablement la qualité artistique de la peinture à la qualité morale du peintre. On pourrait multiplier les exemples (j'en ai donné toute une série d'échantillons dans mon commentaire du chapitre XV, « Loin de la poussière », du traité de Shitao *Les Propos sur la peinture du moine Citrouille-Amère* [1]) : « Si la qualité morale de l'homme est élevée, le rythme et le souffle de sa peinture seront nécessairement élevés eux aussi » ; « les qualités et les défauts de la peinture sont fonction de l'élévation ou de la médiocrité morales de l'homme » ; « celui dont la valeur morale est inférieure ne saurait peindre » ; « ceux qui apprennent la peinture placent avant toute chose la formation de leur personnalité morale ; dans la peinture de ceux qui ont réussi à se constituer cette personnalité morale, passe un large et éclatant souffle de rectitude, transcendant tous les problèmes formels. Mais si le peintre est dépourvu de cette qualité, ses peintures, si séduisante que soit leur apparence, présenteront une sorte de souffle malsain qui se manifestera dans le moindre coup de pinceau. L'œuvre reflète l'homme : c'est vrai en littérature, c'est tout aussi vrai pour la peinture ».

Mais certains critiques sont allés plus loin, et ont cherché à vérifier dans les œuvres d'artistes célèbres, tantôt l'expression des vertus particulières qu'ils avaient manifestées dans leur vie, et tantôt le reflet de leurs fautes morales : « Ce qu'écrit un homme fournit une image de son cœur, et on peut y déchiffrer ses vices et ses vertus. La peinture qui a la même

1. Pierre Ryckmans, *Traduction et commentaire du traité de Shitao, « Les propos sur la peinture du moine Citrouille-Amère »*, IBHEC, Bruxelles, 1970 ; Plon, 2007.

origine que l'écriture, présente elle aussi un miroir du cœur. Au début, lorsque je regardais les peintures des Anciens, je doutais encore du bien-fondé de cette opinion, mais après avoir étudié la vie des peintres, j'ose affirmer sa justesse. Ainsi, si nous examinons les différents artistes de l'époque Yuan (c'est-à-dire l'époque d'humiliation nationale, sous l'occupation mongole) : Ni Zan avait radicalement rompu avec le monde vulgaire, et aussi sa peinture présente-t-elle un dépouillement austère et une élégance détachée d'où est banni tout ornement. Zhao Mengfu en revanche ne sut se garder de la tentation (il collabora avec les envahisseurs), et tant sa calligraphie que sa peinture sont entachées de joliesse et d'un vulgaire désir de plaire [1]… »

Ce dernier passage, opposant l'une à l'autre deux figures emblématiques – Ni Zan et Zhao Mengfu –, amorce un dangereux glissement critique : la signification profonde d'une lecture éthique de l'œuvre d'art se perd et fait place à l'étroite et dogmatique application d'une sorte de *political correctness*. La peinture de Ni Zan est certes sublime – vision limpide et distante de paysages pâles et vides, lavés de toute souillure mondaine – mais on sait bien peu de chose de la personne historique de Ni Zan lui-même, et les anecdotes exemplaires qui célèbrent sa pureté et son détachement pourraient bien n'être, pour une bonne part, qu'une projection imaginaire des vertus

1. Zhang Geng (1685-1760), littérateur, calligraphe et peintre, dont le traité est reproduit dans Yu Anlan, *Hua lun congkan* (non disponible en français).

suggérées par son art [1]. Le cas de Zhao Mengfu est plus curieux encore : aristocrate qui accepta de se mettre au service des envahisseurs mongols, il fut traditionnellement considéré par la postérité comme un ignoble traître ; mais le problème est qu'il se montre aussi, dans sa peinture et surtout dans sa calligraphie, un artiste prodigieusement doué. Pour résoudre cette embarrassante contradiction, les critiques choisissent en général de dénoncer conventionnellement, contre l'évidence de leurs yeux, la « vulgarité » de sa trop splendide calligraphie (jugement qui rappelle un peu la fameuse condamnation prononcée par les surréalistes à l'encontre de Paul Claudel : « On ne peut pas être ambassadeur de France et poète » – comme si Claudel n'avait pas été l'un et l'autre !).

Mais même ces excès naïfs et simplificateurs n'ont pu altérer la compréhension profonde que les grands artistes chinois ont toujours conservée de cette dimension éthique qui doit gouverner leur travail. Et les calligraphes, en particulier, en sont d'autant plus conscients que la pratique de leur discipline constitue pour eux une ascèse quotidienne, une véritable respiration de tout l'être physique, psychique et moral, et dont ils peuvent eux-mêmes mesurer l'efficacité de façon immédiate et concrète. En ce sens d'ailleurs, la calligraphie n'est pas seulement le produit de leur personnalité – leur personnalité devient elle-même

---

1. Ce qui nous ramène au cas de Fra Angelico : l'Église finit par béatifier le pieux moine en… 1982. Cette béatification s'appuya-t-elle sur l'évidence constituée simplement par sa peinture, ou sur celle (bien plus incertaine) fournie par sa biographie ?

un produit de la calligraphie. Cet « inversement de la causalité graphologique » a été bien souligné par Jean-François Billeter dans son *Art chinois de l'écriture*[1], et il a étayé son observation de citations judicieuses. La suprême beauté d'une calligraphie ne relève plus de la beauté précisément, elle résulte de son adéquation naturelle à la « vérité » que le calligraphe nourrit en lui – authenticité, pureté originale, naturel absolu (ce que les Allemands appellent *Echtheit*) : « En calligraphie, ce n'est pas de plaire qui est difficile, mais de ne pas chercher à plaire. Le désir de plaire rend l'écriture convenue, son absence la rend ingénue et vraie », écrivait le calligraphe Liu Xizai – cité par Billeter, qui éclaire encore ces mots d'un propos de Stendhal : « Je crois que pour être grand dans quelque chose que ce soit, il faut être soi-même. »

En fait, ce rapprochement avec Stendhal me semble particulièrement intéressant. La perfection de l'œuvre d'art dépend entièrement de la vérité humaine de l'artiste ; cette notion morale qui fonde toute l'esthétique chinoise se retrouve également en Occident, mais ici, elle est plutôt le fait de quelques esprits d'exception, dont Stendhal fournit justement une parfaite illustration : toute son esthétique est passionnément et furieusement morale – rappelez-vous par exemple sa condamnation de Chateaubriand : « Je n'ai jamais pu lire 20 pages de M. de Chateaubriand [...] À 17 ans, j'ai failli avoir un duel

1. Jean-François Billeter, *L'Art chinois de l'écriture*, Skira-Seuil, 2001.

parce que je me moquais de “la cime indéterminée des forêts” qui comptait beaucoup d’admirateurs au 6e de dragons [...] Le beau style de M. de Chateaubriand me semble dire une quantité de petites faussetés. Toute ma croyance sur le style est dans ce mot. » Dans cette même famille spirituelle de sublimes génies « excentriques » (au sens chinois du mot), il faudrait également ranger Simone Weil (dont on pourrait compiler toute une esthétique à partir de la si riche mine des *Cahiers*) – ou encore Wittgenstein, dont un propos au sujet de Tolstoï me paraît singulièrement approprié pour conclure cette modeste note, car il propose justement un critère de critique littéraire aussi original qu’efficace : « Voilà un homme vrai, qui a *le droit* d’écrire. »

Madame Chiang Kai-shek (Soong Mayling) [1]

Alphonse Allais (ou bien est-ce Tristan Bernard ?) fait dire à un de ses personnages : « Moi, au fond, je suis un peu comme Napoléon : ma femme s'appelle Joséphine. » Cette plaisante idiotie épingle assez bien le besoin qu'ont beaucoup de gens de se gonfler d'une dérisoire importance dès qu'une coïncidence semble rapprocher leur obscure personne du sillage d'un grand de ce monde. M'accusera-t-on de semblable ridicule si, au seuil de ce magistral ouvrage, je me permets de glisser une fort mince anecdote personnelle ?

Il y a exactement un demi-siècle, jeune étudiant à Taiwan – nanti d'une modeste bourse de la république de Chine –, je fus reçu en audience par le président Chiang Kai-shek avec six autres boursiers étrangers. Notre audience dura une grande heure, mais je n'en garde guère, pour tout souvenir, qu'une vieille photo officielle sur laquelle le président et les

---

1. Préface à Philippe Paquet, *Madame Chiang Kai-shek. Un siècle d'histoire de la Chine*, Gallimard, 2010.

membres de notre petit groupe sont tous figés comme des mannequins de cire de chez Mme Tussaud. Pour le reste, dans ma mémoire, je n'en retrouve aucune impression : un trou blanc – RIEN. Ceci est d'autant plus étrange que, pour moi comme pour tous les gens de mon âge, dont la lecture de Malraux (*La Condition humaine*), puis, surtout, de Harold R. Isaacs (*The Tragedy of the Chinese Revolution* [1]), avait enflammé l'imagination, le seul nom de Chiang Kai-shek paraissait chargé d'une aura redoutable et maléfique. En réalité, la seule description du *Generalissimo* qui aurait pu me préparer à cette décevante rencontre était celle qu'en donna le général « Vinegar Joe » Stilwell ; durant la guerre, à Chongqing, Stilwell s'était trouvé dans la désagréable obligation de fréquenter Chiang d'assez près, et, dans son journal intime, il ne l'appelle jamais autrement que « Cacahuète ». Ce sobriquet peint vraiment d'un seul mot le petit vieillard rose et bien lavé, inexpressif comme un caillou, qui nous reçut ce jour-là.

Après la mort du président (1975), sa veuve – dont Philippe Paquet nous raconte ici la prodigieuse existence – regagna l'Amérique, cette Amérique qui avait été un peu pour elle ce que l'Italie fut pour Stendhal : une miraculeuse révélation de jeunesse, l'inoubliable éveil de la sensibilité et de l'imagination. Elle se fixa donc à Manhattan, où elle vécut en

1. Dont l'édition française (*La Tragédie de la révolution chinoise*, traduction de René Viénet) ne parut qu'en 1967 (Gallimard).

ermite les trente dernières années de sa longue existence (encore une fois, comme le « *Milanese* » de Beyle, on aurait bien pu graver « *New Yorker* » sur sa tombe !).

Durant un bref séjour que je fis à New York, je l'aperçus tout à fait par hasard, en badaud. Voici ce que je notai ce jour-là dans mon journal :

> Dimanche 14 novembre [1993] – Messe de midi à la cathédrale Saint Patrick (5e Avenue). À la fin de la messe, je suis frappé par l'élégance et le style d'une vieille dame chinoise ; frêle, mais d'un port très droit, vêtement d'une simplicité raffinée ; allure presque sportive (pantalons) ; beau visage serein, empreint de noblesse et d'autorité. [Ma femme] la reconnaît aussitôt : c'est Soong Mayling [1], la veuve de Chiang Kai-shek. Curieux, nous nous faufilons dans la foule des fidèles qui refluent lentement vers la sortie, et nous nous rapprochons d'elle. Elle se dirige elle-même vers le porche, encadrée discrètement par deux gardes du corps, professionnels solides, d'un maintien impeccable. Arrivant sur le parvis, l'un des deux murmure dans le téléphone qu'il porte dissimulé dans la manche de son veston : « Faites avancer la limousine, Madame s'apprête à sortir. » Et effectivement, comme elle franchit le portail, sa limousine arrive. Une jeune femme (infirmière ? secrétaire ?) d'allure également discrète et impeccable l'aide à y prendre place. Impression, indéfinissable mais puissante, d'avoir croisé l'Histoire.

Présence de Mayling – absence de Chiang : Mayling avait au plus haut degré cette qualité qui, en

1. Soong Mayling avait alors 95 ans (mais elle en paraissait vingt de moins). Elle avait encore dix années à vivre.

langage de théâtre, caractérise les plus grands artistes de la scène. Quant à Chiang, c'était l'inverse : impénétrable et muet, il faisait vraiment figure de « l'homme-qui-n'était-pas-là ». De ces deux vignettes superficielles et fugitives, il ne m'était resté que ce contraste simpliste – intuition vague, à laquelle je puis enfin donner corps en lisant les remarquables analyses de Philippe Paquet.

La nature de cette biographie peut se résumer en deux mots : c'est un ouvrage *monumental* et *définitif*.

Monumental : les décennies de la vie publique de Mayling se confondent avec une des périodes les plus mouvementées et dramatiques de l'histoire de la Chine moderne : la jeune république, la guerre civile, l'agression japonaise, la Seconde Guerre mondiale, la seconde guerre civile. L'activité politique de Mayling fut étroitement liée aux vicissitudes de la longue confrontation entre nationalistes et communistes ; son activité diplomatique l'amena à jouer un rôle crucial sur la scène mondiale à un moment où la survie même de la Chine se trouvait en jeu. La destinée et la psychologie de Mayling sont inséparables du grand bouleversement socioculturel de son époque : effondrement d'une tradition multimillénaire, avènement d'une culture nouvelle sous l'impact occidental. Enfin et surtout, son étonnante carrière illustre la lutte d'une femme d'exceptionnelle envergure qui entendait poursuivre un rôle public que la société de son temps réservait exclusivement aux hommes. Dans ses multiples dimensions, ce portrait d'une des grandes figures du XXe siècle est aussi le portrait d'une époque ; il permet de saisir le phénomène d'interaction entre une personnalité historique et l'histoire : la première est un produit de la seconde, mais, à son tour, elle infléchit celle-ci.

Définitif : en principe, les historiens hésitent à recourir à cet adjectif, mais, ici, il semble approprié. À la différence de tous ses prédécesseurs, Philippe Paquet a eu un accès direct aux sources en langue chinoise et aux sources occidentales, et il les a interprétées dans une perspective libre de tout engagement partisan. Il est possible que, dans la suite, des témoignages inédits jusqu'à présent fassent encore surface, mais il est difficile de concevoir comment ces éventuels compléments d'information pourraient remettre en question la réalité historique et psychologique que l'auteur a réussi à cerner ici ; pareils apports complémentaires s'intégreront à son ouvrage sans en ébranler la structure, à la façon dont les quelques pièces manquantes d'un vaste puzzle trouvent naturellement leur place dans une image déjà fixée, dont elles ne sauraient plus déranger les lignes.

Les Chinois, qui inventèrent il y a plus de deux mille ans l'historiographie moderne (en pratiquant l'étude comparée et critique des sources, les enquêtes sur le terrain, les interviews des témoins, l'exposé objectif des points de vue antagonistes), estiment qu'un bon historien doit « lire dix mille livres et voyager dix mille lieues ». Philippe Paquet s'est acquitté de cette double obligation avec une patience obstinée et une curiosité passionnée : il semble avoir tout lu (archives, mémoires, correspondances officielles et privées, sources publiées et sources inédites). Il a fait un travail de détective pour retrouver la trace d'ultimes témoins survivants ; il les a interrogés ; il est allé partout, de l'île de Hainan au *Deep South* américain ; il a visité tous les lieux de l'action, les villages ancestraux, les champs de bataille, les monuments publics, les résidences privées, les refuges de l'exil. Il n'a écrit ni une hagiographie ni un ouvrage polémique : il livre aux lecteurs tous les éléments qui leur permettront de former leur propre jugement. (Et pour ma part, dans un avenir peut-être proche, je ne serais pas étonné si cette biographie pouvait finalement trouver sa plus large diffusion en Chine même, où le couple Chiang, que l'on maudissait hier, fait aujourd'hui déjà l'objet d'une curiosité renouvelée et d'une respectueuse réévaluation.)

D'entrée de jeu, l'auteur a eu raison de consacrer un important préambule au père de Mayling : ce personnage haut en couleur, parti de rien, réussit à fonder ce qui devint en quelque sorte la « première famille » de la République chinoise. Il illustre d'ailleurs un trait qui caractérisa la dynamique révolutionnaire de l'époque : le rôle joué par des provinciaux que leur origine marginale, d'une part, avait affranchis du conformisme paralysant des grandes métropoles traditionnelles et, d'autre part, exposait plus directement aux influences du monde extérieur. Dans le cas du patriarche Soong, cette influence étrangère revêtit essentiellement la forme de l'entreprise missionnaire du protestantisme américain. Et ce double héritage paternel (l'Amérique et le christianisme) formera un aspect fondamental de la personnalité de la future Madame Chiang.

Les années américaines de Mayling (de l'âge de 9 ans à l'âge de 20 ans ; enfance, adolescence et jeunesse) furent décisives – une boutade qu'elle aurait employée un jour pour se décrire le résume bien : « Je n'ai rien d'oriental, sauf ma face » –, et Philippe Paquet, qui connaît les États-Unis presque aussi bien que la Chine, retrace les diverses étapes de cette éducation américaine, du Sud traditionnel à la Nouvelle-Angleterre, sans perdre la moindre nuance de ses riches composantes humaines et intellectuelles.

De retour en Chine, le mariage de Mayling avec Chiang Kai-shek marquera le grand tournant de son existence. Chiang lui-même (on vient de le dire) reste une figure largement indéchiffrable ; l'auteur ne prétend pas en élucider l'énigme – ce n'est pas son sujet –, mais il montre bien, tout à la fois, le caractère improbable de cette union et les avantages qu'elle offrait à chacun des partenaires.

En théorie, on pourrait difficilement imaginer un couple plus mal assorti : tout semblait devoir opposer les conjoints : différence d'âge, de caractère, de culture, de tempérament, de goût, de sensibilité. Au départ, une seule chose, semble-t-il, les a rapprochés : un même calcul stratégique – chacun pourrait fournir à l'autre ce qu'il lui manquait pour réaliser son ambition. Mayling, séduisante, brillante, charmeuse, sociable, éloquente, polyglotte, cosmopolite, détenait les clés d'un monde inaccessible au militaire provincial, rébarbatif, raide et taciturne ; surtout, elle pouvait lui apporter une éclatante légitimité républicaine : en s'unissant à la belle-sœur de Sun Yat-sen (figure sainte : le « Père de la patrie » !), Chiang faisait un peu oublier ses accointances de jeunesse avec les gangsters de Shanghai.

Quant à Mayling, qu'avait-elle à gagner dans cette singulière alliance ? – Tout. Ceci est confirmé par une confidence qu'elle fit dans ses vieux jours à une amie de jeunesse, la seule intime qu'elle eut jamais : comme les deux amies échangeaient des réminiscences sur les expériences affectives de leur existence, Mayling confessa avec un rare abandon : « Si c'était à refaire, je ne me marierais pas, *et je verrais ce que je peux faire par moi-même.* » Dans la société chinoise de son temps, une femme talentueuse et ambitieuse, et d'éducation internationale, comme Mayling, qui aurait cherché toute seule à se tailler une route dans la vie publique eût été immédiatement et immanquablement broyée.

Cette union, qui semble avoir été fondée à l'origine sur une rencontre d'intérêts, se montra étonnamment solide et finalement même harmonieuse. Bien sûr, elle ne fut pas toujours exempte d'orages, mais les épaisses murailles de la vie privée n'en laissèrent jamais filtrer qu'un écho assourdi. D'ailleurs, une affection loyale – impossible à feindre – se développa entre les deux conjoints, qui devinrent bientôt indispensables l'un à l'autre. Dans les épreuves, les crises et les dangers, Mayling déploya toutes ses formidables ressources ; ainsi, lors de « l'incident de Xi'an » en particulier (1936) [1], qui fut sans doute son

1. Elle contribua à faire libérer son mari, pris en otage par un seigneur de guerre de Mandchourie, au prix d'une alliance

heure la plus glorieuse, son courage physique, son intelligence politique, son initiative et son sang-froid sauvèrent la vie de Chiang, kidnappé par un général rebelle. Dans la reconstitution de ce dramatique épisode, Philippe Paquet allie la rigueur de l'historien à l'expérience d'un grand journaliste (il a par ailleurs poussé plus avant son enquête sur la personnalité attachante et tragique du principal mutin, Chang Hsueh-liang, et il faut espérer que cette recherche-là aboutira un jour à une monographie en bonne et due forme).

Les années de guerre et le moment de triomphe (1937-1945) : comme l'auteur le souligne bien, d'Europe, on ne perçoit pas assez à quel point, et avec quelle urgence, la cause chinoise s'imposa à la conscience nationale des États-Unis – tant au niveau de l'élite politique qu'à celui de l'opinion populaire – durant les sept années de résistance à l'agression japonaise. Cette présence de la Chine dans la conscience américaine avait d'ailleurs pris forme avant Pearl Harbor (1941) ; elle avait résulté tout d'abord de l'action des missions chrétiennes et de la formidable influence que ce lobby exerçait dans la presse, par le truchement du puissant groupe *Time Life*, dont le principal dirigeant était personnellement lié à l'effort missionnaire. Aussi, quand le Japon devint l'ennemi commun des deux nations, le terrain se trouvait-il déjà tout préparé pour la

---

avec les communistes dans la lutte contre l'envahisseur japonais.

triomphale croisade de propagande que Mayling vint poursuivre d'un bout à l'autre des États-Unis. Amie personnelle des Roosevelt, elle logeait à la Maison-Blanche, et, simultanément, elle se trouva invitée à prononcer un discours devant une séance conjointe du Congrès et du Sénat – honneur qui n'avait jamais été offert à un dirigeant chinois. Tant par ses contacts personnels au sommet que par ses infatigables plongées dans l'Amérique profonde, elle réussit à mobiliser, presque à elle seule, la sympathie et le soutien populaire d'une nation entière. Rarement dans l'histoire fut-il donné à une personnalité individuelle, armée seulement de son éloquence – à une femme, et une femme par ailleurs dénuée de toute fonction officielle –, d'exercer une influence politique aussi large et efficace. On en trouve d'ailleurs une saisissante illustration dans le fait que, durant la guerre mondiale, dans les conférences internationales des chefs alliés (dont nul n'était accompagné de son épouse), Mayling formait équipe avec Chiang, et c'est à deux qu'ils représentaient la Chine auprès de Roosevelt et de Churchill.

L'ouvrage de Philippe Paquet aurait pu porter en épigraphe une phrase d'Amiel qui, me semble-t-il, résumerait assez bien la destinée de Mayling : « Qui de nous n'a eu sa Terre promise, son moment d'extase, et sa fin en exil ? » Pour Mayling, le véritable exil, ce fut le quart de siècle (1949-1975) qu'elle passa à Taiwan, où Chiang Kai-shek s'était replié après que Mao Zedong l'eut chassé du continent. Mais, dès son veuvage, elle regagna les États-

Unis – le pays qui avait fait un chaleureux accueil à son âge mûr, après avoir ébloui sa jeunesse. Là, pendant encore trois décennies, elle connut enfin ce qui semble bien avoir été une retraite sereine et contemplative, loin des tempêtes du siècle.

En rédigeant cette biographie, Philippe Paquet a réussi à débrouiller le complexe écheveau psychologique d'une personnalité singulièrement riche et originale ; et il a montré comment la destinée de cette personnalité s'est elle-même inscrite dans le turbulent contexte historique et politique de la première république chinoise (période pour laquelle ce livre constitue d'ailleurs une vivante introduction). Les relations qu'un bon biographe entretient avec son sujet ne sont jamais simples. Dans une entreprise comme celle-ci, l'auteur doit investir plusieurs années de sa propre existence ; à moins d'être animé par une passion profonde, il lui serait bien difficile de soutenir utilement un aussi long effort – mais, simultanément, il ne peut permettre à la passion qui l'inspire d'infléchir son jugement. La grande force du livre tient à ce qu'il ne cherche nullement à démontrer une thèse ni à défendre une cause. En fait, la seule conclusion que nous propose l'auteur tient tout entière dans les derniers mots de son immense enquête – des mots qui ont d'autant plus de poids qu'ils viennent d'un historien aussi scrupuleux et peu enclin à l'hyperbole : Mayling fut « une femme extraordinaire ». Nul lecteur n'en disconviendra.

Roland Barthes en Chine

Sed perseverare…

En avril-mai 1974, Roland Barthes a effectué un voyage en Chine avec un petit groupe de ses amis de *Tel Quel*. Cette visite avait coïncidé avec une purge colossale et sanglante, déclenchée à l'échelle du pays entier par le régime maoïste – la sinistrement fameuse « campagne de dénonciation de Lin Biao et Confucius » (*pi Lin pi Kong*). À son retour, Barthes publia dans *Le Monde* un article qui donnait une vision curieusement joviale de cette violence totalitaire : « Son nom même, en chinois *Pilin-Pikong*, tinte comme un grelot joyeux, et la campagne se divise en jeux inventés : une caricature, un poème, un sketch d'enfants au cours duquel, tout à coup, une petite fille fardée pourfend entre deux ballets le fantôme de Lin Biao : le Texte politique (mais lui seul) engendre ces menus *happenings*. »

À l'époque cette lecture me remit aussitôt en mémoire un passage de Lu Xun – le plus génial pamphlétaire chinois du XXe siècle : « Notre civilisation chinoise tant vantée n'est qu'un festin de chair humaine apprêté pour les riches et les puissants, et ce qu'on appelle la Chine n'est que la cuisine où se concocte ce ragoût. Ceux qui nous louent ne sont excusables que dans la mesure où ils ne savent pas de quoi ils parlent, ainsi ces étrangers que leur haute position et leur existence douillette ont rendu complètement aveugles et obtus. »

Deux ans plus tard, l'article de Barthes fut réédité en plaquette de luxe à l'usage des bibliophiles – augmenté d'une postface, qui m'inspira la note suivante :

> [...] M. Barthes nous y explique en quoi résidait la contribution originale de son témoignage (que de grossiers fanatiques avaient si mal compris à l'époque) : il s'agissait, nous dit-il, d'explorer un nouveau mode de commentaire, "le commentaire sur le ton *no comment*" qui soit une façon de "suspendre son énonciation sans pour autant l'abolir". M. Barthes, qui avait déjà de nombreux titres à la considération des lettrés, vient peut-être de s'en acquérir un qui lui vaudra l'immortalité, en se faisant l'inventeur de cette catégorie inouïe : le "discours ni assertif, ni négateur, ni neutre", "l'envie de silence en forme de discours spécial". Par cette découverte dont toute la portée ne se révèle pas d'emblée, il vient en fait – vous en rendez-vous compte ? – d'investir d'une dignité entièrement neuve la vieille activité, si injustement décriée, du parler-pour-ne-rien-dire. Au nom des légions de vieilles dames qui, tous les jours de cinq à six, papotent dans les salons de thé, on veut lui dire un vibrant merci. Enfin, ce dont beaucoup sans doute devront lui être le plus reconnaissants, dans cette même postface, M. Barthes définit avec audace ce que devrait être la vraie place de l'intellectuel dans le monde contemporain, sa vraie fonction, son honneur et sa dignité : il s'agit, paraît-il, de maintenir bravement, envers et

contre “la sempiternelle parade du Phallus” de gens engagés et autres vilains tenants du “sens brutal”, ce suintement exquis d’un tout petit robinet d’eau tiède.

Voici maintenant que ce même éditeur nous livre le texte des carnets dans lesquels Barthes avait consigné au jour le jour les divers événements et expériences de ce fameux voyage[1]. Cette lecture pourrait-elle nous amener à réviser notre opinion ?

Dans ces carnets, Barthes note à la queue leu leu, très scrupuleusement, tous les interminables laïus de propagande qu’on lui sert lors de ses visites de communes agricoles, d’usines, d’écoles, de jardins zoologiques, d’hôpitaux, etc. : « Légumes : année dernière, 230 millions livres + pommes, poires, raisin, riz, maïs, blé ; 22 000 porcs + canards. […] Travaux d’irrigation. 550 pompages électriques ; mécanisation : tracteurs + 140 monoculteurs. […] Transports : 110 camions, 770 attelages ; 11 000 familles = 47 000 personnes […] = 21 brigades de production, 146 équipes de production… » Ces précieuses informations remplissent 200 pages. Elles sont entrecoupées de brèves notations personnelles, très elliptiques : « Déjeuner : tiens, des frites ! – Oublié de me laver les oreilles – Pissotières – Ce qui me manque : pas de café, pas de salade, pas de flirt – Migraines – Nausées. » La fatigue, la grisaille, l’ennui de plus en plus accablant ne sont traversés que par de trop rares rayons de soleil – ainsi une tendre et longue pression de main que lui accorde un « joli ouvrier ».

1. Roland Barthes, *Carnet du voyage en Chine*, Christian Bourgois, 2009.

Le spectacle de cet immense pays terrorisé et crétinisé par la rhinocérite maoïste a-t-il entièrement anesthésié sa capacité d'indignation ? Non, mais il réserve celle-ci à la dénonciation de la détestable cuisine qu'Air France lui sert dans l'avion du retour : « Le déjeuner Air France est si infect (petits pains comme des poires, poulet avachi en sauce graillon, salade colorée, chou à la fécule chocolatée – et plus de champagne !) *que je suis sur le point d'écrire une lettre de réclamation.* » (C'est moi qui souligne.)

Mais ne soyons pas injustes : chacun de nous note des monceaux de sornettes à son usage privé ; on ne peut nous juger que sur celles dont nous faisons un usage public. Quoi que l'on puisse penser de Roland Barthes, nul ne saurait nier qu'il avait de l'esprit et qu'il avait du goût. Et aussi s'est-il soigneusement abstenu de publier ces carnets. Maintenant, qui diable a pu avoir l'idée de cette consternante exhumation ? Si cette étrange initiative émane de ses amis, cela rappelle alors la mise en garde de Vigny : « Un ami n'est pas plus méchant qu'un autre homme. »

Dans le numéro de janvier 2009 du *Magazine littéraire*, Philippe Sollers estime que ces carnets reflètent la vertu que célébrait George Orwell, « la décence ordinaire ». Il me semble au contraire que, dans ce qu'il y tait, Barthes manifeste une indécence extraordinaire. De toute manière ce rapprochement me paraît incongru (la « décence ordinaire » selon Orwell est basée sur la simplicité, l'honnêteté et le courage ; Barthes avait certainement des qualités, mais pas celles-là). Devant les écrits « chinois » de Barthes (et ses amis de *Tel Quel*), une seule citation d'Orwell saute spontanément à l'esprit : « Vous devez faire partie de l'intelligentsia pour écrire des choses pareilles ; nul homme ordinaire ne saurait être aussi stupide. »

Relire l'histoire de la « Révolution culturelle » [1]

> « Quand on efface son histoire, on efface les fondations morales d'un peuple. »
>
> Ma Jian

Si Hitler avait gagné la guerre, un quart de siècle plus tard, on peut imaginer qu'une nouvelle génération de dirigeants nazis, obéissant à des impératifs pragmatiques, auraient sans doute entrepris de réformer la vision originale du Führer, de manière telle qu'elle serait finalement devenue méconnaissable. Mais, ce faisant, ils auraient bien sûr conservé partout les portraits du génial fondateur du Troisième Reich ; et son effigie géante ornerait encore la façade du Reichstag à Berlin. Divers aspects de l'idéologie hitlérienne, d'une idiosyncrasie un peu embarrassante (songez à la « question juive » par exemple, entretemps largement résolue), auraient été discrètement évacués aux oubliettes ; et d'ailleurs, dans ses généra-

1. Introduction à la réédition des *Habits neufs du président Mao* (Ivrea, 2009).

lement bonnes relations avec le Reich européen, la diplomatie transatlantique se garderait pudiquement de faire encore allusion à ces déplaisantes histoires anciennes (qui d'ailleurs ne seraient d'aucun appoint dans les nouveaux échanges commerciaux).

Leszek Kolakowski, un des plus profonds penseurs de notre époque, s'est un jour amusé à écrire une féroce petite pochade sur ce thème, pastichant le style éditorial du *New York Times*[1]. Mais (me demanderez-vous), quel rapport pourrait-il y avoir entre cette uchronie et la présente situation de la Chine ? (Et, après tout, le président Mao, lui, n'a jamais fait la guerre que contre son propre peuple.)

Je m'explique en deux mots.

La Chine a connu ces dernières années de prodigieuses transformations. Elle est en passe de devenir une super-puissance – sinon *la* super-puissance. Dans ce cas, elle sera – chose inouïe – une super-puissance *amnésique*. Car, jusqu'à présent, sa miraculeuse métamorphose s'effectue sans mettre en question l'absolu monopole que le Parti communiste continue à exercer sur le pouvoir politique, et sans toucher à l'image tutélaire du président Mao, symbole et clé-de-voûte du régime. Et le corollaire de ces deux impératifs est la nécessité de censurer la vérité historique de la République populaire depuis sa fondation : interdiction absolue de faire l'histoire du maoïsme en action – les purges sanglantes des années 1950, la gigantesque famine créée par Mao

1. Publié par *Survey*, vol. 21, n° 4, automne 1975 (traduction française : *Commentaire*, n° 131, automne 2010).

(dans un accès de délire idéologique) au début des années 1960, et enfin le monstrueux désastre humain de la « Révolution culturelle » (1966-1976). Treize ans après la mort du despote, le massacre de Tiananmen (4 juin 1989) est encore survenu comme un post-scriptum ajouté par les héritiers, pour marquer leur fidélité au testament laissé par l'ancêtre fondateur. Mais ces quarante années de tragédies historiques (1949-1989) ont été englouties dans un « trou de mémoire » orwellien : les Chinois qui ont 20 ans aujourd'hui ne disposent d'aucun accès à ces informations-là – il leur est plus facile de découvrir l'histoire moderne de l'Europe ou de l'Amérique que celle de leur propre pays.

Quelle sorte d'avenir peut-on bâtir sur l'ignorance obligatoire du passé récent ? « Ce qui peut constituer le plus grand obstacle empêchant la Chine de devenir un pays moderne au meilleur sens du mot, c'est sa volonté de maquiller et de récrire l'Histoire, tout particulièrement, l'histoire de la "Révolution culturelle" », remarquait tout récemment le journaliste Jonathan Mirsky, perspicace observateur de l'actualité chinoise.

Mais la métaphore la plus éloquente de la situation présente est encore ce *Coma de Pékin* évoqué par Ma Jian : le protagoniste du roman (une création particulièrement puissante de la littérature chinoise contemporaine) est un jeune manifestant décervelé par une balle perdue de Tiananmen, qui flotte, paralysé, muet, sourd et aveugle, dans un coma sans fin.

Le génocide cambodgien [1]

> « Ce devrait être un signe de décence pour un homme, que d'être honteux d'avoir vécu au XXe siècle. »
>
> Elias Canetti

On se rappelle les dernières lignes du *Procès* de Kafka : Josef K., citoyen innocent, tombé pour des raisons qui lui resteront toujours inconnues dans les filets d'une procédure judiciaire incompréhensible et interminable, est emmené au bout du compte dans une carrière abandonnée, par deux messieurs très officiels qui, là, avec une espèce de stupide méticulo-

1. Compte-rendu paru dans *Commentaire* (automne 2009) de Francis Deron, *Le Procès des Khmers rouges. Trente ans d'enquête sur le génocide cambodgien*, Gallimard, 2009.

Au moment de mettre sous presse (automne 2009), nous apprenons la nouvelle de la mort de Francis Deron. Déjà très gravement malade, pour parachever l'information de son grand œuvre, Francis avait délibérément choisi de faire passer son travail avant le soin de sa santé défaillante, et sa mort vient aujourd'hui conférer à son livre une bouleversante touche personnelle : nous y retrouvons cette passion de la vérité et ce courage qui, toute sa vie, ont caractérisé l'ami que nous pleurons.

sité bureaucratique, sans violence, sans colère et sans un mot, procèdent à son exécution. Comme l'un des deux messieurs achève de lui plonger son poignard dans le cœur, Josef K. a un tout dernier sentiment conscient : « C'était comme si la honte devait lui survivre. »

Beaucoup de lecteurs ont éprouvé de la perplexité devant cette phrase finale ; mais dans un court essai sur Kafka Primo Levi s'est étonné de leur étonnement [1]. Il commente :

> Cette dernière page coupe le souffle. Moi, rescapé d'Auschwitz, je ne l'aurais jamais écrite, ou jamais ainsi, par incapacité et insuffisance d'imagination, certainement, mais aussi à cause d'une pudeur devant la mort (que Kafka semble ignorer ou refuser) – ou peut-être par manque de courage. La phrase fameuse et infiniment discutée qui ferme le livre comme une pierre tombale ("C'était comme si la honte devait lui survivre") ne me paraît nullement énigmatique. De quoi Josef K. doit-il avoir honte ? Il a honte de beaucoup de choses contradictoires [...] mais je sens dans cette honte un autre élément que je connais : à la fin de son angoissant itinéraire, il éprouve de la honte parce que ce tribunal corrompu existe, qu'il pénètre tout ce qui l'environne [...]. C'est finalement un tribunal humain, non divin ; il est fait d'hommes et par les hommes, et Josef, avec le couteau déjà planté dans le cœur, éprouve la honte d'être un homme.

Les horreurs du XXe siècle ont confirmé l'intuition prophétique de Kafka ; et, survenant à la fin de ce

1. Primo Levi, « Traduire Kafka », in *Le Fabricant de miroirs. Contes et réflexions*, Liana Levi, 1989.

même siècle, le génocide cambodgien en a constitué en quelque sorte l'épilogue le plus extrême et le plus grotesque : ce n'est plus seulement une monstruosité (on croyait en avoir épuisé le registre) mais c'est aussi la *caricature* insane d'une monstruosité.

En simplifiant la forme et grossissant le trait, une caricature peut dégager l'essence même de son sujet. Ainsi, la propagande des Khmers rouges dans sa grossièreté rudimentaire énonce en fait une vérité centrale :

> Le monde entier a les yeux tournés vers le Kampuchéa démocratique, car la révolution khmère est la plus belle et *la plus pure*.
>
> La révolution khmère est sans précédent dans l'histoire universelle. Elle a réglé l'éternelle contradiction entre ville et campagne. *Elle dépasse Lénine et va plus loin que Mao Zedong*.

C'est fort juste, au fond : à la lumière de l'expérience des Khmers rouges, on saisit plus clairement la dynamique fondamentale qui a animé toute la grande tradition hitléro-lénino-stalino-maoïste. Le phénomène totalitaire du XXe siècle peut présenter des variations de mode, des degrés divers de sophistication « culturelle », mais ses éléments constitutifs sont simples et quasiment invariables – Kazimierz Brandys les avait déjà bien résumés il y a un quart de siècle (avec cette acuité caractéristique des intellectuels polonais, cruellement bien payés pour savoir de quoi ils parlent) : « L'histoire contemporaine nous enseigne qu'il suffit d'un malade mental, de deux idéologues et de trois cents assassins pour s'emparer du pouvoir et bâillonner des millions d'hommes. »

La Terreur cambodgienne fournit une parfaite illustration de ce schéma, comme le montre la saisissante analyse de Francis Deron, qui en décrit la genèse, la victoire, le bref et sanglant règne, la chute – et la survie artificielle (grâce, entre autres, à la coupable collusion de l'Occident !) – et enfin, l'amorce de justice qui rattrape aujourd'hui les derniers et principaux criminels encore en vie.

C'est un lieu commun de dire que les journalistes sont les historiens du présent – mais c'est vrai, et Deron nous en donne ici la preuve de façon magistrale. Grand journaliste, spécialiste de la Chine et de l'Asie du Sud-Est (il a passé presque toute sa carrière en Extrême-Orient), il retrace dans son livre trente années de la tragédie cambodgienne : il en débrouille les fils complexes, présente la biographie des protagonistes et illustre souvent son exposé historique de vignettes extraites de ses carnets de reporter. La structure du livre est composite, mais son organisation est rigoureuse et lucide, avec pour chaque chapitre d'utiles tableaux chronologiques rappelant la séquence des principaux événements.

L'expérience approfondie que Deron avait eue de la Chine maoïste, et tout particulièrement ses propres publications sur la « Révolution culturelle » et ses séquelles, l'avaient admirablement préparé à saisir la nature et la signification du phénomène khmer rouge. Ce que le maoïsme avait mis vingt ans à effectuer en Chine – la grande purge des intellectuels (mouvement des « Cent Fleurs »), le ravalement du pays au niveau de l'arriération paysanne (le « Grand Bond » en arrière, les petits hauts fourneaux de village, les populations de paysans consignées dans les dortoirs des « communes populaires », la gigantesque famine qui s'est ensuivie) et enfin la « Révolution culturelle » et la barbarie meurtrière des gardes rouges –, tout cela s'est retrouvé dans le bref règne du « Kampuchéa démocratique » mais recyclé et compressé sur une durée de seulement trois ans et dix mois. L'imitation fut donc grossièrement simplifiée et amplifiée ; les objectifs étaient les mêmes, mais ils furent poursuivis par des moyens encore plus féroces – et plus effroyablement *stupides*.

Les Khmers rouges contrôlèrent la totalité du Cambodge du 17 avril 1975 (prise de Phnom Penh par Pol Pot) jusqu'au 7 janvier 1979 (chute de Phnom Penh, avec l'arrivée de l'armée vietnamienne). Durant cette période relativement courte, le régime réussit à parachever son grandiose projet de destruction totale de la société. Au départ, il ne disposait que de moyens modestes (vérifiant le schéma de Brandys cité plus haut) : le Parti communiste cambodgien ne comptait que 18 000 membres, encadrant une armée de 85 000 hommes : ces forces mobilisèrent à leur tour une piétaille innombrable de gamins illettrés, mais vigoureusement endoctrinés et équipés d'un redoutable armement ; et surtout, ils étaient investis d'un pouvoir discrétionnaire sur toute la population. À la chute du régime, le Cambodge avait perdu plus d'un quart – près d'un tiers – de sa population : une auto-hécatombe d'une ampleur sans équivalent dans l'histoire de l'humanité.

Ce programme national-communiste prit forme dès la prise de Phnom Penh sur ordre de Pol Pot : la capitale fut vidée de tous ses habitants en l'espace de trois semaines. La population urbaine tout entière – y compris les malades des hôpitaux – fut jetée, à pied, sur les routes du pays et les pistes de la forêt : les survivants de cet exode se retrouvèrent esclaves, parqués dans des camps de travail agricole. (Quand l'armée vietnamienne entrera à Phnom Penh trois ans plus tard, elle n'y trouvera plus que soixante-dix civils errant dans une ville morte, empestée par la puanteur de cadavres en décomposition.)

Ayant ainsi décervelé le pays de son seul grand centre urbain, il fut plus facile ensuite pour le régime d'éliminer en province toute forme d'administration, d'enseignement, de santé publique, de pratiques religieuses traditionnelles et d'institutions civilisées.

Geste symbolique : dans Phnom Penh désert et exsangue, les soldats sortis de la forêt entreprirent de jeter au fleuve tout ce qu'ils purent trouver en fait d'appareils électriques et mécaniques dans les maisons, les magasins et les bureaux de la ville – en un mot, tout l'équipement de la vie moderne (il faut savoir que, hors de la capitale, les neuf dixièmes du Cambodge sont sans électricité). Détail significatif : la fureur antimoderne n'épargna même pas les motocyclettes du club Harley-Davidson de la ville (pourtant en parfait état de marche), et même le fait que les transports motorisés font cruellement défaut dans la brousse ne put les sauver de la noyade. Les *lunettes* attirèrent également l'hostilité toute spéciale des Khmers rouges ; tous les Cambodgiens qui portaient des lunettes firent l'objet d'une double sanction : 1) confiscation et destruction immédiate de leurs lunettes ; 2) déportation (et éventuelle exécution) des porteurs de lunettes dans un camp de travail – car on les soupçonnait d'être éduqués, et donc d'appartenir à la race des oppresseurs du peuple. (Notez que Son Sen – le policier en chef du régime – portait lui-même des lunettes ; il fut assassiné en 1997 par ses frères d'armes, mais pas pour cette raison-là.)

Ce grand délire émanait du sommet : les rares propos de Pol Pot trahissent un complet divorce d'avec la réalité. Il célébrait les splendides progrès du pays, de la production industrielle et agricole, de l'économie, de l'éducation et de la culture à un moment où cette partie de la population qui avait temporairement échappé au massacre titubait de famine dans un dénuement proprement préhistorique – les écoles n'existaient plus, le commerce avait disparu, la monnaie avait été abolie et, à la campagne, il y avait des bourreaux qui pratiquaient le cannibalisme.

Cette totale inversion du réel qui se manifestait dans le discours du chef n'était pas un simple effet de propagande, elle reflétait les convictions intimes de Pol Pot – convictions contagieuses du reste, car ni ses alliés chinois ni ses ennemis vietnamiens ne pressentirent l'imminence de sa chute. La clique dirigeante qui ne régnait plus que sur une population fantôme dans un pays dévasté commença à se détruire elle-même en se livrant à des purges forcenées ; et c'est à ce moment d'extrême faiblesse que Pol Pot décida de lancer des attaques armées contre le traditionnel ennemi vietnamien. Répondant à ces provocations insensées, l'armée vietnamienne, dix fois supérieure en force, se retrouva à Phnom Penh après un *Blitzkrieg* dont la facilité la surprit elle-même. Mais l'épouvantail khmer rouge ne disparut pourtant pas entièrement. Pour faire pièce à une illusoire menace soviéto-vietnamienne, une improbable alliance sino-américaine assura la survie artificielle des Khmers rouges sous deux formes : à la frontière thaïlandaise, elle prit celle de trafiquants clandestins de bois précieux et de rubis, et à New York, celle de diplomates représentant à l'ONU un Kampuchéa disparu ; ainsi, grâce à une fiction de *Realpolitik* machinée par la Chine et l'Occident lors des votes de l'Assemblée générale onusienne, pendant une douzaine d'années encore, la voix des assassins continua à compter tout autant que celles, par exemple, de l'Allemagne, du Japon… et pesa plus que celle du Vatican. (Après la chute de Saïgon en 1975, Kissinger avait déjà chargé le ministre thaïlandais des Affaires étrangères de transmettre à Pol Pot toute l'amitié de l'Amérique, ajoutant à l'usage de son interlocuteur : « Ce sont des voyous meurtriers, mais cela ne doit pas compter entre nous. » L'administration de Jimmy Carter – sous l'influence du conseiller Brzezinski et malgré l'importance rhétorique que le président accordait aux droits de l'homme – continua essentiellement la même politique.)

Si, à longue échéance, l'extrême irrationalité du régime de Pol Pot le condamnait à disparaître, la recette qui assura à court terme son autorité absolue tient en un seul mot : la terreur.

Sur ce système de terreur instauré par les Khmers rouges, nous sommes particulièrement bien documentés. Au plus haut niveau, la principale centrale de torture et de mort à Phnom Penh, la prison de Tuol Sleng, a conservé des archives volumineuses et... méticuleuses ; son dirigeant, le tortionnaire en chef Duch, est très connu également. Au sujet de ce dernier, nous disposions déjà de l'irremplaçable témoignage de l'orientaliste François Bizot[1] qui, avant que les Khmers rouges aient conquis le pouvoir, fut son prisonnier dans la forêt pendant plusieurs mois en 1971. À cela se sont ajoutées maintenant les confessions que Duch lui-même a livrées depuis son arrestation (1999).

Tous les prisonniers envoyés à Tuol Sleng étaient promis à l'exécution (des quelque quinze mille prisonniers qui passèrent par là en trois ans, seuls *quatorze individus* en ressortirent vivants) ; la fonction du centre était de leur arracher les aveux qui justifieraient rétrospectivement leur arrestation et permettraient de procéder à de nouvelles arrestations. On ne les avait pas arrêtés du fait de leur culpabilité – ils étaient coupables du fait de leur arrestation. Coupables de quoi ? Leurs aveux le révéleraient. Souvent les instructions accompagnant leur transfert indi-

1. François Bizot, *Le Portail*, La Table ronde, 2000 ; Folio, 2002.

quaient d'avance le type d'aveux à obtenir, et ensuite la torture produisait la confession requise. Pour l'accusé, l'issue finale était de toute manière certaine ; une seule chose dépendait de son propre choix : la durée de ses souffrances sous la torture – la seule façon de les abréger était de fournir les aveux souhaités par l'interrogateur et de livrer les noms de tous les « complices » suggérés par l'accusation.

Tout au début de son activité, Tuol Sleng traita d'authentiques ennemis – les anciens collaborateurs de l'inepte régime pro-américain de Lon Nol ; mais bien vite ces clients-là firent défaut et, dès l'année suivante (1976), les purges internes du mouvement khmer rouge accaparèrent toute l'énergie des inquisiteurs et des bourreaux. Finalement, dans les tout derniers mois, la prison commença à dévorer ses propres geôliers !

Quant au grand inquisiteur Duch, qui organisa et gouverna toute l'entreprise avec un zèle infatigable et scrupuleux, lorsque Phnom Penh tomba aux mains de l'armée vietnamienne, il disparut dans le chaos de la déroute. Vingt ans plus tard, il fut reconnu accidentellement : il travaillait au service d'une organisation humanitaire chrétienne et se dit converti au christianisme. Il passe en justice ces jours-ci devant le tribunal mixte (constitué par le Cambodge et l'ONU) de Phnom Penh. Il a confessé : « Je suis profondément désolé pour les meurtres, pour le passé. *Je ne voulais être qu'un bon communiste.* » En effet.

Tuol Sleng n'était que le sommet d'un système répressif dont les tentacules embrassaient le pays entier. Dans la seule zone sud-ouest, on a déjà dénombré 38 petits Tuol Sleng, centres d'interrogatoire et de torture du niveau immédiatement inférieur à celui de Phnom Penh ; on a de plus identifié 78 terrains de mise à mort et plus de 6 000 charniers. La mise à mort était un fastidieux labeur manuel : on fracassait le crâne des victimes avec une lourde barre de bois (pour les enfants de condamnés, c'était plus simple : on les précipitait du haut d'un bâtiment à étages). Dans la conclusion de son livre, Deron cite le témoignage d'un officier américain [1] attaché au service de renseignement, qui avait été chargé de recueillir à la frontière thaïlandaise les récits des réfugiés cambodgiens. Il était hanté par la description qu'une femme lui avait faite du *son* des barres fracassant les crânes des condamnés agenouillés au bord de la fosse commune : « comme le bruit des noix de coco qui tombent au sol ». En 2003, cet officier participa à l'invasion américaine en Irak : il fut affecté à la prison d'Abou Ghraïb !... (Il a changé de métier : il est revenu en Extrême-Orient et se consacre aujourd'hui, sur le terrain, à un travail de recherche sur le martyre du Cambodge.)

Il y a une erreur dont nous devons nous garder : le récit du génocide cambodgien frappe l'imagination et la sensibilité par son horreur ; mais, justement parce que cette horreur est insoutenable, nous ne sommes que trop tentés de l'évacuer de notre conscience, en

1. Il s'agit de Rick Arrant, qui a raconté ce souvenir personnel dans sa préface à : Ea Meng-Try, *The Chain of Terror*, The Documentation Center of Cambodia, Phnom Penh, 2005.

considérant que cet épisode est lointain et exotique, qu'il nous est totalement étranger – il pourrait aussi bien relever d'une autre planète.

En fait, c'est aussi de *nous* qu'il s'agit dans cette histoire.

Lorsque les Khmers rouges entrèrent à Phnom Penh, de nombreux Cambodgiens se réfugièrent à l'ambassade de France. Mais les Khmers rouges vinrent bientôt exiger qu'on les leur livre tous, à l'exception de ceux qui détenaient un passeport français. Et ils menacèrent le chargé d'affaires ; s'il refusait d'obtempérer à cet ordre, l'ambassade serait envahie, et tous ses occupants arrêtés. Pour sauver au moins les quelque deux cents Français et autres étrangers qui avaient trouvé refuge à l'ambassade, le chargé d'affaires livra tous ses hôtes cambodgiens aux Khmers rouges – les envoyant ainsi à la mort. Décision atroce ; mais qu'aurait-il pu faire d'autre, et qui oserait le juger ? Toutefois un journaliste français, pour sauver une Cambodgienne (qu'il ne connaissait nullement mais dont il voyait la détresse), suggéra d'épouser la jeune femme sur-le-champ. Le chargé d'affaires, qui avait encore deux cents passeports vierges dans ses tiroirs, refusa de procéder à cette formalité car il savait que le journaliste était marié, et la loi prohibe la bigamie [1].

Sur les quelque deux millions d'assassinats perpétrés par les Khmers rouges, il en est donc au moins un qui doit être porté au compte d'un diplomate français,

1. Rapporté dans *L'Express*, 17 mai 2009, « Le jour où la France céda aux Khmers rouges ».

incapable de percevoir que, sous une autorité criminelle, le respect du règlement devient lui aussi un crime. Cet honnête fonctionnaire-là est bien des nôtres.

Coïncidence : comme j'achevais la lecture du livre de Deron, je reçus une lettre d'un vieil ami parisien – fidèle correspondant qui me tient de temps à autre au courant de l'actualité intellectuelle et littéraire de la capitale. Commentant la remise à la mode d'un certain maoïsme mondain (voir par exemple la réédition posthume des *Carnets* de Barthes), il écrivait :

> Je ne parviens pas à me départir d'un certain effroi en constatant comment le mensonge criminel sur le maoïsme perdure en toute impunité et surtout se régénère sans cesse [...]. Voyez par exemple l'engouement actuel dont bénéficie en France le philosophe « radical » Alain Badiou, qui se flatte d'être un défenseur émérite de la « Révolution culturelle ». Badiou écrit notamment : « S'agissant de figures comme Robespierre, Saint-Just, Babeuf, Blanqui, Bakounine, Marx, Engels, Lénine, Trotski, Rosa Luxemburg, Staline, Mao Zedong, Chou En-lai, Tito, Enver Hoxha, Guevara et quelques autres, *il est capital de ne rien céder au contexte de criminalisation et d'anecdotes ébouriffantes dans lesquelles depuis toujours la réaction tente de les enclore et de les annuler.*

J'ai sans doute tort de reproduire ici une citation de ce Badiou – que je ne connais d'ailleurs pas (et je n'oublie pas le vieux proverbe chinois [1] : « Ne prenez

1. Inventé par Jacques Maritain, qui l'avait placé en exergue de son *Paysan de la Garonne*.

jamais la bêtise trop au sérieux »). Mais, n'empêche, je suis choqué : quelle injustice ! *Le nom de Pol Pot a été omis du petit panthéon badiolien* – et il aurait pourtant tellement mérité d'y figurer, surtout en ce moment. Les « anecdotes ébouriffantes » rapportées par le livre de Deron et « le contexte de criminalisation » créé par le procès de Phnom Penh risqueraient justement d'« annuler » sa glorieuse mémoire.

La Mer

La mer et les écrivains [1]

Objet et limites de cette anthologie

Joseph Conrad a remarqué que l'amour des lettres ne fait pas plus un littérateur que l'amour de la mer ne fait un marin. Cette vérité est cruelle : pauvres amoureux frustrés – écrivains manqués et marins en chambre –, puisse cette anthologie vous apporter quelque consolation !

Dans mon entreprise, je me suis imposé trois règles – mais en me permettant aussi deux entorses que je m'empresse de signaler ici.

Première règle : en principe, tous les textes recueillis dans ce volume [2] touchent à la mer d'une façon ou d'une autre. En pratique cependant, je ne me suis pas rigoureusement limité à l'eau salée : de temps autre, lacs, fleuves et canaux font également apparition dans ces pages. À strictement parler, cette anthologie aurait donc dû s'intituler *L'Eau* au lieu de

1. Introduction de mon anthologie, *La Mer dans la littérature française*, 2 vol., Plon, 2003.

2. Les notes de cet article se traitent p. 245.

La Mer – mais ce titre aurait perdu en saveur ce qu'il aurait gagné en exactitude.

Deuxième règle : cette anthologie n'est pas consacrée à la littérature de la mer, mais bien à la mer dans la littérature. On aurait pu concevoir une sélection de textes documentaires – récits et témoignages de navigateurs, explorateurs, marins, sportifs, océanographes, plaisanciers, naufragés, que sais-je ?, dont la matière eût été également riche et passionnante, mais elle aurait constitué un autre ouvrage. En principe, le présent choix porte donc exclusivement sur des textes littéraires. Sur ce point, toutefois, je crains qu'on n'aille me chicaner ci et là. « Quoi ? me direz-vous, Marteilhe, Duguay-Trouin, Garneray auraient-ils droit à une qualité d'écrivain que vous refusez par ailleurs à Gerbault, Bombard, Moitessier ou Tabarly ? » Je pourrais essayer de me justifier en arguant du fait que, jusqu'au XIXe siècle, les mémorialistes amateurs écrivaient souvent avec plus de verve et de style que bien des hommes de lettres modernes – mais sans doute mieux vaut-il en convenir franchement : une stricte application de ma propre règle aurait peut-être dû entraîner l'élimination d'un certain nombre de pages. Si je les ai quand même retenues, c'est simplement parce qu'elles provenaient d'ouvrages moins connus, injustement oubliés et quelquefois difficiles à trouver, mais dont l'intérêt m'a paru exceptionnel et irrésistible.

Troisième règle : tous les textes recueillis ici, même quand ils sont dus à des auteurs étrangers [3], ont à l'origine été directement rédigés en français. Cette dernière règle, elle, n'a souffert aucune exception.

Mon idée première avait été de faire une anthologie de « La mer dans la littérature » en général (depuis la Bible, Homère et Virgile, jusqu'à Dana, Melville, Conrad, en passant par Su Dongpo, Camoens, Defoe et quelques autres), mais bientôt je mesurai mieux l'énormité naïve et incohérente de ce projet ; de plus, en ce qui concerne le si riche domaine anglo-américain, il me parut futile de chercher à faire concurrence aux excellentes anthologies déjà disponibles en anglais [4]. Enfin et surtout, je m'aperçus rapidement que, dans l'amoncellement chaotique de mes premiers matériaux, il se dessinait déjà un massif *français* qui, lui, présentait cohérence et originalité, et offrait de surprenantes ressources.

À la différence de l'Angleterre dont la langue et la civilisation sont intimement liées à la mer (pour des raisons géographiques et historiques bien évidentes [5]), la France, dont les entreprises maritimes ne furent pourtant guère moins considérables, n'a pas vraiment réussi à en intégrer la mémoire dans sa culture. C'est que la France des marins fut avant tout une France provinciale – celle des Flamands, des Normands, des Bretons, des Gascons, des Basques et des Provençaux – tandis que, de Paris, hélas, la mer est trop souvent demeurée invisible. Et pourtant elle n'a jamais cessé d'inspirer les écrivains les plus divers ; cette présence de la mer dans notre littérature est donc bien réelle – mais peut-être n'apprécie-t-on pas encore suffisamment son importance. J'espère que mon anthologie pourra tant soit peu contribuer à dissiper cette méconnaissance.

L'homme et la mer

La fascination qu'exerce la mer, même sur les badauds terriens la plus insensibles, est un phénomène universel qui peut s'observer sur tous les littoraux du monde. Robert Frost a fixé ce mystère quotidien dans un poème d'une énigmatique simplicité[6] :

> Les gens le long des plages
> Se tournent et regardent tous du même côté ;
> Ils tournent le dos à la terre
> Et regardent la mer toute la journée.
> […]
> Ils ne peuvent pas regarder bien loin,
> Ils ne peuvent pas regarder bien profond ;
> Mais ceci n'a jamais fait obstacle
> À leur contemplation[7].

Peut-on dès lors en conclure que l'amour de la mer serait un trait commun à toute l'humanité[8] ? Edmund Wilson l'a nié avec une fureur qui trahit plus qu'un simple goût du paradoxe, dans un petit essai sur *Diverses choses que je considère surfaites* :

> Je considère qu'un authentique amour de la mer est une des choses les plus rares du monde : c'est un goût spécial et bizarre que très peu de gens acquièrent. Bien sûr, tout le monde aime la mer telle qu'elle apparaît du littoral. […] Là, la mer est romantique et belle parce qu'on n'en voit pas trop à la fois. En revanche, que pourrait-on dire en sa faveur quand elle se présente dans son état absolu, sans aucune plage pour la civiliser ? Comment pourrait-on tirer plaisir de sa colossale

stupidité, de sa monotonie, de sa platitude ? […] La mer est aussi stérile que le Sahara, son absence de vie est accablante. Durant une traversée océanique on se sent enfermé et oppressé par la présence d'un grand néant. La mer n'est même pas pittoresque, elle est trop vide pour ça. […] Toutes les vagues se ressemblent, et on en a des millions sous les yeux ; ça vous rend malade de les voir, qui se comportent toutes exactement de la même manière. L'âme humaine est horrifiée et confondue par la stupidité élémentaire de la Nature. À bord d'un navire, l'esprit humain […] est prisonnier ; ce n'est plus qu'un esclave et son geôlier est sourd et incorruptible – c'est un geôlier dénué de sensibilité et de compréhension, qui n'aurait même pas l'esprit de se laisser corrompre [9]…

Mais cette idée que la mer est une prison – ou, plus exactement, que la condition du marin est celle d'un forçat – n'est évidemment pas neuve. Déjà au XVIIIe siècle, Samuel Johnson l'avait formulée de façon mémorable :

> Nul homme ne voudrait jamais se faire marin, à moins de n'être même pas capable de trouver un moyen de se faire jeter en prison. Car la vie à bord d'un navire est tout simplement celle d'une geôle où l'on serait de surcroît exposé à la noyade [10].

Mais aussi faut-il ajouter qu'au siècle de Johnson, et jusqu'à une époque relativement récente, la vie en mer était effectivement barbare – l'interminable catalogue de ses horreurs fait frémir : l'inconfort fétide, la promiscuité, l'humidité perpétuelle, le chaud, le froid, les rats, la vermine, les vivres avariés et immangeables, l'eau saumâtre, la grossièreté des compagnons de bord, la férocité sadique de la discipline – sans compter la possibilité constante de se rompre tous les os ou de se noyer en tombant d'une vergue par gros temps, le danger permanent de naufrage, la menace perpétuelle du scorbut (qui assurait une mort plus hideuse encore [11])...

Les propos de Johnson ne reflètent donc pas simplement les préjugés d'un génie excentrique, dépourvu de toute familiarité avec l'eau salée [12] – ils ont été fréquemment confirmés par des témoins expérimentés, et il est troublant par exemple de voir, un siècle plus tard, un admirable romancier et poète de l'aventure marine répéter cette même évidence : *la mer est invivable*. Robert Louis Stevenson savait en effet de quoi il parlait quand, au terme d'une dangereuse navigation de six mois à bord d'une goélette qu'il avait affrétée pour explorer le Pacifique sud, il confessait dans une lettre à un intime :

> Et pourtant la mer est un horrible environnement qui abrutit l'esprit et empoisonne l'humeur ; la mer elle-même, son mouvement incessant, le manque d'espace, la cruelle absence de vie privée, les immondes nourritures en conserve, les matelots, le capitaine, les passagers – mais vous êtes amplement repayé de toutes ces misères dès qu'une île apparaît en vue, et que vous mouillez l'ancre à l'entrée d'un monde nouveau [13].

Mais la force suggestive avec laquelle Stevenson évoque la mer dans son œuvre ne provient-elle pas précisément du fait que son expérience du large était profonde et vraie ? Cette expérience l'a certainement délivré des illusions et des stéréotypes qui affaiblissent ou faussent l'image de la mer que l'on trouve chez tant d'autres écrivains – parfois même chez les plus grands. Ainsi par exemple, Baudelaire (dont la carrière nautique ne semble pas avoir été très sérieuse, comme on le verra plus loin) a pu emprunter à la mer quelques métaphores splendides [14], mais l'emphase de certaines de ses apostrophes est plutôt faite pour susciter la douce hilarité des marins. Sur son fameux et vibrant « Homme libre, toujours tu chériras la mer ! », on serait fort tenté d'appliquer la douche froide de cette description que Tabarly donne d'un vilain coup de vent :

> [...] à l'intérieur [de *Pen Duick* II] les voiles trempées répandent l'eau partout, et partout c'est le foutoir[...] Mais ce n'est vraiment pas le moment de faire le ménage. Toute la nuit, je me couche, me déshabille, me relève, me rhabille, monte sur le pont pour modifier mes réglages à cause des sautes d'humeur du vent. Aux doux rêveurs qui s'imaginent trouver la liberté sur la mer, je leur suggère de chercher ailleurs [15].

Bien souvent, quand le lyrisme marin s'exalte sur le papier, il s'avère dénué de rapport avec les expériences que l'auteur a vécues sur l'eau. On pourrait trouver le meilleur exemple de ce divorce chez John Masefield qui a écrit, il y a exactement un siècle, le poème marin le plus célèbre de la langue anglaise, « Sea-Fever » :

> J'ai besoin de reprendre la mer, la mer solitaire sous le ciel,

> Et tout ce que je demande, c'est un fin voilier, et
> une étoile sur laquelle régler mon cap [16]. […]

À chaque relecture, ce poème exerce son effet avec l'infaillible et humiliante efficacité d'un coup de poing à l'estomac. Mais d'où vient donc le caractère équivoque de sa magie ? Durant son adolescence, Masefield avait été contraint de faire un stage sur un navire-école ; comme il souffrait abominablement du mal de mer, ceci fut la période la plus misérable de toute son existence. Sitôt débarqué, il se jura bien de ne plus jamais remettre les pieds sur un bateau – et il passa tout le restant de sa vie sur ses terres, le plus loin possible de l'eau salée. En même temps, toutefois, il se livra à une astucieuse exploitation littéraire de son bref passé de pilotin, tout en se gardant bien d'en jamais confesser la nauséeuse réalité. Esthétiquement, cette innocente dissimulation lui coûta cher : ses vers trop habiles demeureront pour les âges à venir comme le suprême échantillon de kitsch marin [17]. (La littérature française n'est pas exempte d'œuvres semblables : le lecteur en trouvera quelques exemples fameux dans mon anthologie.)

Mais à l'embarrassante faconde des marins improvisés répond le silence des vrais hommes de mer. Il semble parfois que les dons de fantaisie et d'expression qui font l'écrivain, et les vertus de sens pratique et de maîtrise de soi qui caractérisent le marin doivent s'exclure mutuellement. Dans son célèbre *Typhon*, Conrad montre comment c'est son manque d'imagination qui permet au capitaine MacWhirr de triompher imperturbablement des éléments ; mais le danger une fois surmonté, il ne réussit pas à communiquer son expérience : la lettre qu'il écrit à sa femme pour lui raconter comment il a sauvé son navire est tellement longue et ennuyeuse, que la pauvre Mme MacWhirr ne parvient même pas à en achever la lecture.

L'aventure marine serait-elle donc essentiellement une invention de terriens ? Le fait est que la plupart des marins n'ont pas grand-chose à dire de la mer : c'est leur élément naturel, ils s'y sentent simplement chez eux (comme l'attestent d'ailleurs ces touchantes photos anciennes de capitaines cap-horniers dans leur cabine : on les voit qui lisent sous l'abat-jour de la lampe de cuivre en fumant un cigare, et l'on devine dans l'ombre, contre la cloison, une fausse cheminée en simili-marbre, des plantes en pots et le piano de leur épouse). Un des plus extraordinaires aventuriers de la mer, sir Francis Drake, a donné son sentiment là-dessus, dans une lettre d'une désarmante et laconique sincérité : « Ce n'est pas que la vie à terre me déplaise : mais la vie en mer est meilleure [18]. » Que pourrait-on ajouter à cela ? Sur ce sujet, les marins ont toujours répété la même chose : ainsi, dans un de ses derniers essais, Conrad confessait : « La monotonie de la vie en mer est plus aisée à supporter que l'ennui de la vie à terre [19]. » Et avant cela, dans une nouvelle (laquelle, paradoxalement, est un chef-d'œuvre d'angoissante ambiguïté) [20], il avait évoqué le soulagement du marin qui, après un séjour à terre, se retrouve enfin avec un bon navire sous les pieds :

Soudain, j'éprouvai à nouveau ce bonheur que donne la grande sécurité de la mer comparée aux agitations de la terre ; je me félicitai du choix que j'avais fait de cette existence dénuée de tentations, exempte de problèmes troublants, et à laquelle l'absolue franchise de ses exigences et la simplicité de son but confèrent une fondamentale beauté morale[21].

Entre les hâbleries des gens de lettres (qui parlent de ce qu'ils ne savent pas) et les silences des gens de mer (qui savent, mais ne parlent guère), heureusement qu'il s'est aussi trouvé quelques marins qui se sont mis à écrire – comme Joseph Conrad – et quelques écrivains qui surent naviguer, comme Hilaire Belloc – que je n'ai pas encore cité, mais à qui je veux laisser le mot de la fin. La dernière page de sa *Croisière de la « Nona »* exprime exactement les sentiments qui ont inspiré mon ouvrage :

La mer est notre consolation aujourd'hui comme elle fut la consolation des siècles passés. Elle est la compagne des hommes, elle est leur destination [...] C'est sur la mer qu'un homme se rapproche le plus de ses origines et se trouve en communion avec ce dont il est issu, et à quoi il retournera. Car les sages d'autrefois l'ont dit – et ils disaient vrai : c'est de l'eau salée que sont émanées toutes choses. La mer est la matrice de la Création, et nous avons sa mémoire dans le sang.

Mais dans la mer, il y a bien plus encore. Elle présente, sur l'échelle la plus vaste que nous autres mortels puissions contempler, ces puissances immortelles qui nous ont enfantés. Elle est non seulement le symbole et le miroir du Divin – elle en est la messagère.

Et quand nous naviguons sur la mer, nous mettons en œuvre chaque élément de la vie : contrôle, direction, effort, destin ; et c'est là que nous pouvons nous mesurer et nous connaître. Tout ce qui relève de la mer est profond et définitif. La mer offre des visions, des ténèbres, des révélations. La mer remet perpétuellement devant nous ces deux faces du réel : grandeur et certitude. [...] La mer m'a accueilli chaque fois que je suis venu à elle, et elle m'a délivré des hommes. Elle a éloigné de moi les soucis et les fardeaux de la terre, car, entre toutes les créatures qui marchent et respirent sur cette planète, nous autres humains sommes les plus accablés de tristesse. Mais la mer nous consolera, elle nous révélera des choses nouvelles, et elle nous rendra courage. Elle est le commun sacrement de ce monde. Puisse-t-elle se montrer pour les autres ce qu'elle fut toujours pour moi [22].

NOTES

2. Leur ordre est essentiellement (mais pas rigoureusement) chronologique ; en général, il est basé sur les dates des œuvres plutôt que sur celles des auteurs. On ne s'étonnera donc pas de rencontrer parfois un cadet avant son aîné : ainsi, Eugène Sue (né en 1804) figure avant Balzac (né en 1799) – les romans marins du premier avaient exercé une influence sur les pages que j'ai choisies dans les œuvres du second.

Mon intention première avait été de poursuivre cette anthologie jusqu'à notre époque, mais l'abondance des matières m'a obligé de m'arrêter au début du XXe siècle. Toutefois je ne désespère pas de présenter un jour un petit volume annexe, consacré aux auteurs plus récents, de Paul Valéry à Henri Michaux.

Enfin – il faut le confesser d'emblée – j'ai fait ce travail purement pour mon plaisir (tout en espérant le faire partager à mes lecteurs). Mais c'est dire aussi qu'on ne trouvera ici ni méthode bien rigoureuse, ni savoir exhaustif, car j'ai dû travailler très loin de cette Europe où, comme le dit Larbaud dans un vers des *Poésies de A. O. Barnabooth*, « ... là, dans le brouillard, sont les bibliothèques »...

3. Joseph Conrad par exemple. Je reproduis une lettre de lui, qui n'est pas nécessairement une page d'anthologie, mais le fait qu'il l'a écrite directement en français (comme du reste toute une part non négligeable de sa correspondance) m'a fourni un légitime prétexte pour inclure ici cette présence irremplaçable.

4. Je pense en tout premier lieu au splendide ouvrage de Jonathan Raban, *The Oxford Book of the Sea*, Oxford University Press, Oxford-New York 1992. On consultera aussi avec plaisir et profit *The Oxford Book of Sea Stories*, compilé par Tony Tanner (même éditeur, 1994), et surtout les deux volumes du capitaine John O. Coote, *The Faber Book of the Sea*, Faber, Londres 1989 (édition américaine : *The Norton Book of the Sea*, Norton, New York, 1989). Signalons enfin l'anthologie de Peter Neill, *American Sea Writing*, The Library of America, New York, 2000.

5. « Ceci n'aurait pu se passer nulle part ailleurs qu'en Angleterre, où les hommes et la mer s'interpénètrent, pour ainsi dire – la mer intervenant dans la vie de la plupart des hommes, tandis que les hommes connaissent quelque chose (sinon absolument tout) de la mer, du fait de leurs loisirs, ou de leurs voyages, ou de leur métier… » Ainsi commence *Jeunesse* – l'un des plus admirables récits marins de Conrad. Avant lui, R. L. Stevenson avait développé la même notion, mais sur un mode différent : « Si un Anglais veut se targuer de sentiments patriotiques, ce doit être à propos de la mer. […] La mer est notre accès et notre rempart ; elle a été le théâtre de nos plus grands triomphes et périls […]. Les affres dont souffrent les visiteurs continentaux entre Calais et Douvres ont toujours quelque chose qui enchante la vanité anglaise. Un indigène du Bedfordshire qui ne distingue pas l'étrave de la poupe d'un navire tant qu'il ne s'est pas mis en route fait le faraud au milieu de ces malheureux, avec le sentiment de posséder une héréditaire expérience de la mer […]. Nous nous considérerions indignes de nos descendants si nous ne partagions pas l'arrogance de nos aïeux et ne nous flattions pas de cette prétention que la mer est anglaise. Même là où elle s'étend sous les canons et les créneaux des nations étrangères, nous la considérons comme une sorte de cimetière anglais où reposent les os de nos ancêtres navigateurs en attendant les trompettes du

Jugement dernier ; car je ne pense pas qu'aucune autre nation ait perdu autant de navires, ou poussé autant de braves gars à faire le grand plongeon. » (« The English Admirals », cité par Jonathan Raban, *op. cit.*, p. 284.)

6. Ne m'accusez pas d'accumuler ici une abondance de citations anglaises et américaines : mais puisqu'elles sont exclues du corps de cette anthologie, ceci m'a paru une sorte de compensation.

7. « Neither Out Far Nor In Deep », *A Further Range* (1936). Ma pauvre traduction n'a retenu que la première et la dernière strophe du poème, dont voici le texte anglais complet : « *The people along the sand / All turn and look one way. / They turn their back on the land. / They look at the sea all day. / As long as it takes to pass / A ship keeps raising its hull ; / The wetter ground like glass / Reflects a standing gull. / The land may vary more, / But wherever the truth may be / The water comes ashore, / And the people look at the sea. /] They cannot look out far, / They cannot look in deep. / But when was that ever a bar / To any watch they keep ?* »

8. La vue d'une étendue d'eau semble inviter irrésistiblement à la rêverie – mais rêverie n'est pas synonyme de contemplation. Saint Bernard avait visité Genève avec quelques-uns de ses moines ; de retour dans leur monastère bourguignon, ses frères lui rappelèrent la saisissante vision que leur avait offerte l'immensité du Léman. « Un lac ? quel lac ? » leur demanda le grand mystique tout surpris. Il n'avait nul souvenir de s'être promené au bord de l'eau.

9. « Things I consider overrated », in *From the Uncollected Edmund Wilson*, Ohio University Press, Athens, 1995, p. 120-121. Wilson termine sa diatribe en observant que la littérature maritime est illisible. (Près d'un siècle auparavant, Théophile Gautier avait déjà développé ce même point de vue – mais avec beaucoup plus d'esprit – dans un article reproduit dans mon anthologie – voir p. 501-503.) Les Américains considèrent généralement Wilson comme le prince de la critique moderne ; il me paraît au contraire avoir été un esprit singulièrement vulgaire.

10. Boswell, *Life of Johnson* (propos en date de mars 1759). Et encore : « Un navire est pire qu'une prison. Dans une prison, l'air est meilleur, la société est meilleure, et on jouit de

diverses commodités ; tandis que sur un navire, on a l'inconvénient supplémentaire de se trouver en danger. Quand des gens commencent à prendre goût à la vie en mer, ils ne sont plus qualifiés pour vivre à terre. » (*Ibid.*, 19 mars 1776.) Et cette conversation avec Boswell et William Scott : « JOHNSON : Quant aux matelots qui croupissent dans l'entrepont, ils présentent l'état le plus extrême de la misère humaine : un tel entassement, une telle crasse, une telle puanteur ! BOSWELL : Pourtant les matelots sont heureux. JOHNSON : Ils sont heureux comme les brutes sont heureuses dans leur sensualité grossière, un morceau de viande fraîche suffit à leur bonheur… SCOTT : Mais nous voyons des gens qui aiment le métier de marin. JOHNSON : Je ne puis m'expliquer ce phénomène, pas plus que je ne peux comprendre d'autres étranges perversions de l'imagination. » (*Ibid.,* 10 avril 1778.)

11. Dans son ouvrage *Tentation de la haute mer* (Seghers, Paris, 1992) le contre-amiral François Belloc reproduit quelques témoignages historiques sur le scorbut : « Ce mal est bien souvent accompagné d'un autre, qu'on nomme mal de jarret, et sont si pestilentiels qu'ils font bien souvent mourir la moitié d'un équipage. Le mal de bouche est tel qu'il s'engendre de gros morceaux de chair pourrie et baveuse dans la bouche, qui y cause grande enflure et putréfaction, laquelle il faut couper avec un rasoir et surmonter tellement que l'on ne peut prendre que choses fort liquides. Outre cela, les dents branlent si fort qu'on les peut arracher aisément avec les doigts, sans douleur, et faut toujours couper cette chair. » (*Relation d'un voyage infortuné fait aux Indes occidentales par le capitaine Fleury*, 1618.) « Ceux qui en sont surpris en deviennent enflés comme hydropiques, et l'enflure est dure comme du bois, principalement aux cuisses et jambes, les joues et la gorge, et tout cela est couvert de sang meurtri de couleur livide et plombée, comme de tumeurs et contusions qui rendent les muscles et les nerfs raides et perclus. Outre cela, les gencives sont ulcérées et noires, la chair tout enlevée et les dents disloquées et branlantes, comme si elles ne tenaient qu'à bien peu de chose, et même la plus grande partie en tombe. Avec cela, une haleine si puante et infecte qu'on n'en peut approcher ; car on sent cela d'un bout du navire à l'autre. […] Il y en a qui meurent en peu de jours, d'autres durent plus longtemps sans mourir. Ils ont la couleur blême et jaunâtre : et quand ce mal

veut prendre, les cuisses et les jambes sont couvertes de petites pustules et taches comme morsures de puces, qui est le sang meurtri qui sort par les pores du cuir. [...] Il en mourut trois ou quatre des nôtres de cette maladie, et comme on leur ouvrit la tête, on leur trouva tout le cerveau noir, gâté et putréfié. Les poumons deviennent secs et retirés comme du parchemin approché du feu. Le foie et la rate grossissent démesurément, et sont noirs et couverts d'apostumes pleines de la matière la plus puante du monde. Lors que l'on a cette maladie, une plaie ne se guérit et dessèche jamais, ainsi devient comme une gangrène et putréfiée. » (*Voyage du Brésil à l'Inde portugaise*, fin XVIe siècle.)

12. Johnson offre cet assez singulier exemple d'un Anglais qui était terrien à un degré presque continental. Il était d'ailleurs originaire de Lichfield – une des rares villes du Royaume-Uni à être située à plus de cent milles de la côte la plus proche. Bien qu'il fût devenu londonien assez tôt dans sa carrière, ce n'est qu'à l'âge de 52 ans qu'il aperçut la mer pour la première fois (lors d'une excursion à Plymouth, où l'avait entraîné son vieil ami, le peintre Reynolds).

13. Lettre à Sidney Colvin, écrite de Tahiti, le 16 octobre 1888. Voir *Selected Letters of Robert Louis Stevenson*, Yale University Press, New Haven-Londres, 1997, p. 380.

14. Évidemment, la mer a toujours offert aux écrivains – même à ceux qui lui étaient étrangers – un inépuisable réservoir d'images ; non seulement la mer, mais plus particulièrement la navigation et les bateaux. Voyez par exemple, dans *Anna Karénine*, cette page où Tolstoï se sert d'une métaphore nautique pour évoquer les déconcertantes découvertes de la vie mariée : « Lévine était marié depuis trois mois. Il était heureux, mais pas du tout de la façon qu'il avait anticipée. [...] À chaque pas, il éprouvait ce qu'éprouverait un homme qui, après avoir admiré la progression aisée et heureuse d'un petit bateau sur un lac, embarquerait lui-même sur cet esquif ; il s'apercevrait que la barque n'est nullement stable et que sa course n'est pas de tout repos ; on doit demeurer sur le qui-vive, sans un moment d'abandon ; il faut se rappeler à tout instant que l'on flotte sur l'eau, et qu'il s'agit de ramer, et que ça va faire mal à des mains qui ne sont pas encore endurcies ; ce qui était facile, c'était de regarder de loin la barque qui vogue ; mais quant à

la faire voguer soi-même, si délicieux que ce pût être, c'était très difficile. »

D. H. Lawrence, s'interrogeant sur le problème du couple dans *Kangaroo*, a, lui aussi, développé une métaphore empruntée à la navigation : « L'amour humain, la foi humaine sont toujours dangereux, car ils se brisent. Plus grand est l'amour, plus grande est la foi, et plus grand est le danger, plus grand le désastre, car placer une foi absolue en un autre être humain est en soi un désastre pour les deux parties, car chaque être humain est un navire qui doit poursuivre sa propre route, même s'il navigue de conserve avec un autre. Deux navires peuvent naviguer de conserve jusqu'à l'autre bout du monde. Mais amarrez-les en couple au milieu de l'océan, et tâchez de les gouverner d'un seul gouvernail, et ils s'entrechoqueront l'un contre l'autre, et ils se mettront mutuellement en pièces. Il en va de même pour l'individu qui voudrait en aimer un autre d'un amour absolu, ou croire en lui d'une foi absolue. Les amants absolus s'entrechoquent à mort, de même que les croyants absolus. Depuis que l'homme cherche à aimer les femmes d'un amour absolu, et les femmes à aimer l'homme, l'espèce humaine a presque réussi à se saborder. »

15. Éric Tabarly, *Mémoires du large*, Éditions de Fallois, Paris, 1997, p. 126. Et voyez cet autre passage, d'une sincérité également salubre et rafraîchissante : « On a souvent demandé aux navigateurs à quoi ils pensaient quand ils étaient en mer, et leurs réponses sont presque toujours embarrassées. Moi, je ne pense à rien. Ou plutôt, je ne pense qu'au bateau, sensible à ses bruits, préoccupé uniquement par la volonté de le faire avancer le plus vite possible. Je ne pense qu'au bateau, parce que les tâches du bord sont accaparantes. Le bateau n'est pas, contrairement à ce qu'imaginent certains, la liberté. Naviguer : c'est accepter des contraintes que l'on a choisies. C'est un privilège. La plupart des humains subissent les obligations que la vie leur a imposées. » (*Ibid.*, p. 122.)

16. John Masefield (1878-1967), « Sea-Fever » : « *I must go down to the seas again, to the lonely sea and the sky, / And all I ask is a tall ship and a star to steer her by, / And the wind's song, and the white sail's shaking, / And a grey mist on the sea's face and a grey dawn breaking, / I must go down to the seas again, for the call of the running tide / Is a wild call and a clear call that*

may not be denied ; / And all I ask is a windy day with the white clouds flying, / And the flung spray and the blown spume, and the seagulls crying. / I must go down to the seas again to the vagrant gypsy life, / To the gull's way and the whale's way where the wind is like a whetted knife ; / And all I ask is a merry yarn from a laughing fellow rover, / And quiet sleep and a sweet dream when the long trick's over. » (1902.)

17. Et pourtant le mal de mer n'est nullement indigne de l'attention d'un écrivain. Voyez par exemple ce qu'il peut devenir sous la plume d'un maître – en l'occurrence, le cardinal Newman. En décembre 1830, Newman, qui n'était encore qu'un jeune ecclésiastique anglican en route pour l'Italie, rencontra une tempête durant la traversée de la Méditerranée ; il décrivit cette expérience dans une lettre : « Dans le mal de mer, ce qu'il y a de pire, c'est cette collusion qui s'établit entre tous les objets du bord et le mal lui-même – comme si les choses elles-mêmes étaient malades également. D'abord toutes les chaises et les tables (et surtout, tout ce qui a été déposé sur celles-ci) se mettent en mouvement ; elles bougent, elles montent, elles descendent, tout glisse, tout oscille, une carafe se renverse, couteaux et fourchettes dégringolent, du vin se répand, – et encore ce balancement, et toujours ce balancement ! Dans cette situation, vous continuez à bavarder et à manger, mais avec une précipitation anxieuse, car vous tentez de cacher la détresse que vous cause chaque mouvement du mobilier autour de vous. Finalement, vous êtes malade pour de bon ; vous vous levez – mais voilà que tout tangue et roule, et vous ne pouvez faire un pas. Vous vous cognez à la table, vous vous écrasez contre la paroi de la cabine, vous ne parvenez pas à atteindre la porte – votre unique objectif… Enfin, vous avez réussi à regagner votre couchette, mais la porte se rouvre d'elle-même, et bat à la volée – pan ! pan ! –, et vous écrase les doigts. En fin de compte, toutefois, comme vous êtes étendu maintenant, la situation redevient vaguement tolérable. Vous vous sentez un peu mieux, mais c'est alors une nouvelle épreuve qui commence : le gémissement des cloisons de bois qui divisent l'intérieur du navire. Ce bruit que l'on n'entend pas sur le pont, est considérable en bas, et une fois que vous êtes couché, c'est exactement comme si vous étiez dans un laminoir en pleine activité, et tout ce concert est encore décuplé par

la tempête – et ce sont des craquements, des plaintes et des fracassements. Et votre lit est malade lui aussi, il se balance de haut en bas d'un mouvement (je n'exagère pas) aussi rapide et vertigineux (c'est du moins ce qu'il vous semble) que celui d'une balançoire dans une foire… » (*Letters and Diaries of John Henry Newman*, Oxford, 1978-1984, vol. III, p. 159.)

Mais Newman, ayant payé son dû à la mer, fut poétiquement récompensé. Dans la suite du même voyage, comme il dut passer toute une nuit encalminé dans le détroit de Messine, la vue des lointains feux de la côte lui inspira la plus célèbre de ses œuvres, « Lead Kindly Light » – un poème improvisé d'une haleine, et qui demeure l'un des plus beaux hymnes de la liturgie anglicane.

18. Cité par D. et D. Hays, *My Old Man and the Sea*, Anchor Books, New York-Sydney, 1996, p. 197.

19. Joseph Conrad, « The Torrens : a Personal Tribute », in *Last Essays*. Et Tabarly renchérit spontanément : « La vie à terre pendant longtemps m'a semblé peu intéressante, et même décevante. La vie à terre n'est pas vraiment mon affaire […]. Depuis mon enfance, j'ai l'habitude de naviguer sans voir la côte et le fait d'être seul en mer ne m'a jamais angoissé […]. Pour un marin l'étendue de la mer est un paysage aussi familier que le vide s'ouvrant sous les jambes d'un alpiniste. Pour moi, être en mer, c'est être sur un bateau, et si je suis sur un bateau, je suis chez moi. » (Éric Tabarly, *op. cit.*, p. 306, 155.)

20. Joseph Conrad, « The Secret Sharer », in *Twixt Land and Sea*.

21. Conrad est revenu à plusieurs reprises sur ce paradoxal sentiment de sécurité : « Un marin éprouve un profond sentiment de sécurité dans l'exercice de sa profession. La vie exigeante de la mer a, sur celle de la terre, cet avantage que ses obligations sont simples et impossibles à éluder. » (*Chance*, chap. I.)

22. Hilaire Belloc, *The Cruise of the Nona*, Century Publishing, Londres, 1983 (réédition précédée d'une introduction de Jonathan Raban), p. 346-347. (L'édition originale date de 1925.)

Dans le sillage de Magellan

Que savez-vous de Magellan ?

Posez la question à un honnête homme – un homme dont la culture est faite de ce qui reste quand on a tout oublié (comme disait si bien Édouard Herriot) – et il vous répondra sans doute : « Navigateur portugais qui démontra que la Terre est ronde en effectuant la toute première circumnavigation du globe au premier quart du XVIe siècle. » Cette réponse est incomplète et partiellement fausse.

Premièrement, tout portugais qu'il fut, Magellan naviguait pour le compte de l'Espagne, personnellement commissionné par Charles Quint. Son origine étrangère provoqua d'ailleurs la méfiance et le ressentiment de son état-major castillan ; plusieurs officiers le détestaient, et leur hostilité culmina en une mutinerie qui faillit mettre prématurément fin à toute l'expédition.

Deuxièmement, Magellan se fit tuer à mi-route dans une absurde échauffourée avec des indigènes philippins auxquels il avait eu l'imprudente idée d'administrer une leçon. La circumnavigation ne fut donc pas accomplie par lui, mais bien par son subordonné,

Elcano (qui avait d'ailleurs compté au nombre de ses adversaires).

Troisièmement, on savait déjà depuis la Grèce antique que la Terre était ronde. Un mathématicien classique en avait d'ailleurs très exactement calculé la circonférence. La plupart des Pères de l'Église en convenaient, suivis en cela par les lettrés médiévaux. Ce que l'expédition démontra – faisant de Magellan l'involontaire ancêtre idéologique de la globalisation –, c'est la circumnavigabilité du globe : tous les océans communiquent ; contrairement à ce qu'imaginaient les anciens cartographes, ce ne sont pas des lacs encerclés d'impénétrables masses continentales.

Et enfin, cette circumnavigation fut une improvisation imposée par la force des choses : elle n'avait jamais constitué l'objet de l'expédition. Le vrai but du voyage était tout différent : il s'agissait de trouver une autre voie d'accès aux épices de l'Orient – et il avait été prescrit de rentrer par ce même chemin.

À l'aube de la Renaissance, les premiers grands voyages de découvertes avaient été le fait de navigateurs portugais dont l'audace et le savoir marins restèrent longtemps inégalés en Occident. Dans un premier temps, ils réussirent à contourner l'Afrique, puis poussèrent vers l'Inde et jusqu'à la péninsule malaise. Initialement, l'impulsion de ces prodigieuses navigations avait été d'ordre religieux et stratégique. L'idée était d'établir une jonction entre la chrétienté d'Occident et le mythique « Prêtre Jean » que l'on croyait d'abord établi en Éthiopie, puis en Inde, et de prendre ainsi l'islam à revers. Mais dans le cours de cette quête mystique, apparut très rapidement la possibilité d'une exploitation commerciale fabuleusement lucrative : le trafic des épices.

Avec l'or, les épices ont longtemps constitué le principal étalon de la vie économique de l'Europe entière : le poivre se vendait au grain (notez qu'à la même époque, il en allait de même en Chine : sous la dynastie des Ming, le traitement des fonctionnaires impériaux était versé moitié en espèces et moitié en mesures de poivre). En sus du poivre, il y avait encore la noix de muscade et les clous de girofle dont l'unique source de production se trouvait dans les îles Moluques, que les Occidentaux connaissaient de nom, mais où ils n'avaient pas encore réussi à aborder. Durant plusieurs siècles, les épices orientales avaient été acheminées vers l'Occident par les marchands arabes ; à partir d'Alexandrie, leur distribution dans toute l'Europe relevait ensuite exclusivement du monopole de Venise.

Mais une fois que les Portugais se furent établis sur la côte du Malabar, puis surtout à Malacca, ils se mirent à traiter avec des caboteurs malais qui apportaient directement à leurs factoreries les épices en provenance des Moluques. Court-circuitant ainsi l'ancien monopole arabo-vénitien, le Portugal se trouva soudain contrôler une inépuisable source de richesses. L'Espagne voulut bientôt imiter son exemple ; pour empêcher leur compétition commerciale de dégénérer en un conflit armé qui eût affaibli la chrétienté, les deux royaumes adoptèrent la solution initialement suggérée par le pape, et, par un traité, divisèrent le monde en deux zones : l'orientale serait domaine portugais, tandis que l'occidentale relèverait de la Castille. Comme cet accord interdisait aux Espagnols d'emprunter la traditionnelle route orientale pour atteindre les épices, l'idée d'explorer une voie d'accès alternative, par l'ouest, parut de plus en plus séduisante. Du reste, cela avait déjà été le rêve de Christophe Colomb ; jusqu'à sa mort (1506), celui-ci demeura convaincu qu'il avait abordé en Extrême-Orient – il lui aurait suffi, pensait-il, de naviguer quelques centaines de lieues vers le nord, et il aurait atteint Hangzhou, l'ancienne capitale de l'Empire chinois !

Toutefois, au début du XVIe siècle, on commença à percevoir plus clairement la présence d'une barrière continentale se dressant entre l'Europe occidentale et l'Extrême-Orient. On sous-estimait la largeur de cette « Terre ferme » et on en ignorait la longueur ; mais on savait maintenant que, de l'autre côté, il y avait une mer inconnue, « la mer du Sud » (l'océan Pacifique), Balboa l'avait entrevue après avoir traversé à pied l'isthme de Panama (1513). Mais comment l'atteindre par bateau ?

Deux ans plus tard, un navigateur portugais (João Dias de Solis), qui avait longé la côte du Brésil, finit par découvrir la vaste embouchure du rio de la Plata ; il s'y engagea, croyant avoir trouvé l'entrée du passage qui conduisait à la « mer du Sud ». Il s'aperçut trop tard de son erreur : les Indiens riverains le tuèrent et le mangèrent (1516).

La division du monde en deux hémisphères, l'un occidental attribué à l'Espagne, l'autre oriental attribué au Portugal, était purement théorique en ce sens que son tracé géographique ne pouvait être déterminé sur place : à la différence des parallèles de latitude qui courent d'est en ouest et se réfèrent à une donnée naturelle (ils se mesurent en observant la position du Soleil et des autres astres), les méridiens de longitude (qui courent du nord au sud) sont une abstraction conventionnelle : il ne fut jamais possible de calculer leur position exacte avant l'invention du chronomètre de marine (seconde moitié du XVIIIe siècle).

Aussi cette division se réduisait finalement à une pratique vague et générale : les expéditions qui mettaient le cap à l'est relevaient du domaine portugais, celles qui mettaient le cap à l'ouest, du domaine espagnol, et les terres inconnues appartenaient à qui les découvrait. Dès la première moitié du XVIe siècle, les théologiens de Salamanque mirent en question la valeur éthique d'un partage du monde qui faisait ainsi fi du droit naturel et du point de vue des indigènes. Une objection plus irréfutable surgit dans la seconde moitié du siècle, avec l'irrésistible croissance de deux nouvelles puissances maritimes : l'Angleterre et la Hollande. Comme l'ambassadeur d'Espagne exigeait réparation pour les raids et pillages auxquels sir Francis Drake s'était livré dans le Pacifique, la reine Élisabeth lui répondit : « La mer du Sud, comme tout le reste de l'océan, est un bien commun à tous. La donation faite par l'évêque de Rome d'un pays qui ne lui appartient pas n'est qu'une chimère. Les Espagnols n'ont pas plus de droit que les autres à ce qu'ils ont usurpé sur les anciens possesseurs, et l'on n'est pas propriétaire d'un pays pour y avoir bâti quelques cabanes, pour y avoir donné un nom de saint à un cap ou à une rivière. »

Mais n'anticipons pas. À l'époque de Magellan, on n'en était pas encore là, et quand celui-ci présenta à Charles Quint son idée visionnaire – il doit y avoir, au sud de la « Terre ferme », un passage conduisant directement aux îles des épices – le grand monarque saisit aussitôt le prodigieux avantage que l'Espagne pourrait retirer de pareille entreprise : la possibilité d'atteindre la source même de la prospérité portugaise par cette voie neuve et entièrement légitime. La cour portugaise, que, précédemment, Magellan avait vainement tenté d'intéresser à son projet, se rendit compte un peu tard que cette expédition allait mettre son commerce oriental en péril. Finalement, les forces portugaises tentèrent, sur tous les océans, de faire échouer l'entreprise de Magellan ; elles n'y réussirent que très partiellement.

Charles Quint confia donc à Magellan le commandement suprême d'une flottille de cinq nefs montées par 237 hommes. Magellan lui-même, dont on sait fort peu de chose, semble avoir été soldat bien plus que marin ; il avait servi pendant sept ans dans les possessions portugaises de l'Inde et de la péninsule malaise ; il y avait acquis son expérience de l'Orient et de la navigation et s'était distingué par sa bravoure au combat. Ses officiers et ses équipages étaient pour plus de la moitié composés de sujets du royaume de Castille (surtout des Andalous et des Basques), mais avec un fort élément cosmopolite : une trentaine de Portugais, une vingtaine d'Italiens (principalement des Génois), quelques Français, des

Grecs, quelques Flamands. Les nefs étaient de petits bâtiments à trois mâts, d'une vingtaine de mètres de longueur, à peine la taille d'un grand yacht moderne : les hommes s'y trouvaient entassés dans un espace minuscule. Les vivres comportaient vin, huile, vinaigre, biscuits, anchois en caques, poisson fumé, lard fumé, fèves, lentilles, farine, ail, oignons, fromages oints d'huile et mis en barils. Ces vivres allaient se montrer insuffisants lors de la traversée du Pacifique, dont nul n'avait prévu l'immensité, et surtout ils ne comportaient aucun aliment qui pût prévenir le scorbut : ce mal effroyable dont on ignorait encore la cause (fort simple en fait : il s'agit d'une carence de vitamines à laquelle on peut remédier en buvant du jus de limette et en mangeant de la choucroute, comme le capitaine Cook le fit faire à ses hommes deux cent cinquante ans plus tard) devait tuer la moitié des équipages – plus de monde que tous les combats, accidents et autres maladies réunis.

L'inventaire des équipements est fort précis : il y avait encore « huit vases de nuit et trois ratières pour chaque nef, cinq tambours et vingt tambourins pour le divertissement ». Et enfin les cadeaux et marchandises pour le troc : « 200 bonnets rouges, 200 mouchoirs rouges, 20 000 grelots de trois sortes, 400 douzaines de couteaux d'Allemagne des plus mauvais, 50 douzaines de ciseaux, 1 000 miroirs, 1 000 peignes. »

Les cartes et instruments de navigation étaient d'une insuffisance dérisoire : il était impossible de calculer la longitude ; les distances parcourues ne pouvaient être évaluées que par une estime imprécise ; et même si les navigateurs avaient pu déterminer les coordonnées exactes de leur position, cette position elle-même ne pouvait jamais être qu'un point dans l'inconnu.

Notons enfin que deux aumôniers – avec tout leur équipement (vases sacrés, vêtements liturgiques, autels) – étaient attachés à l'expédition, dont la dimension religieuse et apostolique reste significative (comme on le verra dans ce qui suit).

La flottille quitte l'Espagne en septembre 1519. En décembre, elle arrive au Brésil, où elle fait relâche, le temps de procéder à terre à l'exécution du maître d'une des nefs (chaque nef était commandée par un capitaine, assisté d'un maître et d'un pilote) que Magellan avait condamné à mort en cours de route : il avait sodomisé un mousse.

La flottille pousse vers le sud aussi longtemps que la saison le permet. Les jours raccourcissent, le temps devient de plus en plus froid et inclément, le mécontentement grandit parmi les capitaines espagnols auxquels Magellan refuse de découvrir le fond de son projet. Magellan décide d'hiverner dans une baie désolée de Patagonie. La mutinerie éclate : un des capitaines est tué, un autre est condamné, décapité et écartelé. Quant au vrai meneur et à un des prêtres, son complice, ils seront tous deux abandonnés sur une grève déserte, munis d'une épée et d'une bouteille de vin – on n'en entendra plus jamais parler. Cette fausse clémence (plus cruelle, en fait, qu'une exécution) fut due sans doute au fait que le premier était apparenté à un grand d'Espagne, tandis que le second était un homme de Dieu. Après un sombre hivernage de cinq mois (à cette latitude, en hiver, les jours n'ont que quatre ou cinq heures de lumière) – du début d'avril à la fin d'août –, la flottille, diminuée maintenant d'une unité (une des nefs a été drossée à la côte et mise en pièces par un violent coup de vent), poursuit sa route vers le sud. En octobre 1520 – un an et un mois après le départ d'Espagne –, Magellan découvre enfin l'entrée de ce qu'il pressent être le passage tant recherché – le détroit qui portera son nom. Le détroit de Magellan a quelque six cents kilomètres de long ; il est généralement large et profond, mais il est semé de rochers et suit un cours capricieux et accidenté entre de hautes montagnes enneigées et sauvages d'où dévalent des coups de vent glacé. Vers la fin du trajet, lorsque les hommes de la chaloupe envoyée en reconnaissance revinrent annoncer à Magellan qu'« ils avaient trouvé la mer grande et large, le capitaine général, de joie qu'il eut, commença à pleurer ». C'est la seule touche d'émotion que nous connaissions de lui.

Magellan avait traversé le détroit en trente-quatre jours. Un grand demi-siècle après lui, Drake réussira à effectuer le même passage en seize jours – en hiver ! –, aidé par des vents favorables. Mais le détroit est d'une navigation si difficile et dangereuse qu'il fut rarement utilisé par la suite. Le vrai chemin des voiliers est beaucoup plus au sud ; il fut découvert en 1616 par un navigateur hollandais qui, le premier, contourna – et baptisa du nom de sa ville natale – le cap Horn.

La flottille – qui maintenant ne compte plus que trois navires (une des nefs a fait désertion à l'entrée du détroit ; elle regagne l'Espagne, où, sitôt arrivés, les hommes qui la montent sont jetés en prison) – s'engage dans l'océan Pacifique qu'elle mettra presque trois mois à traverser en diagonale (du sud-est à l'ouest-nord-ouest), c'est-à-dire de la sortie du détroit jusqu'à l'île de Guam.

Cette traversée fut atroce. À court de vivres, les équipages en furent réduits à dévorer les garnitures de racage du gréement. L'Italien Pigafetta, chroniqueur du voyage, décrit leur misère (la version originale de son récit a disparu, mais on en a conservé la traduction française d'époque) :

> Mercredi 23 novembre 1520, nous saillîmes hors dudit détroit et entrâmes en la mer du Pacifique, où nous demeurâmes trois mois et vingt jours sans prendre vivres frais. Nous ne mangions que du vieux biscuit tourné en poudre, tout plein de vers et puant, pour l'ordure de l'urine que les rats avaient faite dessus et mangé le bon, et buvions une eau jaune infecte. Nous mangions aussi les peaux de bœuf qui étaient sur la vergue d'artimon, et qui étaient très dures à cause du soleil, de la pluie et du vent. Et nous les laissions par quatre ou cinq jours en la mer, puis les mettions un peu sur les braises, et ainsi les mangions. Et encore assez de sciure d'ais et des rats qui coûtaient un demi-écu l'un, et encore ne s'en pouvait-il trouver assez.

Mais la pire horreur était la putréfaction du scorbut qui transforme ses victimes en cadavres ambulants avant même de les tuer :

> Leurs gencives enflaient tant qu'ils ne pouvaient se nourrir et trépassaient, si bien que les rescapés soi-

gnèrent et lavèrent leurs gencives avec de l'urine et de l'eau de mer.

Manquant en aveugle toute la Polynésie, les nefs traversèrent l'immensité du Pacifique sans voir aucune terre, à l'exception de deux îlots inabordables et inhabités. Les commentateurs modernes s'interrogent sur l'identification de ceux-ci, mais je ne pense pas qu'il puisse s'être agi d'atolls, comme on l'a parfois pensé. Les descriptions originales suggèrent plutôt un profil de falaises abruptes, d'origine sans doute volcanique ; en fait, je me demande si les navigateurs n'auraient pas aperçu les petites îles Pitcairn et Henderson.

Après la brève escale de Guam, où des provisions fraîches font revivre les équipages, les nefs descendent sur les Philippines. À l'île de Cebu, Magellan établit des liens d'amitié avec le roi. Après une semaine, ce dernier déclare qu'il veut se faire chrétien. On le baptise, lui, la reine, la cour et deux mille sujets ; on bricole une église improvisée, on plante de grandes croix sur les collines alentour. Magellan veut asseoir l'autorité du « roi chrétien » sur tous les souverains du voisinage. L'un de ceux-ci se rebiffe ; Magellan décide de le punir et en même temps de montrer au « roi chrétien » l'invincible supériorité militaire de ses nouveaux alliés et protecteurs. Avec une chaloupe montée seulement par quarante hommes, il effectue un débarquement dans l'île des récalcitrants ; mais ces derniers, cinquante fois plus nombreux, tuent Magellan et six de ses hommes, forçant les autres à se rembarquer en hâte. Cette déroute inopinée donne à penser au « roi chrétien » : les étrangers ne sont que des visiteurs temporaires, tandis que les voisins sont permanents – mieux vaut se réconcilier avec ces derniers. En une soudaine embuscade, il massacre vingt-six officiers et marins invités à terre, mais ne réussit pas à s'emparer des trois nefs qui, en panique, mettent aussitôt à la voile, abandonnant à terre morts, mourants, blessés et otages. Toute l'escale de Cebu n'aura duré que vingt-trois jours.

Privée de son chef et n'ayant plus d'effectifs suffisants, l'expédition sacrifie une nef : on la brûle, son équipage et ses équipements sont répartis sur les deux navires restants, *Trinidad* et *Victoria*. Pendant huit mois (mai-décembre 1521), toujours à la recherche des clous de girofle, ils vont sillonner le dédale d'îles de l'archipel indonésien, s'adonnant tantôt au commerce, tantôt à d'occasionnelles pirateries. Ils découvrent enfin les Moluques, où ils passent six semaines dans l'île de Tidore – principale productrice des clous de girofle. Chargé de sa précieuse cargaison, le *Victoria* met à la voile pour l'Europe, sous le commandement d'Elcano ; il n'est pas question que son équipage, réduit et affaibli, puisse affronter à nouveau l'immensité du Pacifique, ainsi que les rigueurs et les dangers du détroit de Magellan : on suivra donc la route portugaise traditionnelle. Le *Trinidad* n'est pas en état de suivre immédiatement : il doit d'abord caréner ; sa coque mangée par des tarets n'est plus qu'une passoire. Après des déboires sans nombre, il finira d'ailleurs par tomber aux mains des Portugais ; les derniers survivants de son équipage, après un long séjour dans les geôles portugaises de Malaisie, d'Inde et d'Afrique, finiront par regagner l'Espagne bien des années plus tard.

En sept mois, le *Victoria* traverse donc l'océan Indien, double le cap de Bonne Espérance et atteint enfin les îles du Cap-Vert. Il a encore perdu treize hommes en cours de route : épuisement et maladies. Le navire fait eau : on doit pomper sans relâche. Au Cap-Vert, Elcano veut acheter des esclaves pour les atteler aux pompes que son équipage n'a plus la force de manier ; il envoie douze hommes à terre pour négocier cet achat, qu'il pense payer en clous de girofle. Alertées par cette offre, les autorités portugaises soupçonnent le *Victoria* d'avoir empiété sur le domaine portugais : ils arrêtent les douze hommes et s'apprêtent à confisquer la nef et sa précieuse cargaison. Elcano n'a que le temps de lever l'ancre ; avec un effectif encore plus squelettique, on ne peut d'ailleurs plus guère hisser la trop lourde grand-voile qu'à mi-mât…

Le 6 septembre 1522, le *Victoria* regagne son point de départ, Sanlúcar de Barrameda, trois ans après l'avoir quitté. Des membres de l'expédition, il ne reste plus à bord que dix-huit hommes. Le mardi 9 septembre, « ils entrèrent dans Séville en procession, nu-pieds et en chemise, chacun tenant un cierge allumé à la main, pour rendre grâce à Dieu de les avoir reconduits vivants à bon port ». Et comme, bien plus tard, Phileas Fogg devait le constater à son tour, ils découvrent avec stupeur qu'en faisant le tour du monde ils avaient, sans le vouloir, gagné un jour

– « en sorte qu'ils avaient mangé chair le vendredi, et qu'ils avaient célébré Pâques un lundi ».

Il ne faudrait pas que les lecteurs s'abusent sur l'étendue de mon savoir. En fait, sur le sujet de Magellan, je ne savais guère plus que l'hypothétique honnête homme évoqué en commençant. Seulement, je viens d'achever la lecture du superbe *Voyage de Magellan (1519-1522). La relation de Pigafetta et autres témoignages*, édition établie par Xavier de Castro, Jocelyne Hamon et Luis Filipe Thomaz, préface de Carmen Bernand et Xavier de Castro. Deux volumes – mille pages – d'une édition savante de tous les témoignages d'époque (version française ancienne, traductions modernes de l'espagnol, du portugais et du latin) ; l'introduction, le commentaire et les notes géographiques, historiques, linguistiques et anthropologiques donnent une information riche, complète, rigoureuse et passionnante : la précision et la clarté du travail sont tout simplement prodigieuses [1].

Dans tout ce qui précède, j'ai à peine effleuré ce qui fait de cette lecture une expérience singulièrement troublante. Le dépaysement, l'exotisme le plus radical ne sont pas ici le fait de peuplades lointaines parlant des langues incompréhensibles et cultivant de bizarres pratiques religieuses, sexuelles et autres : non, c'est bien plutôt le degré auquel Magellan et ses compagnons nous paraissent *inconnaissables*. Dans une lettre à une femme de lettres qui écrivait des

1. Éditions Chandeigne, Paris, 2007.

romans historiques, Henry James souligne (très courtoisement) l'essentielle impossibilité de son entreprise : « Vous pouvez multiplier les "petits faits" qu'on peut trouver dans les peintures, documents, objets et gravures, tant que vous voulez – la chose réelle est presque impossible à faire, et son effet se réduit essentiellement à zéro. Je veux dire l'invention, la représentation d'une CONSCIENCE ancienne, l'âme, le sentiment, l'horizon, la vision qu'avaient des individus dans l'esprit desquels la moitié de ce qui meuble notre esprit est absent. Vous devez vous figurer, avec votre équipement moderne, un homme, une femme – ou plutôt cinquante – dont le mode de pensée était intensément conditionné d'une autre façon ; vous devez les simplifier par un extraordinaire tour de force – et même ça, c'est encore une forme d'escroquerie… »

Ce qui fait la bouleversante puissance du présent livre, c'est justement qu'il *est* « la chose réelle », dans tout son mystère.

Un dernier mot… à propos du « roi chrétien » (et de ses sujets convertis en une semaine et baptisés à la lance d'arrosage) sur qui nos navigateurs avaient fondé tant d'espérance, mais dont la trahison ne leur parut pas autrement surprenante (après tout, les rois chrétiens d'Europe se comportaient à peu près de même). Il existe encore en Indonésie – précisément du côté des Moluques – de très anciennes communautés chrétiennes dont la fidélité est d'autant plus héroïque qu'elles sont persécutées par l'islamisme militant. Chose remarquable, les jésuites accueillent aujourd'hui plus de novices dans leurs séminaires d'Indonésie qu'ils n'en recrutent dans leur province australienne toute voisine. Dès à présent, on peut prévoir le jour où ce seront des missionnaires indonésiens qui viendront prêcher l'Évangile dans une Australie complètement déchristianisée…

Comme disent les Portugais : « Dieu écrit droit avec des lignes courbes [1]. »

1. *Deus escreve direito por linhas tortas.*

Les naufragés des Auckland [1]

Un des plus précieux cadeaux qu'on puisse se faire entre amis, c'est encore (il me semble) de se signaler l'un à l'autre de bons livres dont on n'aurait sinon jamais connu l'existence. Depuis plusieurs années déjà, Michel Déon et moi entretenons une correspondance dont je ne me rappelle plus maintenant comment elle avait débuté mais qui se poursuit sur une base solide, car elle se nourrit de goûts que nous avons en commun : la mer, les îles, les bons auteurs (Joseph Conrad...). Il y a quelque temps, Déon eut ainsi l'amicale idée de joindre à une de ses lettres la photocopie d'une page des derniers *Journaux de guerre* d'Ernst Jünger ; il avait justement deviné qu'elle m'intéresserait fort, mais que je ne l'aurais sans doute jamais découverte par moi-même (car je ne suis pas précisément un fervent lecteur de Junger [2]). Voici cette page – datée du 28 décembre

1. Préface au récit de F. E. Raynal, réédité par La Table ronde, Paris, 2011.

2. Je n'ai jamais réussi à lire Jünger ; une première tentative pour escalader ses *Falaises de marbre* m'a découragé. (Je ne m'en vante pas.) Mais en ce qui concerne le second volume de ses *Journaux de guerre, 1939-1948*, quelques lignes d'un excellent

1944 : Jünger est rentré chez lui à la campagne, en semi-disgrâce politique tandis que l'Allemagne achève de s'effondrer dans la défaite :

Ai commencé la lecture fort actuelle de récits de naufrages, et tout d'abord Raynal : *Les Naufragés*. L'ouvrage raconte la robinsonnade de l'auteur et de ses quatre compagnons, échoués sur l'archipel des Auckland au sud de la Nouvelle-Zélande. Les naufragés vivaient de la chair des lions de mer qui sont nombreux dans cette contrée, de poissons, de coquillages, d'œufs d'albatros et de baies sauvages [...]. Le climat est rude, pendant des semaines entières, les tempêtes hurlent autour des bastions rocheux où se brise la houle du Pacifique. Le sol tourbeux porte des forêts rabougries par le vent ; dans ces taillis passent des oiseaux aux couleurs vives et parmi eux un petit perroquet gris qui niche dans les cavernes et dont la poitrine s'orne d'une tache rouge vif.

La petite communauté est active, dresse d'abord une tente avec les voiles sauvées du naufrage, puis une cabane et un atelier avec forge et menuiserie, où se construit en vingt mois un bateau capable de tenir la mer. C'est sur cet esquif qu'ils purent atteindre en juillet 1865 l'île Stewart, située à la pointe sud de la Nouvelle-Zélande. L'auteur est simple, clair, plein de

---

critique m'incitent maintenant à surmonter mes préjugés : « Le Jünger de la Première Guerre exaspère et ne méritait sans doute pas la Pléiade, alors que celui de la Deuxième a écrit un livre sans précédent dans la littérature contemporaine. Un livre à lire dans sa continuité, comme un roman d'éducation à l'envers : comment un homme adulte désapprend ce à quoi il a toujours cru, et découvre l'humain qui est en lui. » (Compte-rendu par Christophe Mercier, *Commentaire,* n° 123, automne 2008.)

common sense. Comme facteur favorable à la vie en commun, il mentionne la lecture de la Bible et la prière collective ; à l'inverse, les boissons fermentées et les jeux de cartes sont dangereux. Ainsi brûle-t-on les cartes à jouer et l'on détruit du matériel de distillation.

Le livre vaudrait la peine d'être traduit [1].

J'ai reproduit presque en entier ce long passage, car malgré l'une ou l'autre inexactitudes [2], il résume bien le livre de Raynal, et en souligne quelques-uns des traits les plus remarquables. Bien entendu, je me suis empressé de me procurer le récit en question ; mais avant même d'avoir pu en prendre connaissance, son résumé m'avait aussitôt rappelé une inoubliable lecture de jeunesse, *L'Île mystérieuse* de Jules Verne : là également cinq compagnons (un ingénieur, un marin, un journaliste, un serviteur et un jeune garçon) se trouvent accidentellement jetés sur une île déserte du Pacifique sud, au large de la Nouvelle-Zélande ; n'ayant que leur courage, leur intelligence, leur ingéniosité et leur foi pour toutes ressources, ils réussissent progressivement à se reconstituer un petit monde matériellement vivable et humainement civilisé. Naturellement, avec sa fabuleuse imagina-

1. Ernst Jünger, *Journaux de guerre II, 1939-1948*, Gallimard, Bibliothèque de la Pléiade, 2008, p. 782.

2. Par exemple, Jünger écrit : « La petite communauté se construit en vingt mois un bateau capable de tenir la mer. » En fait, la petite communauté passa une longue année à espérer la venue d'un hypothétique secours extérieur. Puis quand elle se rendit compte que, pour se sauver, elle ne pourrait compter que sur elle-même, elle construisit son bateau en six mois.

tion, Jules Verne développe toute une série d'incidents originaux pour enrichir ce canevas de base ; mais d'emblée il paraît évident qu'au départ il s'est inspiré du récit de Raynal ; cette impression est encore confirmée et par la chronologie des deux publications [1], et, au fil de l'un et l'autre récits, par la similitude d'une multiplicité de détails concrets, trop nombreux pour qu'il puisse s'agir de simples coïncidences. Bien entendu, cela n'enlève rien au génie de Jules Verne ; si je mentionne ici ce rapprochement, c'est simplement parce qu'il s'agit d'un intéressant point d'histoire littéraire, qui (à ma connaissance) semble avoir échappé à l'attention de ses biographes. Mais maintenant revenons à Raynal.

De Raynal, nous ne savons guère que ce qu'il nous raconte lui-même. Né en 1830, dans une bonne famille de la bourgeoisie provinciale du Sud-Ouest, il commence de solides études malheureusement interrompues dès l'âge de 14 ans par la ruine financière de son père. Il s'embarque alors comme mousse sur un trois-mâts, puis abandonne la mer pour exercer, à l'âge de 19 ans, un emploi de régisseur dans une plantation de l'île Maurice. Trois ans plus tard, il gagne l'Australie pour se joindre à une nouvelle « ruée vers l'or ». Pendant onze ans, il mène la rude vie des camps de mineurs et de chercheurs d'or dans la brousse de la Nouvelle-Galles-du-Sud. N'ayant pas réussi à faire fortune, il songe à regagner enfin la

---

1. *Les Naufragés des Auckland* fut publié (et frappa l'opinion) en 1870. Les trois volumes de *L'Île mystérieuse* parurent en 1874-1875.

France ; mais avant cela, à Sydney, des amis plus fortunés le persuadent de tenter pour eux une dernière aventure : il s'agit d'aller vérifier l'existence d'une hypothétique mine d'étain aurifère dans une île inhabitée, l'île Campbell, possession subantarctique de la Nouvelle-Zélande ; là, à défaut de mine, il pourrait prospecter aussi les possibilités d'entreprendre la chasse aux phoques. À cette fin, il affrète donc une petite goélette, le *Grafton* ; quoique bon marin, il n'a pas les qualifications requises pour commander un bâtiment au long cours, et il engage donc un capitaine, Thomas Musgrave, un Américain âgé de 32 ans, et recrute deux matelots, un Anglais et un Norvégien, ainsi qu'un cuisinier-steward portugais – trois solides gars de moins de 30 ans. L'expédition est infructueuse : à l'île Campbell il n'y a ni mine ni phoques. Sur la route du retour, le *Grafton* s'arrête à l'île Auckland, la plus grande (40 kilomètres de long) de l'archipel du même nom – une autre île subantarctique, inhabitée également, mais riche en phoques et lions de mer. Coincé au fond d'un fjord par une tornade violente et soudaine, le *Grafton* fait naufrage. Dans cette île âpre, au climat épouvantable, le premier problème des naufragés est brutalement élémentaire : comment survivre ? Avec le passage des semaines et des mois, un second problème se dessine : comment s'échapper de cette affreuse prison naturelle ? Bien que les Auckland soient situées sur la route approximativement suivie par les voiliers qui se rendent d'Australie en Europe via le cap Horn, hormis les rares navires qui viennent y faire naufrage, l'archipel n'a guère de visiteurs volontaires. L'attente d'un secours venu de l'extérieur paraît donc de plus en plus vaine ; les naufragés du *Grafton* devront-ils finir leurs jours dans cette abominable désolation ?

Dans leur état de dénuement extrême (car ils n'ont pas pu sauver grand-chose de l'épave), les naufragés font face tout d'abord à des problèmes matériels qui paraissent presque insurmontables. Mais d'emblée, l'étonnant savoir-faire pratique accumulé par Raynal au cours de son aventureuse existence va faire merveille. Sous sa direction, le premier grand travail de la petite communauté est l'érection d'une cabane en bois solidement amarrée au sol pour défier les ouragans venus de l'Antarctique. Avec ses connaissances de chimie appliquée, il réussit à faire du ciment pour sceller les pierres de la cheminée, du tannin pour rendre imputrescibles les peaux de phoque (qui vont bientôt remplacer les vêtements tombés en guenilles, et permettre de tailler des bottes [1]) ; il invente même une méthode pour fabriquer un excellent savon ! Il est légitimement fier de ses réalisations, mais sans

1. Raynal fit don d'une paire de bottes en peau de phoque (tannées, taillées et cousues par lui-même) à ce qui était alors la bibliothèque publique et le musée de Melbourne. Entre-temps, ces deux institutions se sont scindées, et la précieuse relique de Raynal est conservée maintenant dans la bibliothèque de l'État de Victoria (Victoria State Library, Melbourne). Au moment où j'écris ces lignes, on n'a pas encore retrouvé la trace des autres objets offerts par Raynal (une peau de phoque tannée, une paire de soufflets de forge en peau de phoque, et une aiguille à voile faite d'un os d'albatros). Aux toutes dernières nouvelles, on ne désespère pas de remettre la main sur les soufflets de forge, mais l'aiguille faite d'un os d'albatros semble bien avoir été égarée.

nulle vantardise – et elles sont du reste attestées par un précieux document : le *Journal* qu'a tenu le capitaine Musgrave tout au long des vingt mois de leur commune épreuve [1].

Toutefois ces diverses entreprises ne sont rendues possibles que par la bonne cohésion de la petite communauté – et dans ce domaine politique, psychologique et moral, Raynal a fait positivement preuve de génie. À bord d'un bateau, l'autorité du capitaine est absolue ; mais si le bateau vient à sombrer, cette autorité se dissout : le capitaine n'est plus qu'un naufragé parmi d'autres, son commandement n'est plus assis sur rien. Dès les premières semaines qui suivirent le naufrage, le capitaine Musgrave note avec

1. Le titre complet de l'édition de ce journal publié à Londres par Lockwood & Co en 1866 est : *Castaway on the Auckland Isles – a narrative of the wreck of the « Grafton » and of the escape of the crew after twenty months suffering – from the private journals of Captain Thomas Musgrave, together with some accounts of the Aucklands.* Musgrave s'astreignait chaque dimanche à noter dans son journal les principaux événements de la semaine écoulée ; il y consignait aussi des observations météorologiques précises et détaillées. Ses rares réflexions personnelles expriment surtout ses crises récurrentes de désespoir : seul des cinq compagnons, Musgrave avait femme et enfants – il se tourmentait en songeant que sa disparition les laissait complètement sans soutien matériel ; à certains moments, il était tenté par l'idée du suicide, comme Raynal en fait d'ailleurs discrètement état. Quand Musgrave mentionne Raynal, il l'appelle toujours « Monsieur Raynal ». Quant aux membres de l'équipage, à l'inverse de Raynal, il ne les désigne jamais par leur nom personnel – il se contente de dire « les hommes », « un homme ». La bouteille d'encre ayant rapidement fait défaut, Musgrave continua d'écrire en trempant sa plume dans du sang de phoque.

inquiétude dans son *Journal* le changement d'attitude qu'il perçoit confusément chez les trois matelots – mais c'est un malaise auquel il ne sait comment porter remède :

Jusqu'à présent les hommes travaillent bien et se comportent de façon très obéissante et respectueuse à mon égard, mais je sens un certain esprit d'obstination et d'indépendance qui s'infiltre parmi eux. Il est vrai, maintenant je ne suis plus investi d'aucun pouvoir de commandement sur eux ; pourtant je partage avec eux tout ce que nous avons pu sauver de l'épave, et j'ai travaillé aussi dur qu'eux pour tâcher d'assurer leur confort, et il me semble que la gratitude devrait les inciter à demeurer obéissants et de bonne volonté. Mais comment pourrait-on jamais attendre la moindre gratitude de la part d'un matelot ? Jusqu'à présent ils n'ont pas encore refusé de faire ce que je leur disais de faire, mais ils l'exécutent d'une façon qui semble dire clairement : « Pourquoi ne le fais-tu pas toi-même ? »

D'emblée, Raynal a bien vu le problème ; la construction de la cabane une fois achevée, il fait une claire analyse de la situation :

Mais il ne suffisait pas de pourvoir au matériel de la vie ; le côté moral réclamait aussi notre attention. Assurément, nous avions, depuis notre naufrage, vécu ensemble dans l'union et la concorde, je puis même dire dans une véritable fraternité ; cependant il était arrivé quelquefois tantôt à l'un tantôt à l'autre d'entre nous de s'abandonner à un mouvement d'humeur, de laisser échapper une parole désobligeante, qui naturellement provoquait une repartie non moins vive, or des habitudes d'aigreur, d'animosité, s'établissant parmi nous,

> pouvaient avoir des conséquences désastreuses. Nous avions tant besoin les uns des autres ! [...] Il était évident que nous n'avions de force que par notre union, que la discorde et la division seraient notre ruine. Mais l'homme est si faible que la raison, le souci de sa dignité et même la considération de son intérêt ne suffisent pas toujours à le maintenir dans le devoir.

Et il tire la conclusion : « Il faut qu'une règle extérieure, une discipline protège l'homme contre les défaillances de sa volonté. »

En mer, le maintien de l'ordre exigeait, par la force des choses, un régime despotique ; mais maintenant, pour assurer l'ordre à terre, il va falloir transformer le système en une sorte de monarchie constitutionnelle, librement acceptée de tous. Raynal suggère donc à ses compagnons « de se choisir non pas un maître, ni un supérieur, mais un chef de famille » – ou mieux, « une sorte de frère aîné ». Le devoir de ce dernier sera de maintenir la discipline et l'harmonie de la communauté, de trancher les éventuels conflits. Il dirigera et distribuera les tâches ordinaires, mais dans les circonstances graves ne pourra prendre de décision sans l'assentiment de la majorité. S'il abusait de son autorité, la communauté se réserve le droit de le destituer et de nommer un autre à sa place. Cette Constitution adoptée à l'unanimité fut inscrite sur la page de garde d'une Bible sauvée du naufrage, « on devait la lire tous les dimanches avant de prononcer la prière ; puis tous, la main sur le volume sacré, nous jurâmes obéissance et respect à notre Constitution ».

Il fut décidé que le chef de famille disposerait de divers privilèges symboliques : il siégerait au haut bout de la table et serait dispensé de faire la cuisine, la vaisselle et le ménage – tâches qui étaient normalement dévolues à un membre du groupe, chacun à tour de rôle pendant une semaine. Raynal proposa d'élire le capitaine Musgrave comme chef de famille, et il se porta lui-même volontaire pour assumer la première semaine de corvées ménagères. Il était, soit dit entre parenthèses, bon cuisinier : ce n'est pas lui qui s'en vante, c'est le capitaine Musgrave qui le note avec admiration dans son *Journal* :

> Monsieur Raynal était cuisinier la semaine passée (ils changent chaque samedi soir) et quel excellent cuisinier ! Il donne aux hommes un splendide exemple de propreté et de bonne cuisine, et j'espère qu'ils l'imiteront. Très souvent il nous sert des repas de quatre plats ; on pourrait se demander où il trouve cette variété – mais, par exemple, il commence par du phoque en daube, ou rôti, suivi d'une friture de foies, puis un poisson, puis des moules…

Les remarquables talents politiques de Raynal assurèrent l'harmonie et la bonne organisation de la petite communauté durant tous les vingt mois de son épreuve, et surtout, ils permirent, durant les six derniers mois, de mobiliser toutes les énergies pour mener à bien une tâche quasi surhumaine : la construction d'un petit bateau capable d'affronter une traversée de trois cents milles sur un océan sauvage. C'est également durant cette dernière période que Raynal déploya ses plus étonnantes prouesses techniques : il réussit à installer une forge où, utilisant la ferraille récupérée sur le lest de l'épave, il forgea tous les outils qui faisaient défaut à son équipe : hache, scie, marteaux, tenailles, ainsi que les ferrures et les centaines de clous requis pour la construction de l'esquif qui devait finalement les sauver.

Encore une fois, tous ces exploits ne furent rendus possibles que par le tour de force, invisible celui-là (mais qui devait inspirer Jules Verne !), dû avant tout à l'intuition et au doigté de Raynal : la bonne entente et l'énergie unanime de ces cinq hommes surmontant sans faiblir vingt mois d'incessantes et écrasantes épreuves. À ce sujet d'ailleurs, une tragique et étrange fable morale se joua à leur insu, et au même moment, dans cette même île Auckland : deux mois après le naufrage du *Grafton* (qui eut lieu à l'extrémité sud-est de l'île), un trois-mâts écossais, l'*Invercauld*, vint se fracasser à l'autre bout de l'île, sur les rochers de la pointe nord-ouest. Des vingt-cinq hommes de son équipage, six se noyèrent et dix-neuf autres (y compris le capitaine et le second) réussirent à gagner la terre ; mais ce groupe de naufragés se disloqua bientôt et s'éparpilla [1]. Un an plus tard (quatre mois avant le départ des naufragés du *Grafton*), un brick espagnol, ayant aperçu une fumée au nord de l'île, recueillit les trois derniers survivants de l'*Invercauld* (le capitaine, le second et un matelot) à demi morts de faim et d'épuisement – tous les autres

1. Que les naufragés de l'*Invercauld* et ceux du *Grafton* ne se soient jamais rencontrés n'a rien d'étonnant. Auckland est la plus grande île de l'archipel : 650 km^2 de montagnes, de maquis inextricables et de fjords infranchissables séparaient les deux groupes.

avaient disparu – et les emmena à Valparaíso, d'où ils purent ensuite regagner l'Angleterre. Et en ce qui concerne les survivants du *Grafton*, il est saisissant de noter ceci : le petit bateau qu'ils s'étaient construit étant trop léger et fragile pour porter cinq hommes, il fut décidé que deux d'entre eux (le matelot anglais et le cuisinier portugais) resteraient dans l'île en attendant qu'on vienne les chercher. Le cotre de secours, envoyé de Nouvelle-Zélande et commandé par le capitaine Musgrave lui-même, rencontra du très mauvais temps et fut longtemps retardé, en sorte que les deux derniers rescapés durent encore attendre quelque deux mois avant d'être recueillis. Durant ce relativement court laps de temps, ils trouvèrent le moyen de se quereller – et ils ne purent continuer à vivre ensemble !

Le docteur Alain Bombard, dont on se rappelle la prodigieuse démonstration de survie en mer (en 1952, il traversa l'Atlantique dans un radeau gonflable, des Canaries aux Antilles en soixante-cinq jours, en tirant toutes ses ressources de la mer elle-même [1]), a bien résumé le problème essentiel du naufragé : sans nourriture on peut survivre trente jours ; sans eau on peut survivre dix jours ; mais le seul désespoir tue parfois en quelques heures.

L'espoir qui a permis aux naufragés des Auckland de survivre, et puis de triompher, était fait d'intelligence, de courage et de volonté. Dès sa parution, le livre de Raynal connut un grand succès. Il fut salué

1. Alain Bombard, *Naufragé volontaire*, réédition Phébus, Paris, 1996.

aussi comme une lecture éducative et morale – il servit de livre de prix dans les écoles, et l'Académie française lui décerna de prix Monthyon – lequel, si j'en crois un vers assez sarcastique de Claudel [1], doit être une sorte de prix de vertu.

Dans son livre, Raynal invoque en plusieurs endroits la Providence et le Tout-Puissant. Ces quelques passages sont écrits dans un style pieux, édifiant et conventionnel [2], ce qui m'a fait croire tout d'abord qu'il ne s'agissait là que de clichés d'époque – l'époque des images d'Épinal. Mais il me semble maintenant que je me trompais ; les clichés ne font que pallier les insuffisances de son langage, ils n'enlèvent rien à la vérité de son expérience – s'il a survécu, c'est aussi grâce à sa foi. Jules Verne, lui, ne s'y est pas trompé : quand ses naufragés découvrent une Bible, le marin, homme simple et superstitieux, demande à l'ingénieur, guide sage et rationnel, de l'ouvrir au hasard et de lire le premier verset qui lui tombera sous les yeux : « nous verrons s'il s'applique à notre situation ». L'ingénieur sourit à la réflexion du marin, mais se rend à son désir. En fait, il ouvre l'Évangile à la page et au verset qu'a marqués pour eux le capitaine Nemo – leur bienfaiteur inconnu : il s'agit de saint Matthieu, VII, 8 :

1. « Le Prix Archon-Despérousses n'est pas pour lui, ni le regard de M. de Monthyon qui est au ciel », Paul Claudel, *Feuilles de saints*, « Verlaine l'irréductible ».

2. En fait, ces invocations font écho aux prières poignantes de Musgrave, lesquelles, dans son *Journal*, interrompent ci et là, avec des accents de *De profundis*, d'arides observations météorologiques, cartographiques, zoologiques et nautiques.

Quiconque demande reçoit, et qui cherche trouve [1].

Post-scriptum :

Raynal regagna la France en 1867. Après la publication et le succès de son livre, il obtint grâce à son éditeur (Hachette) de devenir fonctionnaire à la ville de Paris dans le Service des contributions directes, où il se montra un fonctionnaire modèle, apprécié pour son intelligence et son zèle. D'autre part, ses expériences de grand voyageur lui valurent d'être élu membre de la Société de géographie. Mais finalement sa santé ébranlée par ses anciennes épreuves l'obligea à demander une retraite anticipée ; il regagna le climat plus clément de sa région natale où il finit ses jours, seul et sans famille. Le médecin qui l'assista à sa mort (1898) et qui était aussi un voisin et un ami, le fit ensevelir dans son propre caveau familial à Valence-d'Agen (Tarn-et-Garonne).

1. Jules Verne, *L'Île mystérieuse,* 2e partie, chapitre 2, « Un verset du livre sacré ».

Pour prendre congé

UNE IDÉE DE L'UNIVERSITÉ [1]

Jacques Chardonne disait : « Quand vous entendez le bruit des applaudissements, vous savez qu'il est temps de s'en aller. » Sage conseil que je vais m'empresser de suivre, mais pas sans avoir au préalable saisi cette occasion pour exprimer ma gratitude aux professeurs Ginette Michaux et Pierre Piret, au doyen Heinz Bouillon et aux autorités académiques qui ont pris la généreuse initiative de me conférer ce doctorat.

Mais comme on m'a dit que l'usage était, pour le récipiendaire de pareil honneur, d'offrir, outre ses remerciements, quelques réflexions sur un sujet de son choix, j'ai pensé qu'il pourrait être approprié de vous parler très brièvement d'une question qui nous tient tous à cœur : « l'idée de l'université » (j'emprunte cette expression au lumineux livre du cardinal Newman,

1. Discours prononcé le 18 novembre 2005 à l'université catholique de Louvain lors de la remise à Simon Leys du doctorat *honoris causa*.

The Idea of a University, qui, depuis un peu plus de cent cinquante ans, doit demeurer pour nous la référence fondamentale) – l'idée de l'université et les menaces qui pèsent maintenant sur elle.

Le sujet est énorme, mais je vais l'aborder ici dans la perspective limitée d'une bien modeste expérience personnelle. Au départ, l'idée que je me suis formée de l'université, je l'ai acquise à Louvain, il y a un demi-siècle, au contact de quelques maîtres que nous admirions tous. Puis, pendant une quarantaine d'années, j'ai poursuivi un travail de recherche et d'enseignement dans diverses universités, en Extrême-Orient tout d'abord, puis principalement en Australie – avec plusieurs intermèdes à Paris et aux États-Unis. Cette carrière a été heureuse : toute ma vie, j'ai eu la chance de faire un travail que j'aimais dans des milieux sympathiques et intéressants. Vers la fin, toutefois, des modifications profondes se sont mises à affecter l'institution universitaire – et je ne parle pas de problèmes locaux et particuliers, mais d'un phénomène plus général, probablement planétaire. Comme ces modifications éloignaient de plus en plus l'université du modèle auquel j'avais consacré mon existence, je décidai finalement de m'en retirer, six ans avant d'avoir atteint l'âge de la retraite. Considérant la façon dont les choses ont évolué dans la suite, c'est une décision que je n'ai jamais regrettée.

Vers la fin de sa vie, Flaubert a écrit dans une de ses admirables lettres, à son ami Tourgueniev, une petite phrase que je voudrais placer en tête de mes réflexions, car elle les résume très bien : « J'ai toujours tâché de vivre dans une tour d'ivoire, mais une marée de merde en bat les murs, à les faire crouler. » Tels sont bien les deux pôles de la situation : d'une part « la tour d'ivoire », d'autre part « la marée de merde ».

Considérons d'abord la tour d'ivoire. C. S. Lewis a observé que, pour mesurer la valeur de n'importe quelle chose, que ce soit un tire-bouchon ou une cathédrale, il faut savoir de quoi il s'agit, à quel usage c'est destiné et comment on s'en sert. Les impostures intellectuelles et les charlataneries à la mode requièrent d'habitude une phraséologie prolixe et un jargon obscur, tandis que les valeurs essentielles peuvent généralement se définir de façon claire et simple. Aussi la définition de l'université ne prête-t-elle guère à discussion, il me semble. L'université a pour objet la recherche désintéressée de la vérité, quelles qu'en puissent être les conséquences, l'extension et la communication du savoir pour lui-même, sans aucune considération utilitaire.

En ce qui concerne son mode d'opération, l'université requiert quatre facteurs. Les deux premiers sont indispensables, les deux autres sont importants, mais parfois facultatifs.

1) Une communauté de savants. Il y a quelques années, en Angleterre, un brillant et fringant jeune ministre de l'Éducation était venu visiter une grande et ancienne université ; il prononça un discours adressé à l'ensemble du corps professoral, pour leur exposer de nouvelles mesures gouvernementales en matière d'éducation, et commença par ces mots :

« Messieurs, comme vous êtes tous ici des employés de l'université… », mais un universitaire l'interrompit aussitôt : « Excusez-moi, Monsieur le Ministre, nous ne sommes pas *les employés* de l'université, *nous sommes l'université.* » On ne saurait mieux dire. Les seuls employés de l'université sont les administrateurs professionnels, et ceux-ci ne « dirigent » pas les universitaires – ils sont à leur service.

2) Le second facteur indispensable : une bonne bibliothèque. Cette évidence se passe de commentaire.

3) Les étudiants. Ils constituent un élément important, mais pas toujours indispensable. Il est bon de former des étudiants, mais il n'est pas souhaitable de les attirer à tout prix par tous les moyens et sans discrimination. Les étudiants étrangers – payants – rapportent annuellement près de deux milliards de dollars aux universités australiennes. Un recteur d'université nous a engagés un jour à considérer nos étudiants non comme des étudiants, mais bien comme des *clients*. J'ai compris ce jour-là qu'il était temps de s'en aller. (Récemment, des étudiants payants qui avaient été recalés pour plagiat ont été autorisés à représenter leurs examens ; leur trop scrupuleux examinateur fut, lui, démis de ses fonctions.) En fait, je rêve d'une université idéale : les études n'y mèneraient à aucune profession en particulier et ne feraient d'ailleurs l'objet d'aucun diplôme. Mais peut-être cette université idéale existe-t-elle déjà ? Voyez le Collège de France.

4) Des ressources matérielles – qui peuvent être de provenance variée : soutien gouvernemental, mécénat

privé, etc. L'importance de l'argent est évidente, il serait sot de le nier. Mais rappelez-vous pourtant qu'on a vu d'admirables universités fonctionner dans un dénuement extrême. L'université de Pékin par exemple, durant les quinze premières années de la jeune République chinoise, a joué un rôle de premier plan dans la vie intellectuelle du pays, et cependant, faute de ressources, ses enseignants, qui constituaient une élite exceptionnellement jeune et brillante, restaient parfois plusieurs mois sans toucher leur salaire.

Ayant ainsi esquissé ce rapide portrait de notre tour d'ivoire, examinons maintenant « la marée de merde » qui en bat les murs.

Deux points essentiels sont particulièrement exposés aux attaques.

Premièrement, le caractère élitiste de la tour d'ivoire – qui dérive de sa nature même – se trouve dénoncé au nom des principes d'égalité et de démocratie. Mais, si l'exigence d'égalité est une noble aspiration dans sa sphère propre – qui est celle de la justice sociale –, l'égalitarisme devient néfaste dans l'ordre de l'esprit, où il n'a aucune place. La démocratie est le seul système politique acceptable, mais précisément elle n'a d'application qu'en politique. Hors de son domaine propre, elle est synonyme de mort : car la vérité n'est pas démocratique, ni l'intelligence, ni la beauté, ni l'amour – ni la grâce de Dieu. (La grâce de Dieu : des auditeurs m'ont demandé si j'étais janséniste. Il n'en est rien. Je pensais seulement à la parabole des Ouvriers de la onzième heure et à celle du Fils prodigue. Les ouvriers qui n'ont travaillé qu'en fin de journée reçoivent une aussi belle récompense que ceux qui ont trimé depuis l'aube. Le jeune voyou qui rentre à la maison après mille frasques est fêté comme un prince par son père, alors que son aîné, qui fut toujours attentif et zélé, ne bénéficia jamais d'une telle faveur. Réconfortante leçon : nous ne méritons rien, mais nous recevons tout. Tandis que le janséniste qui mérite tout craint fort de ne rien recevoir.) Une éducation vraiment démocratique est une éducation qui forme des hommes capables de défendre et de maintenir la démocratie en politique ; mais, dans son ordre à elle, qui est celui de la culture, elle est implacablement aristocratique et élitiste.

Le second point sur lequel la tour d'ivoire se trouve constamment menacée et battue en brèche, c'est son caractère désintéressé. Le cœur du problème est bien résumé par un axiome de Zhuang Zi (le grand penseur taoïste du IIIe siècle avant J.-C. – un des esprits les plus profonds qu'ait produits l'humanité) : « Tous les gens comprennent l'utilité de ce qui est utile, mais ils ne peuvent comprendre l'utilité de l'inutile. » L'utilité supérieure de l'université et son action efficace sont entièrement fonction de son apparente « inutilité ».

Les écoles professionnelles et techniques sont fort utiles, tout le monde comprend ça ; les universités sont inutiles – transformons-les donc en un ersatz d'écoles professionnelles : telle est la mentalité qui menace aujourd'hui la survie de l'université. Les pressions exercées sur elle par ses principaux bailleurs de fonds pour qu'elle justifie son existence en termes quantitatifs et utilitaires sont probablement le plus redoutable facteur de corruption auquel elle doit maintenant faire face.

Je ne vais en donner qu'une seule illustration, n'ayant pas le temps, ici, d'en dire plus, mais celle que je vais vous donner me paraît avoir valeur de symbole : récemment une grande et vénérable université européenne, pressée par de cruelles contractions budgétaires, se vit obligée de renoncer à toute une partie de son programme. Elle sacrifia donc son département le plus vulnérable, le plus dispendieux, le moins productif et le moins rentable – le département qui ne proposait nul débouché à ses diplômés, et qui, d'ailleurs, ne rendait aucun service à la société ni à l'État. Elle abolit son département de philosophie pure – tour d'ivoire au sein de la tour d'ivoire, noyau historique central et primordial de toute l'institution universitaire.

Quand l'université cède à la tentation utilitariste, elle trahit sa vocation et vend son âme. Il y a plus de cinq cents ans, Érasme a défini en une phrase l'essence de l'entreprise humaniste : « On ne naît pas homme, on le devient (*homo fit, non nascitur*). » L'université n'est pas une usine à fabriquer des diplômés, à la façon des usines de saucisses qui fabriquent des saucisses. C'est le lieu où une chance est donnée à des hommes de devenir qui ils sont vraiment.

[illegible] et [illegible] plus [illegible] dont [illegible] la [illegible].

[illegible] l'illustration [illegible] le temps [illegible] de [illegible] une grande [illegible] pas de [illegible] contre [illegible] une partie de son [illegible] de son [illegible] le plus [illegible] les moins [illegible] remarquable [illegible] autre [illegible] et [illegible] à la [illegible]. Elle [illegible] département de philosophie [illegible] de la [illegible] l'institution universitaire.

Quand l'Université [illegible] de l'[illegible] d'[illegible] une phrase [illegible] « On ne [illegible] pas [illegible] » L'Université [illegible] pas [illegible] des [illegible] de [illegible] qui [illegible] les [illegible] de [illegible] qu'ils [illegible].

Index

Sources

« Belgitude de Michaux », *Le Magazine littéraire*, janvier 2007.

« G. K. Chesterton (1874-1936), Le poète qui dansait avec une centaine de jambes », Causerie donnée à la Chesterton Society de l'Australie Occidentale, Fremantle, septembre 1997.

« Orwell intime », *Commentaire*, n° 134, été 2011.

« Joseph Conrad et *L'Agent secret*, "Je ne suis pas d'ici" », *Nouvelle Revue française*, mai 2011.

« Victor Segalen revu à travers sa correspondance complète », *Le Figaro littéraire*, 3 février 2005.

« Nabokov et la publication posthume de son roman inachevé », *Le Figaro littéraire*, 15 avril 2010.

« Éthique et esthétique : la leçon chinoise », *Le Magazine littéraire*, mai 2004.

« Roland Barthes en Chine, *Sed perseverare…* », *La Croix*, 4 février 2009.

« Le génocide cambodgien », *Commentaire*, n° 127, automne 2011.

« Dans le sillage de Magellan », *Le Figaro littéraire*, 8 mai 2008.

Table

Littérature

Chine

LA MER

Suite de la page du même auteur

Traductions

Richard Henry Dana, *Deux années sur le gaillard d'avant*, Robert Laffont, 1990

*Les Entretiens de Confucius**, Gallimard, 1987

Chen Jo-hsi, *Le Préfet Yin et autres histoires de la Révolution culturelle*, Denoël, 1980

Jao Tsong-yi, *Peintures monochromes de Dunhuang**, École française d'Extrême-Orient, 1978

Lu Xun, *La Mauvaise Herbe**, UGE 10-18, 1975

Shitao, *Les Propos sur la peinture du moine Citrouille-Amère**, traduction et commentaire, Institut belge des hautes études chinoises, 1970

Kouo Mo-jo, *Autobiographie : mes années d'enfance**, Gallimard, 1970

Shen Fu, *Six récits au fil inconstant des jours**, Larcier, 1966

* Ouvrages publiés sous le nom de Pierre Ryckmans

Mise en page par Meta-systems
59100 Roubaix

N° d'édition : L.01EHQN000699.N001
Dépôt légal : mars 2014
Imprimé en Espagne par Novoprint (Barcelone)